齐白石 《石门二十四景图》之《槐荫莫蝉图》

齐白石　《石门二十四景图》之《甘吉藏书图》

齐白石 《石门二十四景图》之《柳溪晚钓图》

齐白石　《石门二十四景图》之《藕池观鱼图》

齐白石 《石门二十四景图》之《曲沼荷风图》

齐白石 《石门二十四景图》之《石门卧云图》

齐白石 《石门二十四景图》之《棣楼吹笛图》

齐白石 《石门二十四景图》之《霞绮横琴图》

时光里的中国

老物件

李路 主编
孟祥静 编著

四川人民出版社

图书在版编目（CIP）数据

老物件 / 孟祥静编著. -- 成都 ：四川人民出版社，2025. 2. -- (时光里的中国 / 李路主编). -- ISBN 978-7-220-13825-6

Ⅰ. I267

中国国家版本馆CIP数据核字第2024E2W409号

老物件

LAO WUJIAN

李　路　主编
孟祥静　编著

策划编辑	段瑞清
责任编辑	李京京
版式设计	刘昌凤
封面设计	朱文浩
责任印制	周　奇
特约校对	北京悦文文化
出版发行	四川人民出版社（成都三色路238号）
网　　址	http：//www.scpph.com
E-mail	scrmcbs@sina.com
发行部业务电话	（028）86361653　86361656
防盗版举报电话	（028）86361661
印　　刷	三河市华晨印务有限公司
成品尺寸	155mm × 215mm
印　　张	20
字　　数	260千
版　　次	2025年2月第1版
印　　次	2025年2月第1次印刷
书　　号	ISBN 978-7-220-13825-6
定　　价	89.80元

目录

壹 远去的农具

贰

淡出的人间烟火

叁

岁月留痕的生活物件

肆

那些年的记忆

伍

渐行渐远的老物件

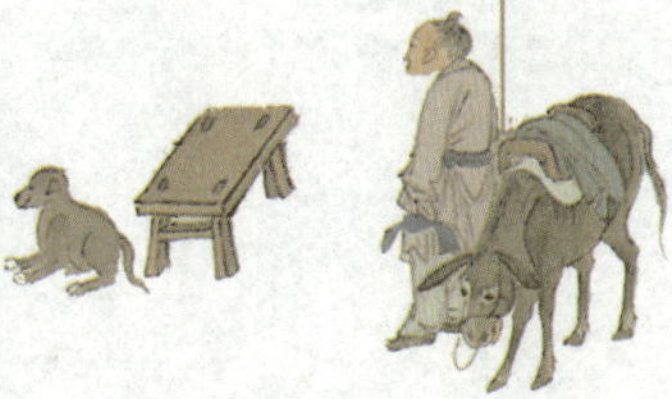

壹

远去的农具

石碾

shí niǎn

概说

石碾多以石头和木材制作而成，由碾盘、碾砣、碾框、碾管、碾棍等组成，用以将谷物等去皮、破碎或变平。石碾作为一种粗糙的粉碎工具，在传统的农业生产中具有不可或缺的地位。

历史

石碾作为一种传统的粮食加工工具，产生较早，据说是鲁班发明的。

在古代，家务劳作大都由妇女承担，因为生产工具简单，故而劳动量较大。有一年夏天，有位老婆婆嫌天气太热，就让儿子把舂米的石臼搬到了门口的大树下。老婆婆在树下舂米凉快多了，但舂米也是一项体力活儿，老婆婆在劳动的间隙，一边擦汗，一边喝水。

这时，从村外过来一头毛驴，一个戴着草帽的人坐在毛驴上。来到跟前，那人跳下毛驴，礼貌地与老婆婆打招呼，并向老婆婆借水喝。老婆婆一边把碗递给来人，一边说："罐里有水，自己倒吧。这么热的天，你到哪里去啊？"那人放开毛驴让它去吃些路边的青草，同时回答老婆婆的问话："找活儿干，家里人都要等着吃饭啊！"

两人闲聊了起来，没想到毛驴吃了几口青草后就被石臼里的稻谷吸引了，趁主人不注意，吃起了粮食。咯吱咯吱的咀嚼声惊动了聊天的两人，那人慌忙起身去赶毛驴。毛驴一惊，转头就跑，恰巧缰绳缠在了石臼上，就把石臼拉倒了，稻谷撒了一地。毛驴拖着石臼乱跑，石臼从稻谷上轧过，老婆婆着急地大喊："你看你的驴，糟蹋了我多少稻谷！"

那人停止了追驴，反倒对地上被石臼轧过的稻谷产生了兴趣，蹲在地上认真地查看，发现有些稻谷的壳已经开裂并脱落。那人这才站起身叫住了毛驴，并对老婆婆说，会赔偿稻谷，让老婆婆帮忙找些木棍。老婆婆听那人说会赔偿稻谷，也就帮忙去家里找来了木棍。

这时，那人从驴背上取下工具袋，拿出刨子、凿、斧子等工具，不一会儿，做好了一个木架。他将木架安装在石臼上，把毛驴套在木架前，并找来两块石板放在地上，把稻谷撒在石板上，让毛驴拉着石臼在石板上来回碾压，没多久，稻谷就轧完了。老婆婆一看，稻谷不仅壳脱得干净，米碎得也少。她一天要舂的稻谷才一会儿工夫就舂好了，她十分高兴，也不让那人赔偿稻谷了。

这人便是鲁班，他后来又把石臼改造成磙，底座的石板也改成圆的，并用石块垫高，原来舂米用的木杵改造成横棍，这样在没有毛驴时，靠人力推动石磙就轻松多了。由于是在撵驴时想出的办法，鲁班就给这种工具起名为“碾”。

这是关于石碾来历的一个传说。从传说可以看出，石碾起源于传说时代的杵臼。黄帝、尧舜时期已知“断木为杵，掘地为臼；杵臼之利，万民以济”。石碾最早见于东汉的文献记载，东汉末年的《通俗文》记载：“石碢轹谷曰辗。”但有人认为其产生要早于汉朝，至迟在春秋时期便已产生。笔者认为其产生应早于有文献记载的年代，任何事物的产生都是一个不断完善的过程，具体产生于何时当以文献记载或出土文物为准。

魏晋南北朝是石碾的普及阶段。《魏书·崔亮传》记载：“亮在雍州，读《杜预传》，见其为八磨，嘉其有济时用，遂教人为碾。”杜预是魏晋时期的军事家、经学家、律学家，因博学多通，多有建树，被誉为“杜武库”。杜预在研究前代谷物加工工具时，创造出用水力推动的连机碓和水转连磨，可以同时推动几个碓舂米，提高了效率。崔亮是北魏时期的大臣，在雍州为官时，感于杜预“为八磨”，“有济时用”，于是，在雍州推广碾这种谷物加工工具。崔亮为仆射时，“奏于张方桥东堰谷水，造碾磨数十区，其利十倍，国用便之”，推动制造水碾磨，在整个国家推行。

唐朝时石碾延续过去的形式，在使用范围上除了碾米，还用来碾茶等，如陆羽在《茶经》中记载：“碾，以橘木为之，次以梨、桑、桐、柘为之。内圆而外方。”碾槽，用橘树之木做的最好，其次是梨木、桑木、桐木、柘木。碾槽内圆而外方。晚唐诗人司空图有诗《暮春对柳二首》："正是阶前开远信，小娥旋拂碾新茶。"司空图还有《力疾山下吴村看杏花十九首》："客来须共醒醒看，碾尽明昌几角茶。"

宋元时期，石碾发展成砣碾和辊碾两种形式。砣碾是保持过去结构的石碾，这种石碾有单磙的，也有双磙的。辊碾是新产生的没有碾槽的石碾，这种石碾都是单磙的，磙的形状为圆柱体，碾压面积较大，效率大大高于砣碾。

元朝以后出现了较多的农业专著，对石碾均有详细的记载。如元朝的《农书》对辊碾便有记载："旋碾旋收，易于得米，较之碢碾，疾过数倍，故比于鸷鸟之尤者，人皆便之。"河北磁县还出土一种元朝时军用的石碾槽，这种石碾槽应是供军队磨粮之用。明朝的《天工开物》不但详细记载了石碾的使用，还配了图。如"攻稻"条下记载："击禾、轧禾、风车、水碓、石碾、臼、碓、筛，皆具图。"

随着时代的发展，现代农业科技的进步，石碾逐渐退出了历史的舞台，渐渐被人们遗忘。

形制

石碾主要由上下两部分构成，上面的叫碾砣，下面的叫碾盘。碾砣是圆柱形石磙，也叫碾磙子、碾碌碡，长度稍短于碾盘的半径。碾盘也叫碾台，是承托碾砣碾压谷物的圆台，直径大约两米，厚度为三四十厘米。碾砣上錾有排列整齐的一边深一边浅的碾齿，碾盘上錾有排列整齐的中间深两边浅的碾齿。碾砣两头的中间位置有两个凹进去的小圆坑，里面固定一个铁碗，叫碾脐。碾砣上碾齿深的那头对着碾盘中心，将碾砣固定在碾框上，碾框是一个用硬木料做成的四边形架子，碾框与碾砣连接的地方装有两个圆形铁棒，与碾脐相合，可以自由转动。碾框的一端，中间凿有一孔，套在碾管上，碾管即固定在碾盘正中央的金属圆柱。碾框上一般还凿有两个碾棍孔，用两根一米左右的木棍以对角线形式插在两个碾棍孔里，逆时针推动碾棍，石碾就可以使用了。

石碾的工作原理是通过推动或拉动碾棍，带动碾框，碾框又通过碾脐拉动碾磙，碾磙以碾轴为中心在碾盘上做逆时针圆周运动。碾磙和碾盘之间通过碾齿的咬合形成摩擦力，从而将谷物脱壳或者压碎。随着使用时间的增加，碾齿会逐渐被磨平，这时就需要重新凿碾齿。在过去，常有走村串巷的匠人，专门给石碾凿錾碾齿。

文化意义

石碾与人们的生活密不可分，在农业生产生活中发挥了重要作用。石碾是我国先民勤劳和智慧的象征，也是我国农耕文明的一种文化符号。

石碾吱呀，碾出了农家人的美食；石碾吱呀，碾出了农家人彩色的希望。随着时代的发展，石碾渐渐退出了人们的生活，但石碾碾过的岁月成为人们永恒的记忆。

石碾碾过日落与星光

张静

有一年八月，我去乡下扶贫，路过一个旧村落。有一户人家门开着，院子里一位白发老人，正在和一个七八岁的男孩子玩猜谜语。听得老人慢条斯理地说："长路漫漫走不远，磐石迭迭不见山。闷雷隆隆不下雨，雪花纷纷不觉寒。春夏秋冬汗落地，东西南北都走遍。十里八里不歇脚，千里迢迢在眼前。"老人讲完，眯着眼睛告诉小男孩："这是一件老旧物，很多年前，我和你婆、你爸经常使唤，一家人吃喝都离不开它，开始猜吧！"

那小男孩应该是老人的孙儿，只见他瞪着一双乌溜圆的大眼睛，使劲挠着后脑勺，半天也没猜出来。而此时，站在门外的我，早已知道了它的谜底是石碾。

记忆里，石碾一直默然站立在村头，站了多久，连我爹都说不上来，以至于很多时候，它成了我们村独有的符号。比如家里的新客来串亲戚，看着沿着粮库大道随意散落的村子，不知该拐进哪个岔口，总会有人热心指道儿，一直朝南，村口立着石碾的那个就是了。

更多时候，石碾就像村庄的牙齿，啃咬着我儿时的贫困与苍凉。打我记事起，它就从早到晚，一碗谷、一碗豆、一碗面地碾着全村人的温饱，也碾着他们的辛酸与憧憬，直到村庄的胃口不再饥肠辘辘。故而那时村头的石碾很少有清闲的时候，几乎是每天天一亮，睁开眼，就听见石碾响起来了。用我爷的话说，乡里人离不开石碾啊，家家户户分的玉米需要碾，喂猪用的干豆渣需要碾，辣椒、生姜、花椒需要碾，从供销社买回的粗粒盐更需要碾，离开了石碾，庄户人的日子都不知道咋往前熬了。

父亲说，在吃“大锅饭”时期，村里的石碾冷清了很多，偶尔响动，也是村子集体食堂的灶夫们碾谷物用。

十一届三中全会后，政策变了，石碾又开始热闹和活泛起来，除了碾谷物，甚至有人家将蒸好的红薯面饼子趁热用石碾碾压成片状作为饭食，换换口味。当然了，也有人家白日里在田间地头忙碌，只等夜里安闲了，才出来碾东西，需自带一盏带玻璃罩子的油灯，挂在石碾旁边的柿子树上，呼儿唤女齐上手，借着煤油灯昏暗的光线，一圈一圈推着，直到把月亮和星星也碾进茫茫无边的夜色里。

村里的二婆是利索之人，逢家里有谷物需要碾时，她天不亮就起来，拿一把笤帚放到碾盘上先占着，然后才转身回去催促一家人赶紧起来。后来，笤帚占碾似乎成了一条不成文的规矩，大家默默遵守着。来得稍晚一点儿的人，一看石碾上的笤帚，虽然有点失落，但更多是自责来晚了，然后转身走了。当然，也有懂得谦让的，石碾虽然占了，一看自家碾的东西很费时，偏巧有人来碾咸盐或用竹篮拎了红薯面饼子来碾片儿，着急等着给在镇子里上学的娃娃做饭，便立刻把碾盘上自家的东西扫起来，让等开饭的人家先用碾。

我依然记得和父母一起碾苞谷的情景。那时，我只有六七岁，个头还够不着碾台，就站在碾子旁，看着母亲先用笤帚把碾子扫干净，把金黄的苞谷粒均匀地摊到碾台面上。父亲开始用力推那个圆滚滚的石碾子，母亲随后，一边推，一边用小笤帚把散乱的颗粒扫回来，再接着碾，一圈又一圈，直到碾成黄澄澄的苞谷珍（玉米粉）。夜里，一家人终于吃到了秋收后的第一顿苞谷珍，那清甜醇厚的香味让我至今难以忘怀。

后来，我大一些了，必须跟着大人碾东西了，深知推碾子的过程枯燥又乏味，时间短还好，碰上难碾的谷物，从碾出皮壳，到碾细，得大半天的光景。那的确是一种无奈的苦差事，抱着碾棍一圈又一圈，没完没了地转动，等石碾上的谷物碾好了，累得晕头转向，腰酸背痛，苦不堪言，甚至晚上睡着了，仍感觉自己在推着碾子转呢！

在乡下，农活闲时，石碾旁边就是故事会，也是新闻联播，天南海北，古往今来，时事政治，都是说不完的话题，就像一扇窗户，将村庄以外的讯息随着风儿和尘土一起传递过来。也有平日里口无遮拦的男人，喜好说一些段子，惹得推石碾的女人抓一把碾盘上的谷糠撒过去，男人满头雪白，嬉笑怒骂，蛮有趣味，似乎推碾人的疲顿也被笑声驱散了，也算苦中作乐吧。当然了，石碾旁边也是孩子们的乐园，可以趴在石盘上写作业，看闲书，还可以坐在石碾上读云朵，看归雁。碾盘四周也常有羽毛艳丽的鸟儿或麻雀飞落，叽喳一片，不知不觉，童年时光就这般溜走了。

进入腊月，石碾更忙碌起来，很多人家要碾红豆包豆包，还要碾辣椒面、生姜粉等，常常月上柳梢头了，石碾还在“吱吱呀呀”转动着。石碾旁边的大皂角树下，我的母亲和婶子们，端着小凳子，怀里揣着针线活，一边做一边排队。很快，黄昏来临，朔风凛冽，冷得手握不住针了，就起身，把自家的笤帚、簸箕、筛子放到石碾旁边的空地上，一一排好，轮到谁家，相互喊上几声，各自就来了。

石碾经年转，石齿也会磨损的，自然要请韩家湾的石匠重新凿錾，凿好了，队长请石匠师傅吃年菜，喝烧酒，韩石匠拍打着满身的石灰，亮着嗓门说：“又是一盘新碾。”

大年三十，家家户户都要贴春联的，村里的教书先生五爷总忘不了给油坊、磨坊和石碾也贴上。用他自己的话，左青龙，右白虎。

石碾为青龙，石磨为白虎，青龙大吉，白虎大吉，以祈年景丰腴。我清晰记得有一年，年关落雪了，石碾在雪中，静默敦厚，红纸墨字，白雪掩映，像一幅画，张贴在庄户人的心里。

很多年后，我在西山一户农家的门旁，看见一盘石碾静静地卧在树荫里，石盘上落着灰尘、树叶和鸟粪。走近了看，碾子身体上的凿纹早已磨损得粗粝不堪了，只是推握的木柄却愈加光滑，这碾子，被多少人的双手抚摸过，经历多少年，又经历了几代人，我无从知道。

户主是中年人，问他这儿现在还有人用石碾碾东西吗，他说早不用了。又说，乡邻在县城开了一家饭店，想买这石碾摆在门厅招揽食客，长辈不许，说是村里几代人曾经用过的，要留个念想。

年关里，得闲与几个朋友去餐馆小聚，后厅的土墙一侧，放置了各种农具，有铁锨、锄头、镰刀、马灯、扁担、犁铧等。最惹眼的是墙角静默的一盘旧石碾，上面撒了各种谷物，旁边的土墙上，挂着两串辣椒、一串苞谷棒，两个孩童正一边嬉闹，一边推磨。那一瞬，我心中某根柔软的弦被拨动了，忍不住看了又看。临走时，仍不忘站在石碾旁，让朋友拍了一张照片，我的身后，是那些渐渐远去的农具，欲说还休。

石碾

宋新明

如果说农家人烟火的日子离不开石磨，那么他们与石碾也有很深的渊源。石碾是石磨的兄长，“他”以宽厚的躯体，沉重的臂膀，容纳着田地里的产出，喂养着辛劳的农家人。

在过去的年代，每个村都会在合适位置，安置一盘石碾。有的村还会盖一碾房，无论刮风下雨，春夏秋冬都可以使用。粮食少时，可以用石磨；粮食多，或要吃细粮时，就要用到石碾。这推碾的活儿大多是女人干，男人偶尔为之。

磨面时，将半袋玉米，或一袋地瓜干背到碾盘上，均匀地摊成薄薄的一圈，就可以推着碾磙子碾压，一边碾压，一边用笤帚将溢出磙子碾压范围的粮食赶进圈内。碾压数遍后，用箩筛下细面，再将粮渣重新倒在碾盘上，开始新一轮碾压，直至将粮食全部碾成粉末。面碾好后，女人一双巧手便翩翩起舞，玉米饼子、窝窝头、红薯面条、红薯面卷等各种各样的主食就会变出来，成为全家人的美食，滋养着味蕾，强壮着身体，提振着精神。

石碾吱呀，碾进了女人的汗水；石碾吱呀，碾成了农家人的美食；石碾吱呀，碾出了农家人彩色的希望。

石碾是公用工具，有时可能半天或一天都闲着，无人使用；有时可能一下子来了四五家，要排队挨号；有的人家只能在月光下推碾。清冷的月光下，随着石磙子的转动，宽大的碾架发出“咯吱咯吱”的响声。跟随着转动的碾磙，人们期望将贫穷和荒凉的岁月碾碎，碾来一段殷实的日子。

有的人家可能十天半月来不了一次，有的人家可能三五天就需要和石碾来一次亲密接触；有的人口少，有的人口多，有的人家生活富裕一些，有的人家日子贫穷一些。谁家的日子好过，谁家的日子艰难，石碾心里一清二楚。铺在碾盘上的粮食，可以告诉它；女人坚实的脚步，可以告诉它；女人推碾时沉重的喘息声，也可以告诉它。

生活艰难的日子，石碾也清闲。这时，碾盘成了乡下孩子的主要活动场地。孩子们爬上爬下，打闹嬉戏，或在碾盘底下捉迷藏，或在碾盘上面玩石子、搁五棍、打扑克。年龄小的孩子，常常双手勾在碾杠上，像一只吊袋，悠闲地转圈圈。年龄大些的孩子，两三个人，推着空碾转圈，碾磙子在碾盘上滚动碰撞，发出隆隆的声响，滚雷一般。大人看见，往往会及时喝止，既怕磕着孩子，又怕损坏了石碾。

石碾无言，却是农家人的舞伴，无论春夏秋冬，无论酷暑严寒，常常与农家人共舞翩翩。石碾翩跹，舞出了农家人汩汩如水的生活；石碾翩跹，舞动了农家人清苦寡淡的日子；石碾翩跹，舞出了农家人美好的希望，舞出了农家人生生不息的梦想。

随着时代的变迁，石碾圆满完成了历史使命，没入滚滚红尘，退居一隅，成了老一代人的记忆，新一代人的文物。

石磨

shí mò

概说

石磨是人类古老的粮食加工工具，通常由两个圆石做成，用来把粮食加工成粉或浆的形态。磨在汉朝之前叫『硙』，《说文解字》记载：『磨，石硙也。』磨在《说文解字》中本作礳，『从石靡声』。明朝张自烈在《正字通》中记载：『俗谓硙曰磨，以硙合两石，中琢纵横齿，能旋转碎物成屑也。』文中记载了石磨的构成和工作原理。

历史

石磨产生较早，不过在汉朝以前的名称为石硙。有人将石磨的历史追溯到原始农业时代早期的石磨盘和磨棒时代，其雏形则可追溯至传说时代的杵臼，《周易》有“神农氏没，黄帝、尧、舜氏作……断木为杵，掘地为臼”的记载。

石磨据说是鲁班发明的，鲁班生活在春秋末期，那时吃米粉或面粉需要在石臼里用石棍或木棍捣制，费时费力，且捣出的粉粗细不均。喜欢琢磨的鲁班就发明了用两块厚石块制成的磨。

战国时期成书的《世本·作篇》有“公输般作硙”的记载。从出土文物看，陕西临潼栎阳、河北邯郸以及新疆新源铁木里克均发现了战国时期的石磨。由此可知，石磨最迟产生于战国。根据事物的发展规律，任何事物的产生、发展都需要一个过程，因此，石磨的产生应该早于战国，甚至可能早于春秋时期，鲁班可能是对已出现的早期石磨进行了改造。

目前学界常见的观点是把石磨的发展分为三个时期：第一时期是从战国到西汉，第二时期是从东汉到三国，第三时期是从魏晋到隋唐。从磨齿来说，第一时期的磨齿以洼坑为主，其形状有长方形、圆形、三角形、枣核形等，形状多样且不规则；第二时期是磨齿多样化发展的时期，其形状为辐射型分区斜线型，有四区、六区、八区型；第三时期的磨齿有八区斜线型，也有十区斜线型，这一时期是石磨发展的成熟阶段。从动力来说，前两个时期主要靠人力、畜力，第三时期出现了用水力做动力的磨。

在石磨产生以前，人们多使用杵臼舂米。秦朝以后，石磨成为主要的工具，并且因为可以用畜力代替人力，所以得到了进一步的发展。魏晋时，杜预发明了用水力推动的连机碓和水转连磨，利用水力可以同时推动几个碓舂米。这种水转连磨也叫水碓。宋应星在《天工开物·攻麦》中记载："凡力牛一日攻麦二石，驴半之，人则强者攻三斗，弱者半之。若水磨之法，其详已载《攻稻·水碓》中，制度相同，其便利又三倍于牛犊也。"《古今图书集成》记载："凡水碓，山国之人，居河滨者之所为也，攻稻之法，省人力十倍。"可以看出这种发明大大提高了效率，因此被大力推广。

到元朝时，还创造出了利用水力可以同时驱动九磨的水转连磨。这种水转连磨还兼具打碓、灌溉功能，是我国石磨发展史上的一大进步。宋元时期，石磨的另一个进步表现在对接流汁的漏斗进行了改进，即将漏斗与下扇磨连在一起，在磨盘上开出一周沟槽，并有一外伸的流出口，这样的改进使得石磨体积减小，造型美观。

明清时期，小农经济体制限制了生产力的发展，传统农具已能满足当时的需求，因此，石磨基本没有新的发展。

新中国成立后，随着生活水平的提高，人们对粮食加工精细度的要求也提高了，这时石磨的磨齿增加到十二区，后来出现了电力驱动的石磨，磨出的粮食更加精细。

由于石磨比较占地方，很多村子是多家或者一个、半个村子共用一盘石磨，一般盘在房子的中间，这种专门盘石磨的房子就是磨坊。

磨分为旱磨和水磨，旱磨比水磨个头大而且厚重。旱磨的主要用途是加工小麦，即磨面，也用来磨其他粮食。水磨的主要用途是加工煎饼糊和豆沫糊，磨豆沫糊基本是做豆腐生意的人家使用。

形制

石磨主要由两块大小基本相同的圆柱形石块和磨盘组成，磨盘可用石制或木制。磨一般架在一个台子上，高度以适合人或牲畜拉动为宜。两个圆柱形石块是磨的上扇和下扇，上扇为转动盘，下扇为不动盘，上扇有两个磨眼（小磨只有一个磨眼），粮食便是从磨眼里漏下。两扇磨之间有磨脐子，其接触面都錾有排列整齐的磨齿，用以磨碎粮食。面粉磨得粗细与磨齿留的口大小有关系，留的口大，磨得粗；留的口小，磨得细。

石磨的主要工作原理是，谷物通过磨眼进入磨膛，逆时针转动石磨，将谷物磨碎，形成粉末，然后流到磨盘上，再用筛子筛去谷物的糠皮，得到面粉。

制作石磨的材料一般选用优质花岗岩，石磨上扇的制作是先将石料凿平，在中间凿一个圆即磨眼，石磨的下扇厚度稍微大于上扇，两扇磨上下对合，由通过磨膛的磨芯连接。

文化意义

石磨是过去人们生产生活中常见的也是必不可少的工具。石磨在历史上除了满足人们的生活需要，还具有重要的文化意义。

在三国时期，石磨曾被当作战争工具使用。诸葛亮率大军围攻陈仓时，魏军守将郝昭让人用绳子拴住石磨盘，从城墙上往下砸，“昭又以绳连石磨压其冲车，冲车折”。

石磨与人们的生活息息相关，因此产生了诸多与石磨有关的歇后语。如驴子赶到磨道里——不转也得转、老驴啃石磨——嘴硬、盲驴拉磨——瞎转圈等。石磨也寓意好事多磨，意在告诫人们要经得起生活的考验，在磨难中不断坚持才能“时来运转”。

有的地方认为石磨放在家里不吉利，传说阎王会用石磨来惩罚做坏事的恶鬼，因此，石磨放在家里意味着磨难。但过去石磨是农村里常用到的工具，放在院子里使用方便，为了避免石磨带来的不好影响，人们就会在过年的时候在石磨上贴红纸。

石磨的上扇有磨眼，寓意为老天开了“天眼”，会关照民间疾苦，让人们过上美好的生活。磨眼中常年有流淌不尽的粮食，人们就能有吃不完的粮食。

石磨作为我国古老的粮食加工工具，千百年来，不停地转动，辛勤地养育了一个伟大的民族，转出了人们的美好生活。咕隆咕隆的石磨声已渐渐远去，但它已深深刻在我们的记忆里，伴着我们走向美好的未来。

石磨记

刘善民

我家的石磨设在西配房。屋不大，平顶，坯墙，由于房门低，个高的人出入时，要低头弯腰，宛如向老石磨深施一礼。

磨盘安在屋子中央，两个磨扇酷似一对夫妻，依偎厮磨，不离不弃。磨道较窄，人工推磨稍显宽裕，毛驴拉磨时要贴墙而转。天长日久，坯墙被蹭出一道明亮的凹痕，那是岁月的年轮。

石磨一年四季忙忙碌碌，默默地为乡亲们助推着日子。对此，西邻的常工大娘曾有一评："驴拉着磨走，磨对着人口；磨房一闲，饥肠发言。"这话道出了人们对石磨的依赖。

这盘磨的使用率很高，人们磨米、磨面、磨玉米糁子都离不了它。此磨出活儿快，灵便，临过年时，用它的人常常需要排队。奶奶总是早早地把磨道磨盘清扫好，准备好磨棍、面箩和箩床。天气干燥时，就在地上轻轻地洒上一点水，避免推磨时起尘土，弄脏了粮食。

白天来磨房的老人多，晚上队里收了工，年轻的劳力们才能挤出工夫干点儿家务活。晚上来磨面的一般都是年轻的妇女，她们喜欢结伴，提着梔灯，有时两家，有时三家合作。尽管工夫费得多一点儿，但凑在一起干活轻松愉快，有说有笑，推起磨来感觉不到寂寞。

在磨道里，孩子们总喜欢跟在大人的屁

股后头转悠。有时爬上磨盘，好奇地往磨孔里添粮食，有时夺了大人的笤帚在盘上乱扫。那时没有儿童乐园，也没有游戏厅，小孩喜欢黏在磨房凑热闹，时常调皮捣乱搞一些恶作剧。

一次，村东头一位奶奶磨面，我和表兄在门口玩。本来她家的毛驴就喜欢偷懒，每转到门口，我们就轻轻地喊一声："吁住！"驴听到吁声，错以为主人发了善心，让自己歇会儿，便停下脚步，喷个响鼻，立定休息。奶奶生气地抽打驴屁股。一圈转过来，我们又偷着喊："吁住！"驴又停步不前，奶奶又生气地抽打驴屁股。奶奶耳朵不好使，只看驴停步，不闻有吁声，把气都发在驴身上。三番五次之后，扭头发现我俩正在门口捂着嘴发笑才悟出究竟，气得她拿着笤帚疙瘩追得我们满街跑。

我们村有五百多户人家，当年都靠石磨或石碾生活。村里有不少磨，有的祖传而来，有的是后来置办的，都在村里不同的位置，除了自用，还为乡亲们提供着方便。因而，拥有一盘石磨也是一件快乐的事情。但有的兄弟分家时，为一盘石磨争得面红耳赤，最后只能各分一扇，如此情形则另当别论。

石磨需要定时打磨。我们这一带没有人会打磨，打磨师傅均来自本县的西南。据传，他们都是从太行山学成而归。师傅肩背褡裢，内装斧凿等专业工具，走街串巷，远近闻名。为保护眼睛不被溅起的石渣损伤，都戴一副墨镜，但墨镜颜色不太深，怕打磨时找不准磨线。打磨师傅均为有磨的人家的老关系甚至隔代的交情，石磨什么时候该打修，不用去叫，师傅有时间表，会"不请自来"。

石磨是生活的必需品，也是民间祈祷丰收的信物。每逢过年，奶奶总不忘把两个磨孔里装满粮食，并给石磨披上红布，给磨房的门贴上吉祥的对联。我记得其中一副是：瑞雪纷飞梅花笑，东风浩荡战旗红。

我以为就是图吉利，奶奶说："不光是，有说法。"

她说："咱这磨盘下面是地道，日本人'五一大扫荡'那一年，

石磨（一）

石磨（二）

日本人一来，村干部就藏在里面。有一次，村西响起了枪声，民兵刘启明说，‘你们进地道，我来应付’。当时我是区妇救会主任，在滹沱河边的村子发展党员，工作的进展很快。自 1937 年到‘五一大扫荡’，这一带只要化名里带‘芳’字的党员，都是我介绍入党的（我奶奶名景云，为保密将名字改为‘云芳’）。由于汉奸告密，日本人到村里来抓我，我们在地道藏了一天。当时，你风爷是儿童团长，又给我在脸上抹了锅灰，让我女扮男装，才混出人群，趁机逃脱。启明同志后来牺牲了。”

如此一说，磨盘当然应为红色，怪不得奶奶给它披红。

前些天回村，问及那盘磨，知道的人已经不多了，下面的地道也早已夯实多年。人世间的事许许多多，不强求都留下美丽的传说。释放了善意，就收获了美。

石磨

宋新明

推起石磨，就推起了艰难的岁月。

在农耕文明的时代，一盘石磨在民间的地位到底有多重？它跟农人的生活休戚相关，是生存的必备工具之一，是生活的无言伴侣。

哪个农家院子里没有石磨？哪户人家又离得开磨？那个年代，农家院里的西边常常安放着两盘磨：一盘小磨，用于推小豆腐；一盘大磨，用于磨细面、推煎饼糊子。小麦、玉米、高粱都要经过大磨的研磨，才能出来精细的面粉。

一盘石磨，蹲守在农家院子里，历经沧桑，见证了苦难，见证了贫穷的岁月，见证了幸福的日子；一盘石磨，记录了农家人的劳苦与辛酸，奋斗与拼搏，书写了历史和生活；一盘石磨，寄寓了农家人对美好生活的向往与追求。吞进多少粮食，吐出多少面粉，它最有发言权。这家日子是否富裕、是否缺粮断炊，它最清楚。它是农家烟火日子的史记。

家乡的石磨是使用常山石材制作而成的。那秀丽的常山，海拔不过300米，却盛产石磨、石碾、石碌碡、石夯等各种石具。

石磨由磨台、底磨盘、上磨盘三部分组成，磨台一般比磨盘的直径大三四十厘米。底磨盘固定在磨台中心，底盘上部的中心凿一小眼，安一磨脐；上磨盘中心也凿一小眼，与底磨盘的眼一样大小，确保上下

石磨

磨盘咬合时，能绕着磨脐顺畅转动。上磨盘接近中心位置凿一磨眼，作为进料口，上磨盘外围安一对对称的磨把，作为动力连接点，用铁丝或绳子做长约三十厘米的磨扣子，挂上磨棍就可以推着磨盘行走。

石磨磨出的面粉粗细，关键在磨齿。制作石磨时，石匠用錾头把石块掀起，凿出平面，然后开凿磨齿。无论石磨大小，都是四十根齿，分为五组，每组八根齿，逆时针旋转。石磨下得粗细与石齿留出的口大小有关系，留的口大，下得粗；留的口小，下得细。

推磨时，将磨棍放在肚腹上，推着逆时针行走。推磨前将泡好的粮食放在磨顶上，用一小勺将粮食从磨眼里添入，转动上磨盘，上下磨齿就像人口中的上下牙齿一样，经过咀嚼，糊子或面粉就从磨齿间缓缓流出。

小豆腐磨，重量轻，一个人就可以推动。大磨，主要是推煎饼糊子或磨面粉，需两个人推，有时也用驴拉。

大集体时，牲口是集体的，农户家推磨全是人工。白天，人们都要到生产队里去挣工分，推磨的活儿大都在晚上或凌晨。晚上，推面粉。将玉米、小麦磨碎后，再用箩筛将不过关的粮屑碎渣，重新倒进上磨盘磨眼，进行新一轮的磨合粉碎，反复多次，最后筛下的面粉细腻柔软，散发着阵阵清香。农家人将它们储存在合罐或面缸里，以后的日子，就可以蒸馒头、烀锅贴、烀饼子吃了。

凌晨，推煎饼糊子。晚上睡觉前，将玉米、高粱事先用温水泡在大盆里。天不明，农家妇女便将孩子从热被窝里拖出来，和她一起推大磨，沿着圆圆的磨道，无尽头地走下去。夏天，汗流浃背；冬天，全身披霜。那种辛苦和艰难自不必说。石磨不仅考验一个人的力气，还考验人的耐力和韧性。一个农家主妇，如果不能把石磨推得驾轻就熟，就不是一个合格的内当家。男人是不屑干家中营生的，无论多沉多重，男人的重任在坡里。天刚明，他们就带着犁耧耙具或锄头、镰刀去田地里劳作了。

和孩子推完磨后，女人放倒鏊子，开始抹煎饼。头几个先让孩子就着咸菜吃了去上学。女人便坐在鏊子前，聚精会神，开启了艺术创作，那又圆又大、薄而发香的黄灿灿或红彤彤的煎饼，半天工夫，便摞成半米多高，呈现在眼前。女人直起酸痛的腰杆，甩甩酥麻的手臂，脸上露出了胜利的微笑：全家人三四天的干粮不用愁了。

20 世纪 80 年代初，实行“大包干”后，牲口分到了各家各户，人们可以用驴拉磨了。驴拉磨时，须用一块布（俗称驴遮眼子）将驴的眼睛蒙住，既防止驴偷吃粮食，又不让驴偷懒。驴在看不见的磨道里执着地行走着。石磨发出呼噜呼噜的滚动声，混合着驴蹄踏地声，宛如一首古老而浊重的歌，在院子里回响。女人满脸笑容，望着快速流下的面粉或糊子，惬意非常。终于从繁重的劳动中解放出来，再也不用出大力气推磨，而且粮食越来越多，生活越来越好，如芝麻开花节节高。

石磨使用时间长了，磨齿便被磨平了，不肯下面，面不细，糊子粗。这时，便要请石匠师傅来錾磨。每次请石匠前，几个农家妇女常常联合一下，一家，石匠不愿侍候，三五家一起，干个三五天，石匠有吃有喝，还有收入，往往一请便到。

石匠就常山前那几个村有，经常外出錾磨的就那么几个人，谁的手艺好，谁的本领差，农家人都有数。錾磨是技术活，磨齿錾得锋利，出面快，推起磨来就省力；磨齿錾不好，石磨空转不出面粉，即使出面粉，颗粒较大，无法食用。每次请石匠錾磨，女人们都好酒好饭招待着，冲上一壶酽茶，摆上上好烟卷，堆上一脸灿烂的笑容，生怕石匠心术不正，在磨上多錾几锤或少錾几锤，弄得磨不好使。也有心眼灵活的，和石匠讲好，錾完磨后，要试一试，好使就给钱，不好使就不给钱。石匠们为了自己的名声和收益，也不敢造次。

千百年来，农家人的烟火日子离不开石磨，农家人的生命旅程依靠着石磨。石磨是根，石磨是魂，是农家人的图腾。

如今，随着社会的发展，科技的进步，农村的食品加工已实现了机械化，石磨逐渐退出了历史舞台，走进了老一辈人的记忆。很少有人再推石磨了。只有少数恋旧情结重的人，还仍然坚持用单手摇动的小石磨来推小豆腐吃。大的石磨各奔东西，走进了饭店，走进了展室，铺了台阶，垒了景点，形成了一道道风景，展示着古老的风姿，承载着厚重的历史，收藏着醇浓的记忆。

石磨，磨起了昨天的故事、沧桑的岁月；石磨，磨走了贫困的生活，磨来了幸福的日子。石磨，磨出了甘美，磨出了香甜，磨出一道道记忆的年轮。

水碓

陈理华

旧时的村子里，一般都会有水碓的。哪怕是偏远的只有两三户人家的村子，也会在自己家里做一个用脚踏的水碓来碓米吃。古老的水碓，是农耕社会里先进的机械加工设备，它为祖祖辈辈的人们提供了吃白米饭的方便。

旧时的水碓都是私人的，村里人去砻米时还要交一定的米或者钱。一般是按人头来算,年终时结算。那时家里若有一间棚碓，就相当于现在在繁华大街上有一间店面。

依山而建的水碓房，墙基是用岩石砌成的，足有五尺多高。房子用木材构架，与我们平时住的房子差不多，但是用料较粗糙。支柱、房檩和房架都用粗大的杉木搭建，显得牢固而粗野，屋顶棚板上用青瓦片覆盖，室内宽敞、明亮、透风。

水碓自然要建在有水的地方，所以一般来说水碓都是一座孤零零的房子，离村子有一定的距离。一座沧桑古朴的水碓房，即使没人在碓米，也能一眼就认出它来，因为其墙壁、门板、瓦片上都布满白白的米糠，有点儿像童话故事里的雪房子。要是有人在里面劳作，老远老远就能听到一声接一声“扑笃——扑笃——”的响声，声音很大，也很杂。

走近就可看到一个黑乎乎的立式水轮在一股股溪流的冲击下不停地转着。这水轮就是水车，设置在溪畔河边。开碓时，提起关水的闸门，湍急的水流带动着体积庞大、笨重却似飞轮的水车。在水的推动下，水车中央的轴承随之带动各个动力机械部位，让砻和碓都动起来。水碓是农耕社会里最先进的碾米工具，反映出我们先祖的高超智慧。

碓房分两层，楼台不高，由一架仅四五个台阶的木梯连接在一起。

上层放砻，铺着木板，下面是空的，放轴承，楼上的角落里放着一架风扇，这是扇糠壳用的；靠墙边还有两三级台阶，上去后会看到一个小门，要砻米时便从这出去拉开闸门。闸门就像一个总开关，当打开溢水口时，沟渠里的水就会流入田畴灌溉作物；当关闭溢水口时，沟渠里的水流就像一个引水槽，引着溪水不断冲动水轮。

放水时，随着“哗哗哗”的流水声，溪水顺势一冲而下，那架黑乎乎的水车也开始“吱呀吱呀”地转动起来。水轮中轴是一根粗大的木轮轴，轮轴两头紧扣着铸铁圈，由于长期在基座上转动摩擦，虽然岁月已久，却还是显得雪白锃亮。轮轴上还错落有致地分布着几块短拨板，轮番拨动碓杆尾梢会带动连机碓。据说这种连机碓是魏末晋初时杜预发明的。

下层一进门便是两米左右宽的空地，这是方便别人进出的。放碓的地方，要高出地面五六寸，一人高的楼边排放着六七个碓子，没有碓米时，那些碓子被一个个藤套套着，垂着长长的碓嘴儿，静静地等在那儿，样子有点儿像一群笨笨的等着主人来喂的驴子。在碓房的最里边还有一架米床，是让人筛米时用的，在水碓里碓出的米，有许多的米糠，这时就要放在这架米床上筛去糠和米碎……

水碓是由碓与臼组成的，它们像一对恩爱的夫妻，形影不离。臼，是用石头打制成的口大底小的器皿，埋于地下，口与地表相平。碓却要复杂一些，它是由碓杆、碓头、碓嘴组成。碓杆是一段约两米长的木头，与地面平行，顶端凿一个洞，装上碓头；碓头是一根半米长、质地硬实的木头，直径十三四厘米，顶头套着一圈生铁铸的或石头打的牙。转轴上装有一些相互错开的拨板，拨板是用来拨动碓杆的。流水冲击水轮使它转动，轴上的拨板拨动碓杆上的梢，使碓头一起一落地舂米。屋顶上再垂下两条绳索，中间吊着一根横木，横木上，每个碓头的地方垂挂着一个用粗藤做成的套，若是这臼米碓成了，就把碓头包在套上，人就可以蹲下起米了。有些人为了多碓些糠，就直接把谷子放进水碓里，但这样出米也相应较慢些。

谷砻的结构和工作原理跟石磨差不多，谷砻由毛竹、树木和黄土制成。砻的外层是一个大小合适、两头空空的筐，在筐中间要放一个空心的竹筒做圆心。连着这圆心的是一个交叉的木架子，目的是撑住那个筐，然后要把所有空的地方都填上搅和得黏黏的黄泥巴，填上后还要把它们夯得实实的，最后在上面密密麻麻地钉上竹钉。做好的砻再套上用杠杆原理制成的转轴，水车一动，砻也就动了。

谷砻一个小时可以砻出一百斤左右的谷子，砻下的谷米要用风扇扇去一部分谷壳。然后放入碓里让碓去捶打。一碓米要敲打四五个小时，主人还要不时地去翻一翻碓里的米，这样米受打的程度就会均匀。米起出来后，还要拿到米床上去筛，筛去米碎和米糠，这样洁白如玉的米才算显露出原本的面貌。

如今在农村，再也听不到那种淳朴的“扑笃——扑笃——”的碓声了，碓声已远离我们的生活。水碓就像完成了时代赋予的使命一样，逐步退出了历史的舞台。

碌碡

liù zhou

概说

碌碡，一种农具，用石头或木头做成，总体类似圆柱形，用来轧谷物、平场地。也叫石磙、石碾、碌轴、溜轴、磙子、浑子、石辊、辊轴、碾磙等，各地叫法不同。在华北地区的农村，多作为脱粒工具，一般大碌碡由两头牲畜拉动，小碌碡由一头牲畜拉动。

历史

碌碡的历史悠久，据说是由鲁班发明的，但目前没有发现有文献记载。北魏《齐民要术·大小麦》关于青稞和小麦脱粒的注文中有记载："治打时稍难，唯伏日用碌碡碾。"碌碡也被用来作为平地的工具，《齐民要术·水稻》载："先放水；十日后，曳陆轴十遍。"

隋唐时，随着农业经济重心南移，南方水田平整方法获得了新的发展。陆龟蒙《耒耜经》记载："爬而后有砺礋焉，有碌碡焉。自爬至砺礋皆有齿，碌碡，觚棱而已。咸以木为之，坚而重者良，江东之田器尽于是。"这里说的碌碡就是《齐民要术》中提到的陆轴，最初是石制的旱地农具。唐朝时改为木制，被用于水田。王祯在《农书》中记载："然北方多以石，南人用木。"自唐朝以后，碌碡的制作材料木、石皆可，不过北方多用石头制成，南方多用硬木制作。

碌碡的使用在宋朝已十分广泛。范成大在《四时田园杂兴六十首》诗之六中云："骑吹东来里巷喧，行春车马闹如烟。系牛莫碍门前路，移系门西碌碡边。"从诗中可以看出，几乎家家户户都有碌碡，在农闲时节，碌碡被搁置在门外，成为拴牛的工具。

南宋楼璹在五言律诗《耕织图·碌碡》中详细记载了碌碡的使用："力田巧机事，利器由心匠。翩翩转环枢，衮衮鸣翠浪。三春欲尽头，万顷平如掌。渐暄牛已喘，长怀丙丞相。"可以看出，人们利用牛拉碌碡使万顷土地平整。

宋朝之后碌碡的形状和使用已成熟，基本没有什么变化。如元朝的《农桑辑要》对于用碌碡脱粒有详细记载："天晴乘夜载上场，即摊一二车。薄则易干，碾过一遍，翻过，又碾一遍。起秸下场，扬子收起。虽未净，直待所收麦都碾尽，然后将未净秸秆再碾，如此，可一日一场。”这里详细记载了碾压、起秸、扬子等过程，与现在的脱粒方法基本没有区别。《农书》还记载了碌碡脱粒、平地的两种作用：“碾打田畴上块垡，易为破烂；及碾捍场圃间麦禾，即脱稃穗。水陆通用之。”

春旱时，用碌碡碾打田畴垡头，有保持土质水分的作用，冬季时可以使农作物根系与土壤接触得更紧密，能够防治鼠害、虫害。清朝《棉业图说》一书中记载：“施肥之后，或压遮田鼠等之通穴，或溃杀地蚕等之害虫，皆有大效。”到清朝时，人们还认识到用碌碡碾压田地有除虫害的作用。

碌碡的作用一直延续到近现代，在北方主要用来脱粒、压场、压路等。

形制

碌碡作为一种碾压农具，其形状有圆筒形，有截头梭形等，表面或光滑，或錾有斜沟。碌碡主要由圆柱形石磙和配套的木框组成，石磙多选用花岗岩、石灰岩或片麻岩等石材制作，一般有专门的匠人来制作，先凿出大致形状，形成母胎，然后进行细致加工。木框由两道横梁、两道边梁、两个圆木销子构成，在边梁上凿出长方形的洞，榫接而成。后来出现了机械拖拉碌碡后，木框就慢慢用得少了，因为在拖拉机等机器后面木制的容易断。

碌碡的尺寸一般不是固定的，《农书》记载："其制长可三尺，大小不等，或木或石；刊木括之，中受簨轴，以利旋转。"

碌碡可以用人力拉、牲畜拉，后来还可用拖拉机等机器拉。在过去，多以人力或畜力拉，故民间俗语："叫你买牛不买牛，老婆孩子拉碌碡。"在用牲畜拉碌碡时，为防止牲畜偷吃，一般会给它们戴上"笼嘴"（竹篾子或者铁丝编制的半球形器物），有的还会把牲畜的眼睛蒙上。用牲畜拉碌碡时还要防止它们将粪便拉在场地里的庄稼上。

文化意义

碌碡作为农具，不但在农耕经济中起到了重要作用，在历史上还起到了其他作用。

据说当年秦始皇修长城快完工时，石料不够了，以前交通落后，从外地运过来需要一定的时间，于是秦始皇下令高价收购碌碡。老百姓一听说能卖高价，心想就是一块大石头，就都动了心，纷纷把碌碡送来了。一过秤，人们都傻眼了，一个碌碡才几斤重。原来秦始皇让人把秤砣换大了。

这当然只是一个传说，按照秦始皇的性格，人都能拉去修长城，几块"石头"还需这么费劲，直接征收了不是更省事。虽然碌碡的出现可能较早，但有文献记载相对较晚。目前还没有发现秦朝有关于碌碡的文献记载，出土的文物中也未发现秦朝时期的碌碡。

碌碡除了用作农具，还能当作武器使用。碌碡作为武器用来御敌，攻击力不可小觑。《金史·赤盏合喜传》记载："龙德宫造炮石，取宋太湖、灵璧假山为之，小大各有斤重，其圆如灯球之状，有不如度者杖其工人。大兵用炮则不然，破大砲或碌碡为二三，皆用之。"

碌碡与人们的生产生活密切相关，有些地方还形成了关于碌碡的民俗文化。如碌碡会，这是一种融合了打击乐、管乐、说唱和秧歌等形式的民间花会。目前保存完整、人物行当最齐全的是天津杨柳青一带的碌碡会。碌碡会类似于秧歌剧，但主要通过唱词讲述故事，故事讲的是一个十七岁的女子嫁给了一户以织席为生的贫穷农家，丈夫好吃懒做，婆婆也不劳动，全家的生计就靠女子和公公织席维持。碌碡会的音乐以哀调音乐为主，表现女子受苦的哀怨之情。表演者主要有

儿媳、小姑、公公、婆婆、丈夫，在表演推拉碌碡时，以踏步为主要步法，步法沉重，有着特殊的魅力。

有些地方还有“拉碌碡”的习俗，这是民间社火中的一项歌舞表演。一般由一个老汉扮演赶碌碡者，婆婆和儿媳扮演拉碌碡者，一个后生扮演送饭者。表演用的碌碡一般用彩布或彩纸糊起来，表演者在鼓钹声中边唱边舞，舞姿滑稽，唱词有趣，常常会引起人们的大笑。唱词一般是歌颂劳动生活，讽刺不务正业的懒惰者。

各地有许多与碌碡相关的民间习俗，基本都是对劳动生活的赞扬，也有对生活艰辛的同情等。碌碡作为农耕经济的产物，目睹了农家人的勤劳，见证了农家人丰收的喜悦。随着时代的发展，碌碡逐渐成为遥远的过去，成为人们心中美好的回忆。

石碌碡

宋新明

“南山顶上滚碌碡——石（实）打石（实）。”这句歇后语，是对石碌碡诚实品质的一种称赞。石碌碡和石磨、石碾不一样，它不是农家人朝夕的陪伴，每年也就麦收、秋收两季施展一下拳脚，其余时间只能待在犄角旮旯，寂寞地打发无聊的时光。

碌碡虽然使用时间不长，农家生产生活却离不开它。

每当农家人用到时，它总是尽职尽责，实心实意奉献自己的躯体和力量。

麦收前，农家人要把场压好才能收割小麦。勤劳的农民，晨曦微露，便早早起床，将沉寂了一年的场院，用大镢或锄头刨起来，撒上麦糠、草木灰，用耙子耙好，剩下的任务就全交给碌碡了。农民大伯将一根绳子拴在碌碡拐子上，在场里来回转圈，一遍一遍滚动压实，压好的场，瓷实干爽，平整光滑，如一面镜子。小麦收获后，在场院里打场、晾晒。

没有脱粒机的年代，碌碡就是最好的器具。麦收时节，农家人将麦子在场里摊开，套上驴，拉着碌碡，飞速地在麦穗上跳跃、滚打。每打一段时间，用木杈将麦穗翻弄一遍，再滚打，直至将麦粒全部打下来，剩下的也就是些瘪粒或漏网之鱼。

驴打场时，人们用一块布或破衣服，将驴眼蒙住，既防止它偷吃粮食，又能让它安心干活。为了加快脱粒进度，一头驴可以同时拉两三个碌碡，它们紧跟驴的步伐，步履铿锵，在麦穗上轧轧而过。赶驴人还要准备一只大瓢，随时接驴粪、驴尿，不能让驴在麦场里随地大小便，污染了辛辛苦苦打下的粮食，它们比金子还珍贵。

麦收之后，碌碡暂时下岗，默默地蹲在角落里，等候秋收时重新上岗。

秋收开始，碌碡进入一年中最忙碌的阶段。谷子、黍子、大豆这些粮食都需要碌碡来给它们脱粒。人拉、驴拉、牛拉，各种力量齐上阵。每到中午时分，场院里就响起"吱扭吱扭"的声音，有的舒缓，有的急切，有的尖厉，有的优雅，这是一场碌碡的大合唱。偶尔一声高亢的驴叫，将合唱推上了高潮。打场的人，是这场大合唱的总指挥。他立在场院中间，一手牵着缰绳，一手扬着鞭杆，嘴里不停地吆喝着牲口，引导它沿着一个固定的圆圈行进，它身后的碌碡则不停地转动滚打。女人跟在碌碡后面，随时将压实的穗子挑起、翻弄，便于滚打。

有了碌碡，就有了粮食的颗粒归仓；有了碌碡，就有了农家人的丰衣足食。碌碡虽然忙碌，但它是高兴的。每当农忙季节，它浑身光滑，精神亢奋，斗志昂扬，不知疲倦。它喜欢这样的生活，累并快乐着。只有这时，才能体现它的价值，它才能成为农家人的心爱之物。有时人们为早将自己的粮食打完，纷纷争夺碌碡，一时间，它成为人们争夺的"香饽饽"。碌碡这时会特别高兴，它多希望这样的日子长期持续下去呀。可惜，这样的日子常常很短暂，少则十几天，多则一个月，碌碡就光荣地完成了自己的使命，成为静卧一隅的闲物，被岁月的尘埃湮没。

碌碡，是农耕时代的产物。碌碡的沟沟坎坎里，铭刻着农家人劳作的辛勤；碌碡的斑斑驳驳里，承载着农家人生活的艰辛；碌碡的沧沧桑桑里，记载着时代的变迁与革新。

随着时代的不断发展，现代化机械取代沿袭了几千年的石具。隆隆的联合收割机，奔驰在田野里，碌碡少有用武之地，它横卧在庭院里、尘土里，成了农家人遥远的记忆。

耙

pá

概说

耙，一种农具，用于碎土、平地和除草，主要类型有钉齿耙、圆盘耙等。耙，从耒，从巴，『巴』有附着、黏着、匍匐的意思，『耒』指农具，『耒』与『巴』组合表示『一种把碎土、堆肥、杂草摊开，使它们附着在农田表面的农具』。武术器械中的铁齿钉耙便是由这种农具演化而来。

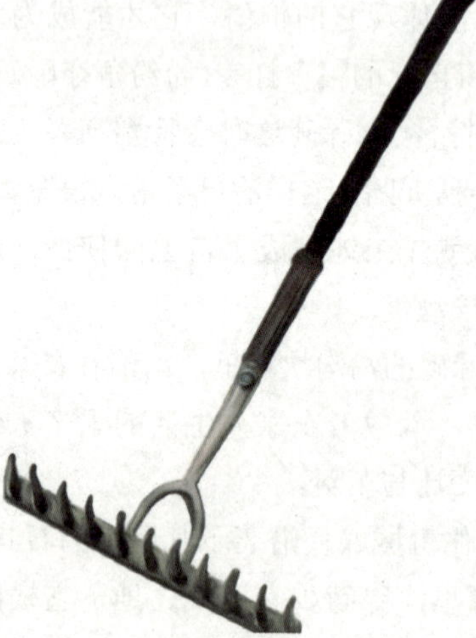

历史

耙有人力耙和畜力耙两类，人力耙出现于战国到秦汉时期。魏晋及以后的壁画中发现许多耙田的图像。1972 年在甘肃嘉峪关出土的魏晋墓室壁画中，发现了耙田图。图中耙的一根横梁上均匀分布着一排木齿，前面有一头牲畜挽行，后面有一人蹲在耙上，手中挥舞着鞭子。这种耙被称为“人字耙”。北魏贾思勰《齐民要术》记载：“耕荒毕，以铁齿镉榛再遍杷之。漫掷黍穄，劳亦再遍。”文中提到的铁齿镉榛便是耙。南朝《荆楚岁时记》：“四月也，有鸟名获谷，其名自呼，农人候此鸟，则犁耙上岸。”可见，耙已成为常用的农耕工具。

关于方耙的最早记载出现在唐朝陆龟蒙的《耒耜经》中：“耕而后有爬，渠疏之义也，散坺去芟者焉。”也就是把田地耕一遍，然后灌水耙一遍，把土块耙碎，去除杂草。耙在唐朝也称爬，上有横把，下装六齿，人以两手扶按，用一头牛在前面牵引。方耙与人字耙相比，结构牢固，受力面积大，人站在上面耙不容易陷于泥中。明代《农政全书》对耙的这两种分类有明确记载：“耙制有方耙，有人字耙，如犁，亦用牛驾，但横阔多齿，犁后用之。盖犁以起土，惟深为功；耙以破块，惟细为功。”

宋朝农业经济发展迅速，与当时农具和农业生产技术的推广有很大关系。在北宋的墓葬中，常常发现成套的铁制农具，如犁、耧、耙、锄、镰等，其中耙、锄等适用于精耕细作的农具较多。宋朝还出现了一种被称为“铁搭”的铁耙，不过这种铁耙应为翻土工具，与专门耙地的耙有区别。《农书》中记载：“铁搭，四齿或六齿，其齿锐而微钩，似耙非耙，劚土如搭，是名铁搭。”

精耕细作农业生产模式的

发展离不开生产技术的提高，生产技术的提高离不开农具的广泛使用。《种莳直说》记载："古农法，犁一耙六。今人只知犁深为功，不知耙细为全功。耙功不到，土粗不实，下种后，虽见苗，立根在粗土，根土不相着，不耐旱，有悬死、虫咬、干死等诸病。耙功到，土细又实，立根在细实土中。又碾过，根土相着，自耐旱，不生诸病。盖耙遍数惟多为熟，熟则上有油土四指，可没鸡卵为得。"文中详细介绍了耙地的功劳，"犁一耙六"就是说把土地犁一遍，要跟着耙六遍，才能把土块弄细，地要耙到土熟为止，所谓土熟就是土细腻到表面有一层油状泥糊，把鸡蛋放在上面就能沉下去，这样的土地种出的庄稼除了耐旱，还"不生诸病"。因此说"耙细为全功"，这正是精耕细作的体现。民间也有谚语说："耕三遭，耙三遭，秋后捡个金元宝。"

唐宋之后耙广泛使用，在诗文中也有体现。比如陆咏在《吴下田家志》中写道："九九八十一，犁耙一齐出。""九九八十一"指冬至之后的第八十一天，这时已是春天，耕种的农具犁、耙都要出动准备春耕了，说明犁耙在当时已是主要并且常见的农具。金朝赵秉文在《长白山行》中写道："瘦妻曳耙女扶犁，惟恐官军缺粮给。"犁耙在农业生产中多由男子操作，而诗人看到的却是"瘦妻曳耙女扶犁"，说明家中没有成年男子，也许在外打仗，也许已战死，表达了农民生活的艰辛与不易。元朝睢景臣《哨遍·高祖还乡》套曲："也曾与我喂牛切草，拽坝扶锄。""坝"通"耙"。

随着科技和机械的发展，牛耕犁耙的农业模式渐成过去，由人力、畜力牵引的耙逐渐被拖拉机取代。而现在，出现了更先进的耙地机，与过去的耙相比，它除了碎土块、细化土壤，还能将地里的秸秆粉碎，然后与地表土混拌在一起。

形制

耙是传统农业生产中的常用工具，在过去，耙一般由木料制作框架，铁料制作耙齿。耙的尺寸各地略有不同，长度在两米左右，宽度为六十厘米左右，耙齿的长度为十八厘米左右，耙齿安装在两根长木上。

农业生产中，常用的耙有圆盘耙、齿耙、水田耙等。

圆盘耙主要用于农作物收获后的浅耕灭茬、早春保墒和犁地后的碎土等。圆盘耙的耙片为成组的凹面圆盘，耙片的刃口与地面垂直，且与前进方向有一可调节的偏角，在拖拉时，耙片滚动向前，切开的土块随着耙片凹面上升到一定高度后落下。

齿耙主要是用于旱地犁地后的碎土、松土、平整等，常见的齿耙主要有钉齿耙和弹齿耙。钉齿耙用于犁地后的碎土、平整工作，也可以用于覆盖撒播的种子和肥料，或者苗期的除草、疏苗等。耙齿横断面有方形、圆形、椭圆形、菱形、刀形等。弹齿耙有很好的碎土、松土、除草效果，其耙齿是由弹簧钢片制成的弓形齿，具有一定的弹性，因此，作业时不易被缠住或堵塞，遇到石块等硬物时也不易损坏。

水田耙主要用于水田耕后碎土，也可代替犁耕。水田耙可搅混泥土，利于插秧。为便于作业，一般采用悬挂式，主要由耙组、耙滚、耙架组成。

耙地是一项辛苦的农活，不但需要掌握一定的技巧，还要特别小心。以旱地的碎土、平整为例，刚犁过的地里有不少大的土块，地面极不平整，人站在耙上会随着耙摇晃，要注意保持身体平衡，稍有不慎，就有可能掉下去，很容易被耙齿伤到。

文化意义

耙的发明和使用是我国劳动人民智慧的结晶，因此，人们对耙有着特殊的感情。在农村，有的地方对耙的制作十分讲究，闰年时，耙要多打一根齿。有些民谣中也有耙的身影。如客家童谣《缺牙耙》："耙猪屎，种冬瓜。瓜盲黄，割来尝。瓜盲大，割来卖。卖有钱，学打拳……"乾隆皇帝在《农器图十咏》中作诗歌咏了十种农具，其中耙排在了第二。"渠疏破块佐犁功，著土根牢且避虫。践履欲频培欲密，即云为学岂无同。"诗中描绘了耙在农业生产中的作用。

现在，传统的耙已很少见，但它见证了历史，见证了我国农业的发展和进步，仍然鲜活存在人们的记忆里。

小耙轻摇的时光

宋新明

小时候我最喜欢的就是放假，虽有劳累，却也有欢乐，更重要的是有各种各样的田间美味。

那个大集体的年代，农村的学生除放寒假外，还要放麦假和秋假，麦假 14 天，秋假 21 天。这两个假期都是为了帮助生产队收获而放的。

麦假时，老师便带领我们到地里去捡拾麦穗。一班二三十个学生，像一群小鸡叽叽喳喳，跟在老师的后面。生产队队长将我们带到一片片收割过的麦田里，和老师交代完任务后就走了。老师带领我们沿着每一个畦垄细心地捡拾一个个麦穗，弯腰抬头，像极了小鸡啄食。为了防止学生们偷懒，老师除了给学生划分好畦垄外，交麦穗时还要过秤，对捡拾麦穗多的同学进行表扬。

麦收时节，天气炎热。太阳像一个大火盆在头顶上炙烤着，地上白色的麦茬反射着明晃晃的光，使我们感觉更热了。小孩子的脸都热得红彤彤的，像熟透了的苹果。小腿被麦茬划出一道道红印，手臂和脸则被麦芒刺出一些大红点，汗水流下来麻漉漉地疼。拾麦穗虽然又苦又累，但也有欢乐的时刻，拾累了的时候，我们或倚在麦垛上，或席地而坐，用稚嫩的小手搓麦粒吃。将麦穗放在手心里，两手使劲搓去麦皮，黄灿灿的柔软的麦粒便呈现在手心里，然

耙（一）

后一仰脖将麦粒掩到嘴里，慢慢嚼一嚼，麦香醉人。

麦假有苦也有乐，但因天气太热，小孩子们都不太喜欢麦假，却对秋假情有独钟。

秋天是收获的季节，秋天也是播种的日子。

当满坡的庄稼收获后，大地露出坦荡的襟怀。这时拖拉机、链轨车，还有在农村已使用了几千年的独犁，就在广阔的田地里展翅飞翔。它们用明亮的犁铧将黄褐色的土地一块块翻卷，泥土的浪花在犁铧的身后欢 快地跳跃，一股股沁人心脾的泥土的芳香在空气中弥漫，庄稼人欢快的笑声和说话声时时在田野里荡漾。

收获是喜悦的，播种则充满着希望。常言道：一年之计在于春。但这秋天的播种似乎并不比春天的差，因为秋天播种的是冬小麦，这可是来年一年的大馒头啊！播种不好，明年就不会有丰硕的收获。

每到放秋假的时候，秋高气爽，气候宜人。最重要的是各种果实都进入了收获的时期，劳动外也能享享口福。地瓜、花生、玉米都是美味。尽管队长和老师三令五申，不许我们偷吃，但怎能难住这些鬼精灵的馋嘴小子。

麦假的活儿单一，秋假的活儿种类多。老师有时带领我们砸土坷垃，有时用小镢头刨花生，有时捡拾豆粒。生产队队长还会挑选一些学生，去干与各人体力差不多的活儿，譬如踩耙、牵牛等。

我最喜欢踩耙了。因我个子小，体重轻，常常被队长选中。

庄稼收获后，除留一部分春地来年种植花生、地瓜、春玉米等作物外，大部分都要耕翻种冬小麦。土地耕翻了，必须耙平整，才能种麦子，要不播种机没法种，种下后不透气，小麦也不容易发芽生长。因此每年播种季节，生产队里都会找人来耙地，年龄大些的牵牛，年龄小的孩子踩耙。

小耙是长方形木框，大多 1.5 米长，0.6 米宽，30 多根带尖头的铁耙齿，中间有两根斜横，踩耙人两脚就站在这两根斜横上。耙框前后的两根长木上各有一个铁环，用来拴耙绳，踩耙人手抓着耙绳掌握平衡。

每次我站在小耙上，就像站在一只小船上，在土地的海上遨游，轻松自在，好不惬意。踩耙也是个技术活，不熟练的，有可能掉进耙里而受伤。

每年我都会和我的邻居金大叔结对，他牵牛，我踩耙。我们配合默契，耙出的地块既平整，土块又细碎，常常受到队长的夸赞。

耙地时，金大叔牵牛在前面匀速走着，我站在耙上，手握耙绳，一会儿向左用力，一会儿向右用力，小小的身体在小耙上扭来晃去，小耙便像扭麻花似的在田地里走着 S 形。耙底下的土坷垃瞬间粉身碎骨，个别顽固的土坷垃随着耙滚几个来回，也不得不缴械投降。有时我看到牛有点儿累走慢了，便一只手抓住耙绳，一只手得意地扬起手中的鞭子，朝牛的后腚抽去，牛便忽地朝前跑去。这时我必须紧紧抓住耙绳，否则有可能掉到耙下，那样就危险了。

多数的时间我都在耙上悠然自得，活儿好又没有脾气的老黄

耙（二）

牛不紧不慢地拉着我和耙。牵牛的金大叔话不多，一天说不上几句。我便自己哼着小曲，眼睛不停在田野里搜寻乐趣。蚂蚱、蝈蝈儿、蛐蛐儿在田地里飞来蹦去，小鸟在没有耕翻的土地上跳跃着啄食掉到地里的粮食，上下翻飞的小燕子时而俯冲而下，叼着一只小蚂蚱而去，一只野兔慌慌张张从田地里冲向附近的沟里。高远的天空蔚蓝得没有一点儿杂质，远处的几朵白云静静的，看不见移动。太阳暖暖的，秋风凉凉的，好一个醉人的秋天。

时间长了，耙底下会积满青草、秸秆等杂物，我站在耙上也不用下来，向耙的前面挪一挪脚步，然后将后面的耙绳轻轻地一提，杂物就掉了下来。如果杂物太多，不容易掉下，我们便到地头停下，用手将杂物清理干净，然后晾晒在那里，回家时放到早已准备好的提篮里，背回家做烧草。那时缺吃的，也缺烧草，这也是我们耙地人的福利，别人是没有这样的待遇的。

秋耕耙地的时候，中午是不能回家吃饭的，都是生产队里安排人送饭。每天还不到正午，我的肚子就咕咕地叫了。远远看到送饭的挑着担子来了，人和牛都急急忙忙赶到地头收工吃饭。一份干粮，一样菜，还有一壶温水，是我们的标配。每次吃饭前，我都会让金大叔用水壶里的水帮我冲着洗洗手，而他自己从来不洗。我问他："大叔你不洗手，不脏吗？"他却说："我又没拿东西，牛缰绳还脏！"我一时无语。

我和金大叔是黄金搭档，合作了好几年。记得有一次父亲晚上从生产队开完社员大会回来，高兴地告诉我："孩子，你今天晚上受到队长表扬了，他夸你和金大叔耙地最多，质量最好。还说要给你一个整劳力的工分！"听了父亲的话，我幸福地笑了。

至今，我还对那段时光保留着美好的记忆。

清院本 《清明上河图》（局部）

镰刀

liándāo

概说

镰刀，一种农具，用以收割庄稼和割草，由刀片和木把构成，有的刀片上还带有小锯齿。镰，从金，廉声，『兼』的篆文是手持两禾之形，因此，镰是一种收割工具。《说文解字》对镰的解释为：『镰，锲也。』锲有雕刻、割之意，有的地方锲刀也指镰刀。镰刀在古代也叫铚、钐刀、艾、钹镰等，是过去农村常见的农具，与锄、锨、镢一起被称为传统农具『四大件』。

历史

镰刀作为一种收割工具，产生较早，最初的制作材料为石头。在原始社会，收割谷物的工具为石刀之类，石刀逐渐演变为石镰。石镰至迟在石器时代已经出现，河北武安磁山遗址和河南新郑裴李岗遗址都曾出土许多制作精美的石镰。

商周时期，收割工具还是以简陋的蚌刀、石镰为主，不过已经出现青铜镰刀和铜铚（一种短镰刀），江西新干商代大墓出土的文物中就发现了青铜镰。不过这一时期的青铜多用来制作鼎、簋等礼器，用来制作工具的并不多，但铁镰的形制已与战国时期的差不多。

商周时期的文献对镰刀的记载也较为丰富。如《周礼·秋官司寇》："薙氏掌杀草，春始生而萌之，夏日至而夷之。"东汉大儒郑玄曰："夷之，钩镰迫地芟之也，若今取茭矣。"《周礼》记载，薙氏是专门掌管清除杂草的官职，至于割草使用的是何种工具则没有记载。经学大师郑玄给出了解释，认为是钩镰。

《诗经·周颂·臣工》中"命我众人：庤乃钱镈，奄观铚艾"讲的是周王关心农业生产，让农人准备好收割的农具，迎接丰收的景象。其中的"奄观"有视察之意，铚和艾都是农具的名称，铚是一种短小的镰刀，艾是一种芟草的大剪刀。

《尚书·禹贡》载："二百里纳铚。""纳铚"是指入贡禾穗，铚是收割工具——短镰，在之后的文献中多有记载和注解，如《管子》："一椎一铚，然后成为农。"《说文解字》："铚，获禾短镰也。"江苏还曾出土西周时期的铜铚，是一种没有木制把手的镰刀，整体呈蛋圆形，一端稍尖，刃部有细齿。

铜是人类最早发现并使用

的金属之一，但铜制农具在硬度上不如铁制农具，且铁矿资源比铜矿资源更丰富，随着冶炼技术的提高，战国时期铁镰便逐渐取代了铜镰。《国语·齐语》："令夫农，群萃而州处，察其四时，权节其用，耒、耜、枷、芟，及寒，击菒除田，以待时耕。"这里"芟"就是指镰刀。

汉朝时，铁镰已成功取代铜镰，成为常用农具。《吴越春秋》卷五《夫差内传》记载："譬若农夫之艾，杀四方蓬蒿。""艾"也是指镰刀，《农书》认为"艾"为"获器，今之钩镰也"，又引汉朝《方言》作进一步解释："刈钩，江淮陈楚之间谓之鉊，或谓之鍣，自关而西或谓之钩，或谓之镰，或谓之锲。"可见，艾、刈钩、鉊、鍣、钩、锲等都是镰刀的不同名称。汉朝有专门的冶铁作坊，基本是国家专营，冶铁技术已非常先进。犁、锸、铲、锄、耙、镰等常见农具均为铁制农具。

汉朝还有一种大型的镰刀被称为钹镰。这种钹镰适合砍割比较稀疏的农作物秸秆或者茎干高大的杂草。《说文解字》记载："钹，两刃，木柄，可以刈草。"四川德阳出土的东汉画像砖上，有四个农夫站着挥动钹镰砍削的场景。在古代，收割农作物一般只收割穗。因此，禾穗收过之后，留在地里的秸秆用钹镰砍割就比较方便。直到20世纪60年代，有些农村还可以见到用钹镰割草的情景。镰刀在汉朝之后其形制基本没有太大变化。

魏晋时期，出现了一种叫作钐刀的大镰刀，这种镰刀也叫钐镰。民间传说钐镰是诸葛亮发明的。葛洪在《抱朴子》里记载了钐镰："推黄钺以适钐镰之持。"

钐镰是一套组合工具，有一个负责割的刀片架和一个负责收的网包。钐镰把手较长，连接一个刀片架，刀片固定在一根木制支梁上，且有两个短把手方便操作者握持。用一根绳索系在两端，套在操作者的脖子上，可以让钐镰保持水平又能左右摆动。钐镰收割下的谷物，会落入后面紧跟着的由另一个人推动的网包里。钐镰收割的效率较高，但劳动量大，且容易伤人。

唐宋时期镰刀作为收割工具没有出现新的形制。直到元朝才出现了一种新的镰刀形制——推镰。王祯在《农书》中对推镰的产生原因、特点、使用等记载得较为详细："敛禾刃也。如荞麦熟时，子易焦落，故制此具，便于收敛。形如偃月。用木柄，长可七尺，首作两股短叉，架以横木，约二尺许，两端各穿小轮圆转，中嵌镰，刃前向。仍左右加以斜杖，谓之蛾眉杖，以聚所劚之物。凡用，则执柄就地推去，禾茎既断，上以蛾眉杖约之，乃回手左拥成稗，以离旧地，另作一行。子既不损，又速于刀刈数倍。此推镰体用之效也。"从王祯的记载可以看出，推镰应是在钐镰的基础上改造而成。推镰一个人便可操作，由于安装了两个小轮子，操作起来大大减少了劳动量且降低了危险性。

山东枣庄曾出土两件元朝的长条形铁刀，有人推测可能为推镰的刃。在新中国成立前后，陕西永寿等地仍有类似于推镰的农具在使用，根据对当地农民的调查，复制的推镰与王祯《农书》中的推镰基本相同。

随着农业科技的发展，镰刀逐渐被机械化的收割机所取代，不过在山区或较小的水田等机械不便进入的地方，至今还有镰刀的身影。

形制

镰刀作为一种古老的农业收割工具，经过各个时期的演变和改进，制作材料从最初的石料，到后来的铜、铁，其形制有大的钐镰、推镰，短小的铚等。从刀片来说，有双刃和单刃，有平滑的，也有带小锯齿的。

目前镰刀的主要类型有窄扇镰刀、宽扇镰刀、月牙镰刀、小镰刀等，一般将刀片安装在木制把手上，把手也有用铁制作的。镰刀除了用来收割稻、麦，还可用来收割豆子、芝麻等农作物。除此之外，还可用来割草，如《齐民要术》记载："稻苗长七八寸，陈草复起，以镰侵水芟之，草悉脓死。"

文化意义

镰刀作为常用的农具，不仅在农业中具有重要的作用，在传统文化中也有重要意义。镰刀象征着劳动者的辛劳和丰收的希望。镰刀还出现在中国共产党党徽中，象征农民阶级。

在木刻、剪纸、歌舞等民间艺术中，镰刀也是一个常见的形象。此外，镰刀也经常出现在文人的诗文中，如鲍照的“腰镰刈葵藿，倚杖牧鸡豚”，王昌龄的“腰镰欲何之，东园刈秋韭”，李白的“挥镰若转月，拂水生连珠”，宋祁的“压塍霜稻报丰年，镰响枷鸣野日天”，陆游的“起蚕初放食，新麦已磨镰”，康熙的“满目黄云晓露晞，腰镰获稻喜晴晖”，等等。

随着时代的发展，镰刀一直在不断改进和创新，以适应农业发展的需求。在农人的心中，它永远是一个好帮手。

镰刀

割麦刀

吕桂景

六月，我站在麦田边，望着金黄的麦浪随风起伏，一波连着一波，空气中弥漫着清新的麦香。只见，一辆辆全自动大型收割机从村口开向麦田，布谷鸟从田野飞向村庄，高唱丰收的赞歌，期待下一轮的播种。

每当此时，我便会想起儿时收麦的情景。当麦子刚刚泛黄时，父亲就早早地从墙上取下闲置了一年的䥥麦刀，卸下刀片，在厚重的磨刀石上反复地磨，直到锃亮为止。然后，用右手大拇指在亮闪闪的刀片上试探锋利的程度。蹲在一旁的我，快速地捂上眼睛，生怕刀片划破了父亲的手指。

䥥麦刀，俗称䥥子，是黄河流域一种传统的割麦工具。据说，这种工具发明于清朝末年河南王屋山一带。在农机匮乏的年代，䥥子曾被广泛使用，它比传统的镰刀要快出好几倍。䥥子由竹编、绳索、刀片和把手组成，整体模样像个大簸箕，只是在簸箕口边安上两尺多长的刀片。用䥥子割麦，不像用镰刀那样，腰弯得很低，身子只需向前微微倾斜。

麦子熟了，大人们开始忙碌起来。天刚蒙蒙亮，父亲就把我从睡梦中叫醒，和他一起去村北头田洼子地里割麦。我迷迷糊糊地揉着眼，磨磨蹭蹭不愿意去，父亲只好答应让我坐在架子车上拉着我，这才勉强同意。

走近地头，只见父亲右手紧握把手，

左手拽着绳索，从右往左呈圆弧形挥舞，每挥舞一下，一片麦子应声倒下跌进簸箕里，父亲随手把钐子翻过来，把麦子倒在地上。接着，挥起钐子继续收割。

我跟在父亲后边，把凌乱的麦子拾起、捋顺，归置成堆，便于父亲打捆、装车。然后，再把地上散落的零星麦穗拾起来装进麻包里，尽量做到颗粒归仓。父亲告诫我，要学会珍惜来之不易的粮食。

日上三竿后，毒辣的太阳炙烤着大地，像蒸笼一样。我悄悄躲到架子车下面乘凉，想偷会儿懒。父亲依旧挥汗如雨，一钐接一钐，不停地收割，衣服都湿透了，也不停歇。

猛然间，我听到远处传来卖冰棍的吆喝声："冰棍，卖冰棍喽！清凉爽口的冰棍，一毛钱三根了哈！"听到卖冰棍的声音，我腾地从车子下面蹿了出来，跑到父亲跟前，缠着父亲买冰棍。起初，父亲不同意，见此情景，我就以吃完冰棍继续拾麦穗为条件，给父亲做保证。看到我渴望的眼神，父亲答应了我的请求，不一会儿，一根透凉的冰棍出现在了我的面前。

如今，父亲离开我已经二十多年了，每每想起这些场景，心中便会涌起一股暖意。

钐子作为一种区域性农耕工具的代表，现在早已退出人们的视线，成为历史长河中的文明符号。

清 谢遂 《职贡图》（局部）

贰

淡出的人间烟火

风箱

fēng xiāng

概说

风箱，一种由木箱、活塞、活门构成的装置，将空气压缩以产生气流，用来鼓风，使炉火旺盛。风箱是由古代劳动人民发明的，在古代也叫韦囊、皮排、灵籥、橐、橐龠、鞴等，是冶金的重要工具，后来发明了双动式活塞风箱，在民间被广泛使用。

历史

风箱的前身就是一种鼓风器，在古代也称为橐，《说文解字》："橐，囊也。"橐就是通常所说的口袋。《诗经·大雅·公刘》："乃裹糇粮，于橐于囊。"这里的橐和囊都是口袋，小的叫橐，大的叫囊。橐，也指风箱。战国时期已有橐龠。《老子》中用橐龠来比喻空间："天地之间，其犹橐龠乎？虚而不屈，动而愈出。"描述的便是风箱的使用。我国早期冶炼金属，很长一段时间都是用牛皮做成的橐作为鼓风设备。《墨子·备穴篇》《吴越春秋》等书中均有记载，如《墨子·备穴篇》："具炉橐，橐以牛皮，炉有两缶，以桥鼓之百十。"《管子·揆度》中便是将橐龠称为炉橐。

汉朝文献中关于橐龠的记载较多，如《淮南子·本经训》："鼓橐吹埵，以销铜铁。"这句话讲的是鼓动风箱吹火用来炼铜铁。为了增加鼓风量，可以增加橐的尺寸和数量，墨子在《墨子·备穴篇》中已提到"炉有两缶"，说明橐的数量已经增加。东汉时已开始使用排橐。排橐的出现大大提高了鼓风器的作用，也出现了用畜力代替人力的排橐，被称为马排。在出土的汉朝画像石中，发现了这种鼓风器，王振铎先生在《汉代冶铁鼓风机的复原》一文中认为这种橐由三个木环、两块圆板、外敷皮革构成，皮囊可以伸缩，伸时，空气进入橐；缩时，橐中空气进入输风管，然后进入冶炼炉中。

橐在汉朝以后没有太大变化，一直到唐宋时才出现了木扇风箱。也有人认为木扇风箱的出现早于唐宋，但还未发现相关记载。木扇风箱图最早见于北宋庆历年间成书的《武经总要》。元朝陈椿在《熬波图》中绘有双木扇风箱，图注中称其为鞴。木扇风箱有扇风板、推拉杆和活门等组件，相较于橐囊类的鼓风器有了很大的进步，不过它是借助风箱的长方形盖板的启动、闭合运动产生气流，这样容易漏风。木扇风箱不能连续吹风，因此鼓风效率不高。两宋时期冶铁技术进一步发展，对鼓风设备提出了更高的要求，因此，木扇风箱必然不能满足需求，对其进行改进势在必行。

活塞风箱应运而生。目前发现绘有活塞风箱图的最早文献为《演禽斗数三世相书》，该书的锻铁图和锻银图上都出现了活塞风箱。这种风箱箱体为长方体，与活塞板连接的拉杆为单根，不过图中风箱的外形轮廓并不完整。《天工开物》中已出现风箱的名称，且有将近二十幅活塞风箱图，其中有多幅是完整的风箱外形图。书中还将风箱称为鞴。美中不足的是《天工开物》并没有对活塞风箱的构造进行说明。明朝成书的《鲁班经匠家境》是现存较早对活塞风箱进行了文字描述的著作，这对了解活塞风箱的结构有很大帮助。如："风箱样式：长三尺，高一尺一寸，阔八寸，板片八分厚；内开风板，六寸四分大，九寸四分长。抽风櫎仔八分大，四分厚，扯手七寸四分长，方圆一寸大。出风眼要取方圆一寸八分大，平中为主。两头吸风眼每头一个，阔一寸八分，长二寸二分。四边板片都用上行做准。"这里对风箱的样式和尺寸的记载十分详细。

活塞风箱产生之后，经过宋元时期的推广和广泛使用，到明清时已完全取代了木扇风箱。从外形来说，活塞风箱有长方体和圆筒两种。这两种风箱结构基本相同，只是圆筒风箱的风管在圆筒的外部。不过圆筒风箱的风量较大，也不易漏风，使用效果比长方体的要好一些。清朝吴其濬在《滇南矿厂图略》一书中对圆筒风箱有详细的记载："炉器曰风箱，大木而空其中，形圆，口径一尺三四五寸，长一丈二三尺。每箱每班用三人。设无整木，亦可以板箍用，然风力究逊。亦有小者，一人可扯。"这里对圆筒风箱的形制、尺寸、使用效果等进行了描述。

过去农村几乎家家户户都

有风箱，随着时代的发展，现在已基本不使用风箱。风箱已成为历史，成为老一辈人记忆中的老物件。

形制

风箱早期的主要用途是冶金，出现活塞风箱后才得以在民间广泛使用。风箱的用途主要有工业和民用，工业用的风箱较为复杂，民用风箱相对简单。这里主要介绍作为厨房小帮手的风箱的原理和制作。

风箱主要由一个木箱、一个推拉的木制把手和活动木箱构成，其工作原理是通过拉开活动木箱，使空气通过进气口进入橐中，压缩（推进）活动木箱，箱内的空气通过排气口进入输风管，再通过输风管进入灶中用于烧火做饭。

制作风箱的木材以梧桐、柳树、榆树等为佳，因为这些木材有耐潮湿、伸缩性小、含蜡性强、不易变形的特点。制作风箱的木材要自然风干，这样不易破坏木材的纤维和蜡性。加工木材要经过水浸、雨淋、风吹日晒、室内阴干等工序。

加工风箱的木材要选用树干部分，一般挑选直径 50 厘米粗的树干，锯解成板材，然后放入池塘浸泡一年，捞出后在通风处暴晒，再经过风吹雨淋一年，放在通风较好的阴凉室内阴干。一般来说，制作风箱的木材需要经过三年的时间才能达到自然风干的合格板材标准。

风箱的制作工序繁杂，一般需要九道工序：第一道工序，打线、解板。木箱板厚 1.5 厘米左右。第二道工序，刨面、拼板。解好的木板需要用刨子刨光滑，然后按尺寸平整好，要保证严丝合缝。第三道工序，凿扣、合缝。扣是斜的，叫“斜扣”，小锯细凿，分毫不差，合缝时要用胶，以保证不会透风。第四道工序，制作配件。配件包括风道、毛头板、拉杆、前后呼哒、舌头、风嘴、箱盖等。第五道工序，勒毛头。毛头多用鸡毛制作。第六道工序，安装毛头。安装毛头前，箱体内紧挨毛头的地方以及拉杆都要先打上蜡，以保证推拉活动木箱时润滑流畅。勒好的毛头放入箱体，用拉杆穿入固定前端。第七道工序，封盖。盖子插入后，风箱整体形状呈现。第八道工序，装舌头。舌头很关键，能起到左右逢源的效果。第九道工序，装风嘴。风嘴一般用独木凿成，起到收风成束的作用。

文化意义

有人说风箱推动了整个世界的文明进程。风箱用于冶炼后，大大提高了冶炼技术，使人类进入了铁器时代。铁器的广泛使用，提高了冷兵器时代武器的质量，也使铁制农具得以推广。铁制农具的使用促进了农耕文明的迅速崛起。风箱传入欧洲后，对欧洲18世纪的产业革命起到了重要的促进作用。李约瑟就曾引用科学家尤班克的话来赞美中国风箱的科学价值和历史地位。

我国使用风箱的历史悠久，因此产生了许多与风箱相关的文化。如大家熟知的歇后语，风箱里的老鼠——两头受气、风箱的嘴巴——光会吹等。各个地方对风箱的称呼也很有特色，如有的地方叫“风仙”，大概是觉得风箱可以像神仙一样吹气；有的地方叫“风汉”；有的地方叫“风龛”；有的地方叫“炉呼”，拉风箱叫“拖炉呼”。

拉风箱是个很有技巧的体力活儿，如有时需要轻拉慢推，叫游火；有时又要急拉猛推，叫赶火。《杨家将》中杨家负责烧火的丫头杨排风就是拉风箱的。

现在风箱已逐渐从人们的生活中淡出，但仍是一些人心中的美好回忆——关于家乡的记忆，少不了伴着风箱声升起的袅袅炊烟。

风箱记忆

张静

每次回老家，乡下都悄然发生着变化，一次比一次让人觉得陌生。比如房屋、树木、街道无一例外变了模样，连父辈们使唤了多年的老物件，诸如桌子柜子、水缸老瓮、坛坛罐罐等也逐渐闲置起来了。好几次，弟弟嫌它们放着碍眼，想扔掉。父亲红着脸说，好好的，乱扔啥，说不定哪天就派上用场了。父亲说完，又把它们放到一个角落里，隔三岔五擦干净，擦完了，还不停用手摸，满脸的亲切，像旧年的日子都刻在上面似的。

记忆里，我爷老屋的风箱年代最久，差不多算是传家宝了。用我叔父的话说，它见证了老张家几代人的愁苦与欢乐。

风箱，关中的百姓人家称呼其为“风匣”，长方形，泡桐木制作，轻巧柔韧，有弹性，不张不走，很耐用，手拉的细长杆则是槐木或者榆木的，硬度高，耐磨，越拉越光滑。一个好材质的风箱，可以用上几十年，传承两三代人。

我家的风箱最早是原木色，白茬，不上漆，时间长了，烟熏火燎的，就变成褐色了。我舅爷家在上唐，是旧时村里的财东富户人家，他家风箱更是别具一格，除雕刻了一大朵牡丹花之外，还上了一层油亮的清漆，镶了黄铜边角，看着精贵又奢华。风箱一般都是放在灶台右侧，垫几块砖，离开地面一点儿距离，用来防潮。顶面压一块厚木板，在前后两个长角再压两块砖头，把风箱压稳当。风箱下面的出风嘴对准灶台下的进风道，有时还得缠点儿碎布或鸡毛，密封严实，防止风嘴漏风。

我们家的风箱是单根拉杆的，有的人家是双拉杆的，拉起来时箱内的风板受力均匀，似乎更轻一些。拉杆下边有一个不大的进风口，方方正正，里侧挂一个巴掌大的“风舌头”，是用薄木板做成的。往里推时，风舌头张开，风被吸进去；往前拉时，风舌头“吧嗒”一声合上，风从后面的进风口吸进来，通过风匣嘴吹进灶膛里，前后两个风舌头随着推拉一张一合，就会发出“呼嗒呼嗒”的响声，清脆，悠扬。

拉风箱是有技巧的。把点着的柴火塞进灶膛时，只需轻轻拉动几下风箱，锅底的火苗就“噗”地蹿起来，伸出火舌兴奋地舔着锅底。这时要轻轻拉，切记不可用蛮力，否则风太大，会把灶坑里的那点儿引火给吹灭了，还得重新点。这样烧一小会儿，等那一撮引火麦草烧旺了，就可以只管往灶膛里添玉米秸、棉花秆、果树枝等硬柴，或添进去些煤炭，此时，风箱则可以随意任性拉了。你听，早午晚间，东家的，西家的，一只只风箱“呼嗒呼嗒”响起来，和着鸡鸣狗叫，孩童笑闹的喧哗，大人们的脚步声、说话声，成为一首极其动听的乡村交响曲。

我会拉风箱，是母亲教我的。打我记事起，做饭时，母亲多喊我帮她拉风箱，我也挺爱干这活儿的，不怎么累，可以一边拉一边看书。等水开了，热气冒出来，我就喊，娘，锅开了！母亲急急跑进来，舀出几马勺灌满热水瓶，然后下玉米糁子或者白米。母亲一边用筷子搅，一边喊我，赶紧续柴，大火烧。待翻滚几下后，她揭开锅，搁进去蒸笼，放几个馍，嘱咐我，好了，看着锅里的气，温火，慢烧，气下去了，填一撮柴火，稍微用点儿劲就行，记住，不能淤锅。母亲说完，就去后院忙别的事去了。碰到蒸馍、煮肉、包包子等繁复的活儿时，母亲会叮嘱我，“一气馍馍二气糕，豆渣窝窝大火烧”，还有什么“烧锅是猴相，两眼锅底望。灰往两边分，柴往中间放。一手拿火棍，一手拉风箱”，等等，这些都是烧火拉风箱要掌握的要领。

记忆里，小时候，好像啥饭都必须用风箱才能做好。诸如熬米粥、蒸馍馍、烧红薯、炖肉、炒菜等各种各样的饭菜，都是这样做出来的。那熟悉亲切的风匣声，从早到晚，从春到夏，伴着我们度过一年又一年。我清楚地记得，弟弟把从苜蓿地里逮回来的蚂蚱、油子一类的，用草梗子串起来，放到灶膛的火灰里焖烤。不消几分钟，蚂蚱就被烤熟了，皮黄肉嫩，馋得人直流口水。还有那时，乡下人穷哟，弟兄们多的人家，老大老二娶了媳妇后，就得另起锅灶。他们房子可以不盖，几家子挤在一个院子里，农具和牲口也可以公用，但田地和锅灶却是必须分得一清二楚，免得伤了和气。故而，在分家前，定然早早请锅瓦匠盘锅头、垒灶台、买铁锅、打风箱，一点儿都不马虎的。这些细碎活完毕后，早、午、晚，从村子里走一遭，听到的“呼嗒”声肯定又多一个，节奏舒缓，炊烟袅袅。日子过得好的，油炸麻花、杀鸡炖肉，童叟欢颜，看着听着都暖烘烘的。

村里的三爷是木匠，不但会盖房、打家具，还会做风箱，尤其是风箱活儿做得细腻讲究，四乡八邻很出名的。三爷做的风箱，分大、中、小不同规格。大号的风箱一般用于镇上的铁匠铺子，尺寸大，风力也大。中等的，长不足一米，适合乡下人烧火做饭用。最小的，一尺多长，主要是银匠、锡匠、小炉匠等走街串巷做生意用。可以说，三爷家殷实的好日子就是靠做风箱的手艺挣来的。三爷老了，他唯一的儿子死活不愿意学，眼看这手艺要失传了，我三叔死缠烂打让三爷教他做风箱。三爷磨叽了好长时间，终于同意了。三叔高兴得一蹦三尺高，好几回吃罢饭，将三爷毕恭毕敬地请到家里，让其传授要领。

有一回，我去三叔家玩，正好碰上三爷在面授技艺。只见他端坐椅子上，接过三叔递过来的一盒金丝猴纸烟，捏出一根，点上，很惬意地抽了两口。然后眯着眼睛，慢条斯理地说：听着，做风箱，首先是选材料，桐木为首选，材质轻、不变形；拉杆，得用质坚而顺直的椿木。其次是步骤，一点儿都不能马虎，锯好的面板材，必须晾干，再用锯末点燃的温火烘烤，等彻底干透后，根据尺寸进行研缝和粘接，注意手掌放平，拍几下，至整个面紧密结合无缝隙。至于上下梁盖、压条沿板、拉杆海眼、舌头风口、气嘴等连接，要用榫卯，再用鱼胶、水胶、钉子等辅料，使不得半点儿虚假和偷懒。

三叔学会了做风箱，家里的日子很快好起来。时不时地，根据风箱的原理，给弟弟和堂弟每人做了土造的“水枪”。水枪就地取材，枪筒是用一节蓖麻秆做的，在蓖麻秆一端钻个小眼儿，做喷水口。另一端横断面直接切开，做活塞口。然后拿一根扫帚棍，头上绑上纱布做活塞。这样，一个土造的喷水枪就做好了。哥俩一人一个，跟其他小伙伴儿互相喷水嬉戏，弄得满身水，却乐趣无穷。

当然了，风箱和人一样，使唤久了会出毛病的。小时候家里穷，平日里几乎不吃肉，邻居家的狗娃娶媳妇时，他家里杀了老母鸡，我婆把拔下来的鸡毛攒起来，短的装到布袋里，长一些的，用麻绳串起来，收拾妥当。我看见了，觉得纳闷，就问婆，脏兮兮的鸡毛，你收拾它有啥用呢？我婆笑了说，有用啊，给你三叔修风箱用。待亲眼看到三叔修风箱时，已是冬闲时，他把风箱拿到院子靠南墙的向阳处，轻轻打开。上盖是一块长方形的木板，一抽就出来了，里面有一块挡风板，四周都是摞上去的鸡毛，由于不停抽拉，鸡毛磨成光溜的毛杆。三叔说，得把旧鸡毛拆下来，把新的摞到挡板四周，这样风匣的密封性就好了，拉起来，风力大，轻快又省力。

有一天，村里来了一个外乡人，不知情，背着工具箱满村子里叫喊：打风匣哩！谁家打风匣，有修风匣的没？

哪知喊了半天，整个村子里没有一个人理会他。后碰到我三叔，三叔给露了一手，那手艺人红着脸赶紧走掉了。

如今，在乡下，家家户户的厨房里虽然都有风箱，但用的时候并不多。风箱放到那里只是摆设，这是实话。年轻人都进城打工买房了，平日里，家里多是老人和孩子，就那么几口人，电饭锅、电磁炉、沼气池灶具大大小小摆满了厨房，用起来干净又方便。再说了，很多土地荒芜，能烧的柴火很有限。过年过节亲人回来，或者家里来亲戚了，才用一下风箱做饭。曾经萦绕在房前屋后的风箱声和袅袅炊烟，正在慢慢消失，留给我的，也许只是梦中残存的、断落经年的回忆了。

井

jǐng

概说

井，从地面往下凿成的深洞，以供人们取水。『井』字始见于商朝甲骨文，从字形可以看出，『井』字模拟的是用木或石围起来的井栏杆，中间是空的。到西周以后，『井』字中间多出一个圆点，可能表示井中有水，也可能表示打水用的罐子。

历史

水对人们来说非常重要，在水井产生之前，人类只能生活在靠近水源的地方，且要随着水源而迁移。水井的出现要比甲骨文记载的“井”字出现时间早，具体起源于何时，有不同的说法。

有神农说，《后汉书·郡国志》刘昭注引《荆州记》曰：“神农既育，九井自穿，汲一井则九井动。”郦道元在《水经注·漻水》中说：“水源东出大紫山，分为二水，一水西径厉乡南，水南有重山，即烈山也。山下有一穴，父老相传，云是神农所生处也，故《礼》谓之烈山氏。水北有九井，子书所谓‘神农既诞，九井自穿’，谓斯水也。又言‘汲一井，则众水动’。井今堙塞，遗迹仿佛存焉。”

有黄帝说，《世本》记载：“黄帝正名百物，始穿井。”《汲冢周书》：“黄帝作井。”

有舜作说，《史记·五帝本纪》记载：“后瞽叟又使舜穿井，舜穿井为匿空旁出。”

有伯益说，《吕氏春秋·勿躬》记载：“伯益作井。”《淮南子·本经训》：“伯益作井，而龙登玄云，神栖昆仑。”高诱注曰：“伯益佐舜，初作井，凿地而求水，龙知将决川谷，漉陂池，恐见害，故登云而去，栖其神于昆仑之山。”伯益是颛顼的后代，也是协助大禹治水的助手，在治水的过程中发明了凿井技术。

从以上记载可以看出井的产生较为久远。目前发现的最早的水井在浙江余姚河姆渡遗址，该井为方形木结构，井深约 1.35 米，边长约 2 米，井壁由众多木料组成的榫卯结构支撑。

有了水井之后，人们开始围着水井建造房屋，定居下来。《孟子·滕文公上》：“方里而井，井九百亩。其中为公田。八家皆私百亩，同养公田。”孟子记载的商周时期的井田制，就是将一里之地分为九区，形状如“井”字，外围的八个区各有百亩，八家各分百亩作为私田，中间的百亩为公田，共同耕种。《说文解字·井部》：“井，八家一井。”段玉裁注曰：“此古井田之制。”先秦时期的《击壤歌》：“日出而作，日入而息。凿井而饮，耕田而食。帝力于我何有哉！”记载的便是先民们围井而居的农耕生活。不过夏商周时期，受自然环境限制，水井主要分布在北方，且以土井为主。

春秋战国时期，随着工具的改进，凿井技术不断提高，水井由浅井发展到深井，水井类型除了土井、木结构井、竹圈井，还出现了陶圈井和瓦井等。井的形状由井口大井底小逐渐发展为上下相等的圆筒形或腰鼓形。为了防止土井塌陷，人们开始对井壁进行加固，加固的材料有竹、木、陶、瓦等。水井的用途也不断增加，除了满足人和牲畜的需要，已经开始用于灌溉。

秦汉时期，由于砖、瓦制作技术的提高，以砖、瓦做内壁的水井较为普遍，尤其是砖井的井壁更加坚固，井水也更干净。这一时期，水井灌溉更加普及，文献中有不少相关记载，如《后汉书》：“郡多陂池，岁岁决坏，年费常三千余万。昱乃上作方梁石洫，水常饶足，溉田倍多，人以殷富。”王充在《论衡·自然篇》记载：“汲井决陂，灌溉园田。”《氾胜之书》有“天旱，以流水浇之；树五升。无流水，曝井水，杀其寒气以浇之”的记载。

汉朝还出现了一种特殊的水井，被称为“井渠”。汉武帝时，大荔城以东有大量的盐碱地，不适合种庄稼。有人建议若能引水灌溉，可增加粮产。于是，汉武帝派了万余人去挖渠引水，准备把洛水引到商颜山下。由于土质疏松，渠岸崩塌，工程无法继续实施，人们就改为凿井。每隔一段距离就向地下挖一竖井，有的深达百米，在井底横向开凿，相邻的水井便在底部相通，这样就形成了一条暗渠。这条暗渠使大荔城的盐碱地变成了良田。井渠的水由于在地下相通，所以不容易蒸发，对于炎热的干旱地区或土质疏松的地区比较适用。井渠后来传到新疆，被称为“坎儿井”。

随着凿井技术的提升，人们对水井位置的选择、井圈的护砌等的要求也不断提高。魏晋时期的墓葬画像砖中，可以看到河西已有水井出现在院子内。东晋陶渊明《归田园居》诗有：“井灶有遗处，桑竹残朽株。”唐朝时，杭州人多选择环西湖而居，因为这里的水质较好。直到李泌出任杭州刺史，这一状况才有所改善。李泌让人在城区挖了六口井，将西湖水引入井中以供居民饮用。宋朝苏轼在《杭州乞度牒开西湖状》中对此事有详细记载：“杭之为州，本江海故地，水泉咸苦，居民零落。自唐李泌始引湖水作六井，然后民足于水，井邑日富，百万生聚。”

明朝时徐光启与传教士熊三拔合译的《泰西水法》已经记载了选择水井位置的方法，即根据地貌和泉水出露情况进行确定：“凿井之处，山麓为上，蒙泉所出，阴阳适宜，园林室屋所在，向阳之地次之，旷野又次之。……凿井者察泉水之有无，斟酌避就之。”判断地下有无浅层含水层的方法也非常先进，可用气试法、盘试法、缶试法、火试法。还记录了根据土质辨别井水的水质：“凡掘井及泉，视水所从来而辨其土色。若赤埴土，其水味恶。若散沙土，水味稍淡。若黑坟土，其水良。若沙中带细石子者，其水最良。”

随着城市的繁荣和发展，人们聚集于城中，就出现了饮水问题。明朝陆深曾说：“京师地高燥，水泉虽旷野皆难得，况城市乎？”万历年间，更是出现了“大率地几一里而得一井，人民数十百家”，每天打水的人络绎不绝，“挈者、肩者，相轧于旁，辘轳累累，旦暮不绝”，至于离井远者，就要“赁值载之，甚苦”。

由于城内居民较多，饮用之水多仰土井。明清时期，京师“其俗多穿井，盖地势然也”，水井主要分为甜水井、苦水井。甜水井主要分布在郊外，苦水井广布城内，为了吃到口感较好的水，就催生了卖水行业。

水井的出现解决了人们的吃水问题，人们如何汲水也是在不断发展和变化的。早期直接用罐子取水，随着水井的加深，开始用绳索等系着汲水工具从井中提水。直接提水会比较费劲，到春秋时期，人们发明了桔槔，就是在井边所立的木架上，用绳索吊一根长杆，一端系着汲水工具，一端坠上大石块，利用杆子的起落从井中打水。桔槔的发明节省了力气，也比较安全。后来又出现了辘轳，是利用轮轴原理制成的井上汲水的工具。辘轳比桔槔更加省力。唐朝时又出现了更先进的打水工具“立井式”水车。水车利用木轮和齿轮的转动进而带动多个水桶，可以把水连续提上来。水车既可用人力推动，也可用畜力牵引。

形制

水井在人们的生产生活中具有重要的作用，除了供人、畜饮用，还可以用于浇灌。凿井技术的提高促进了村落的形成和人口的聚集。水井的挖掘大致可以分为三个阶段。

第一阶段，先秦时期。这一时期的文献中有关于凿井的记载，但几乎没有提到凿井工具。如《孟子·尽心篇》：“掘井九轫而不及泉。”虽然出土的实物有铜锥、铜圆凿等，但不能确定是不是用来凿井的工具。

第二阶段，秦汉时期。这一时期凿井技术有了明显提高，出现深井。如汉武帝时期开凿的井渠，“深者四十余丈”，这样的深度应该需要借助工具。出土的汉画像砖中有记录当时盐井的开采情况图，图上可以清晰地看到，井杆上装有辘轳式的滑车，绳的两端系着吊桶，由四人操作。

第三阶段，宋朝时期。这时凿井技术有了重大突破，基本与现代顿钻钻井法相同。这一时期已能利用钢铁钻头把岩石冲击成碎末，用汲筒把碎石取出，再继续冲击，使钻慢慢深入，以达到需要的深度。

文化意义

水井与人们的生活息息相关，人群聚集的地方，水井也密集。人们在打水时遇到，慢慢就形成了在井边交易的习惯，后来人们便把在井边交易的市场称为“市井”。唐颜师古曾说：“古未有市，若朝聚井汲，便将货物于井边货卖，曰市井。”

传说中，杜宇的妻子“从井中出”。《蜀王本纪》载：“有一女子名利，从江源井中出，为杜宇妻。乃自立为蜀王，号曰望帝。”文中“从江源井中出”说的可能是她所在的部族善于凿井。

杜宇的丞相鳖灵也“从井中出”。鳖灵是荆楚人，善于治水，从长江溯流而上来到成都。春秋时晋国音乐家师旷在《禽经》中引《蜀志》说：“望帝称王于蜀，时荆州有一人，化从井中出，名曰鳖灵。”不管记载的事件真实与否，都说明了在古代凿井、治水的重要性。

水井在人类生活中扮演着重要角色，其深层的意象是家乡，远离家乡就是“背井离乡”。其在文学中也占有一席之地。李白在《陈情赠友人》中写道：“卜居乃此地，共井为比邻。”白居易《再到襄阳访问旧居》：“故知多零落，闾井亦迁移。”梅尧臣《上马和公仪》：“井闾已是经时隔，亲旧全如远别来。”

水井在民俗文化中也具有重要地位。古人对水井充满崇拜之情，并对其祭祀。《礼记·月令》载：“天子命有司祈祀四海、大川、名源、渊泽、井泉。”也有岁时祭祀，祈求一年风调雨顺，或干旱时节进行祭祀，祈求井水不要枯竭等。

随着自来水的使用，水井已渐渐失去其用处，但它还承载着文化意义，已成为人们心中的符号，成为故乡的象征。

古井记

任随平

一口井长在大地上，就是一枚落在大地上的辰星；一口井长在村庄里，就是村庄明亮着的眼睛。在我的村庄，曾有过数十口井，也就是曾有数十双眼睛同时明亮地照耀过我的村庄，于是在饥馑年月，是井水滋润了村野的几百亩土地，也养育了我的村庄和我的先辈。因此，我总是对井有着特别的感情，即便在今天看来已显得有些古旧。

古井是一部册页，记录了我的童年。夏日炎炎，村庄就像一把铺开的折扇，晾在大把大把的阳光里，风似乎在静谧里睡去，丝毫送不来一缕清凉。这时候，门前高大的洋槐树下荫翳的井台便是我和玩伴们的绝佳去处。说是荫翳，却不如说是绿荫如盖，洋槐树不择地势，耐旱，靠着瓦房的墙面总是疯长，似乎高处的天空才是它们的梦想所在。浓浓郁郁的叶片支撑开来，大把大把的阳光打下来，就落在层层叠叠的叶片上，只有少数的光斑躲躲闪闪，从树叶的罅隙间跌落下来，在井台上若滚动的银圆一般，扑来扑去。我们爬上井台。井台并不大，用土块和泥巴砌成，四四方方，像一页硕大的棋盘盖在井口上。井台的边沿平平滑滑，我们就围坐在井台上抓石子，按照人数的多少均分成两方，每方先派出一名成员应战，直至双方人员都进行过一轮战斗，以合计过关的次数多少来判定胜

古井

负。这时候，总有大人坐在阴凉处，不紧不慢说着闲话。更多的时候，会有货郎担着货担一路吆喝过来，听到吆喝声，我们立即停止手中的玩物，立马起身让座，货郎会很客气地将货担摆放在井台前面，而后半蹲半就在井台上，我们则围拢在货担旁，等待着货郎将货箱一层层打开，亮出货品。此刻若有人打水，必定借着井沿舀过一瓢，急急地送给货郎，谁都知道货郎大热天的转个十里八村，肯定口渴难耐，而这井畔凉水则是解渴的最好选择。听前辈讲，若是谁家孩子热天拉痢疾，刚打上来的井水水桶不要落地，取其一瓢，立饮下去，必定在短时间内消除，大人们这样讲也这样做，病痛消除也确有其事。于是，我对古井平添了一分敬畏。

说到打水，必有辘轳。顺着井沿的位置，用土块泥巴砌一座墩子，一根粗壮的木桩横插其中，辘轳穿在木桩中间，这样，辘轳正对着井口。打水的时候，辘轳转动，绳索系着水桶慢慢悠悠地下降到井底，等水桶“吃”满了水，而后摇动辘轳臂，水桶再次慢慢悠悠地升上来。我喜欢看大人们打水，更喜欢听辘轳“吱吱扭扭”的叫声，似乎那声响里就蕴含了乡村的味道，蕴含了时代的味道，细声细气，却又甜甜蜜蜜。喜欢辘轳，便也喜欢《辘轳·女人和井》的电视剧，喜欢上“女人不是水呀 / 男人不是缸 / 命运不是那辘轳 / 把那井绳 / 缠在自己身上”的歌词，喜欢韦唯高原般粗犷穿透的歌唱，也喜欢枣花在悲情命运里依旧顽强的奋争。

就这样，水井辘轳随着岁月的流走相互咬啮着，缠绕着，我也随着水井的枯竭走进了中年，关于古井的记忆，唯有“命运不是那辘轳 / 要挣断那井绳 / 牛铃摇春光”的歌吟与牵念，在梦里徘徊，在反反复复的追忆里穿行。

村井

姚永涛

一

只要是离河较远的山村，吃水都会成为乡亲们惦记的大问题，但凡石头缝儿里渗出了点滴水源，都会被乡亲们想办法砌成井，好在大自然从不吝啬，多少都会挤出一些乳汁，分给辛勤劳作的村民。

记得小时候，我们村子里常用的有三口井，恰好分布在村子的左边、中间、右边,供应着二十多户人家。因为路比较平坦，我们家吃水常去左边的那口井。

左边的那口井在一个山沟里，像是山在起伏中故意留下的缝隙，不经意地甩下了一汪清水。可能就是因为这口井的存在吧，这条山沟就叫作水井沟。

水井沟的这口井倒也不大，就在梯地岸下，大小就像是做饭的铁锅，圆圆的外形并没有用石头砌，只是吃水的人简单地挖了一个圆坑，旁边还生了青草，映着井水，形成一汪碧绿。

井里的水是很清的，没有丝毫杂质，透亮如同镜子，能够清晰地看到井里的细沙和石子。井水在多的时候，常常溢出来，又在下方形成了一个大点儿的井，下方的大井有缸口那么大。小井的水给人吃，大井的水给牛羊用。这样互不干涉，也比较卫生。

挑水用的木桶和扁担几乎是家家必备

的。扁担上有铁挂钩，一头挂一个木桶，一次挑两桶水，就够做一顿饭了。有时候父亲和母亲忙，常常叫我和妹妹去水井沟打水。那根扁担对于瘦弱的我来说，就太重了，挑上两个空木桶，随便一晃，就把我甩个踉跄。

常常是我和妹妹用扁担抬一桶水，把一个木桶放在扁担中间，摇摇晃晃地走向水井沟。水井沟离我家大概有半里地，由于村里人经常去挑水，黄泥路面已经被踩得很平整了。将近有一米宽的路面，在村里算是好走的大路了。在这样平坦的路上抬水，其实不费力。

路中间还有几步台阶，被大人盖上了石板。在上台阶时，妹妹个子矮，走在前面，我个子高点儿，走在后面，我还要用手扶着木桶，不能让木桶里的水洒出来。就这样摇摇晃晃把一桶水抬回家，虽然慢了些，但多少能给大人减轻点儿负担。

二

我记得有一年大旱，水井沟的那口井和村里右边那口井都没水了，本来水汪汪的井见了底，村子里的人都到村中间那口井打水。

这口井是在一小片毛竹林下，周围都是梯田，水源足，能明显地看到一股细线般的泉水往外涌，不一会儿，便汇成一摊。可在干旱的时候，终究抵不住你一桶、我一桶，常常供不应求。

我记得有好几天，母亲喊我们在夜里去打水。去这口井的路可没有去水井沟的路好走，要穿过一片大竹林。竹林里的竹子又粗又高，竹叶繁密，联想到电视剧里竹林中常会出现妖魔鬼怪，总给人一种阴森的感觉。竹林里还有很多竹鸡和鸟雀，路过时，常常惊动它们，它们扇着翅膀，发出奇怪的叫声。

竹子冒出的竹根也常常伸到地面上，常常绊到腿，一不小心就会摔跤。同时又是上坡路，路面也不宽，白天都不好走，别说是

村井

晚上了。凌晨三点的时候，母亲叫醒我和妹妹，要我们跟着她一起去打明天做饭用的水。母亲挑着木桶走在前面，我帮忙拿着手电走在后面。家里没有多余的木桶了，母亲就给我们找装酒用的塑料壶去装水，我用十斤的壶，妹妹用五斤的壶。

那几天，即便是夜晚，也有几户人家来打水。等着别人打完了，我们便围在井边等着，等到那涓涓细流勉强汇聚成一小摊，就用葫芦做的水瓢去舀。手电发出昏黄的光，照在井水里，已经分不清水是否清澈了。

母亲先把我们的壶装满，再把自己的桶装满。往回走的时候，依旧是母亲走在前面，我们奋力提着壶走在后面，有时候实在提不动了，就扛在肩上。

过竹林的时候，听到竹林里细尖的鸟叫声，或者有细微的动静，母亲总是安慰我们说，别怕，马上就到了。我心里是不害怕的，想的是明天有水做饭吃了，不用渴着、饿着了。

三

村里的大人终于意识到缺水的严重性，住户这么多的村子没有一口大井怎么行？于是组长建议，乡亲们一起修一口大井。经过商讨，大井的选址就定在村中间那口井附近，最重要的原因还是水源足，还可以兼顾灌溉梯田。

那时候开荒修地或者是建公用性的设施，可以去镇上领取炸药和雷管。组长委托父亲把炸药领回来，就准备开始动工。开始挖井的时候，每家必须出一个男劳力，母亲和婶娘们都帮忙做干活儿人的伙食饭。

开工挖井那天颇为壮观，虽然没有现在用的大型挖掘机械，但父辈们把自家的工具都拿来了。锄头、钢钎、凿子、锤子、铲子、篼篼，每家每户都拿了至少有六七种。挖井的二十多人被分成了两队，一队出土方，一队开山石。

父亲挖井的时候，我常去玩，看着出土方的父辈用石灰画出井的边线，然后绕着四条边线，一锄头一锄头地挖，再把挖出的泥放进篼篼里，一篼篼一篼篼地倒进田里。

开山石也不轻松。我看着父亲用细长的钢钎在石壁上凿洞，一寸一寸地凿，然后用大耳勺掏出洞里的泥灰，有时候还要加水，一点一点地把洞凿到一米多深。石壁上的几个洞凿好后，父亲在洞里放入一定比例的炸药，然后插入雷管和引线，准备进行爆破。我一直不知道他们是怎么进行爆破的，父亲不让我靠近，当听到轰隆隆的爆破声时，我已经躲得很远了。

坚硬的山石爆破后，全部坍塌下来，变成了一大块一大块的石条子。父辈们还要把这些石条子抬到井边，两个人抬一块，用两根钢丝线把石条子套住，用粗木棍抬。天气热的时候，父辈们常常裸着上身，我们清晰地看到木棍压在他们肩膀上的印痕，像是染色的红花，在一点一点地扩大。

水井的土方出完后，父辈们就用抬来的石条子砌井，石条子大了，要用铁锤锤开，长了要砸短，碎石渣随着一锤一锤地砸，不断地飞向各处，石条子上也留下一道道锤凿的印痕。慢慢地，井四边的石岸紧贴着土方一点点垒高，一点点砌起来。为了方便乡亲们打水，井里还砌了台阶，从井底一步步延伸到井口。

井终于建好了。四四方方的井，等边的宽有四五米，深有七八米，就这样镶嵌在村子的正中央，旁边包裹着梯田，像是村子的眼睛，是泉眼。我害怕这口大井，又喜欢这口大井。虽然井的水还没有装满，但也有一两米深的样子，我看井的时候，只敢站在井边，害怕自己会跌进去。我们这帮小孩也特别喜欢这口井，常常去山下的河里抓来几厘米长的小鱼，用空玻璃瓶装着，站在井边，把小鱼倒进井里，还幻想着这些小鱼会在这个大井里长大，长到像饭桌上的鱼那么大。

村里的大井修好了后，父亲又在屋后的山梁上修了一个水窖。村子通电后，父亲用水泵把大井里的水抽到水窖里，再从水窖里牵出水管，引到家里。对于我来说，这太神奇了，再也不用去那么远的地方挑水了，轻轻扭下水龙头，清透的水柱就一涌而出，再也不用担心水不够用了，这水想用多少就有多少。

四

几年后，我上了初中，我们也搬了家，从村子里搬到了河边。

每天听着河里的水哗啦啦地流，倒忘了那时候吃水的艰辛了。慢慢地，村里好多人搬到了镇上，村子里只剩下四五户人家了。

这期间我也偶尔回到村子，井还在，只是周边生了杂草，井里面满是青苔，还有几根枯树枝漂浮在上面。人少了，有些离得近的小井都能用，这口大井像是荒废了。只是在冬天酿酒时，需要大量用水的时候，人们才会想起它，用粗大的水管抽它的水，它似乎毫不在乎，隔了几天，水又满了。

前几年，村里重修了梯地，除了留下的住房，其他地方全部都砌上了堤岸，一道道整整齐齐的堤岸，从山下延伸到山尖。村里变了模样，水井沟不见了，村子右边的那口井也不见了。

我朝着村子中间那口大井的方位看去，哪有井的影，只有一亩亩梯地，我想大概是在这次重修梯地中毁掉了吧。后来，从父辈们那里得知，那口井还在，只是又打了水泥盖，给它盖上了水泥帽子。

后来，在脱贫攻坚工作中，为了提升农户的用水质量，保障用水安全，镇政府还在村子里修建了水厂。新修的水厂在村庄的上方，远远看去，就看到“姚家湾水厂”五个红字，水厂的外墙还粉刷了白灰，墙头贴着琉璃瓦，对于乡村来说，已经很气派了。

父辈们说，水厂的水源还是那口大井，用水泵把水抽到水厂进行过滤和净化，再送到村民家中。困扰我们多年的吃水问题，终于解决了，依托的是国家的精准扶贫政策，依托的是那口大井。

我今年三十岁了，那口大井至少也有二十年了，二十年的时间似乎能改变很多事，而那口井一直还在。它像是一个见证者，见证着我们从艰难走向幸福，见证着我们的日子越过越好。它又像是一个记录者，记录着村子里的岁月更变，记录着我们的成长光影，也记录着乡村的时代变迁。

蓝花嗉子东井水

李秋生

奶奶管茶壶叫“嗉子”。

一把老嗉子，白底蓝花，盘口般上下一样粗细，身上爬满细碎的裂纹，两根细铜条提把儿——它可是奶奶的宝贝。

每天早饭后，洗把手，奶奶便在方桌右手边紫黑色的椅子上坐定，干瘦的手从方桌靠墙的茶盘里摸过嗉子，再从抽屉里的铁盒子里抓一把茶叶末子慢慢撒进去。母亲早已把灌满开水的竹篾皮暖瓶放到方桌腿边上。奶奶弯腰提起暖瓶，拔下瓶塞，将开水哗哗地倒进嗉子里，热气一缕缕冒出，茶的香便袅袅地弥散开来。这时你看奶奶，一脸的幸福。

于是一上午的光阴就全装在这把嗉子里了——从酽到浓，从浓到淡，直到茶水像头顶那白亮亮的太阳，没有了一点颜色。

沏茶的水是从东井挑来的。奶奶说：“东井通着龙宫，水旺，甘甜。”

东井在村子的东头，西向冲着中心大街。井就在大街的东延长线端，像栈桥。只不过，这“栈桥”是伸进碧绿的庄稼地里的。全村李蒋司张汪齐诸姓氏四百多口子人，沿大街南北聚族而居，远的近的全都喝着东井里的水。

清晨公鸡的打鸣声拉开村子沸腾的一天的序幕，光亮就慢慢晕染在窗棂发乌的“猫头纸”（麻纸）上，屋里的黑影渐渐向犄角旮旯处躲藏，门后的大水缸便显出轮廓，方桌上的嗉子也蓝白分明起来。“吱

宋 张择端 《清明易简图》（局部）

呀——哐当”，左邻右舍的街门陆续打开。不多时，街上便有“吱吁吱吁”空桶摇摆的声音从西向东响过来。

“挑水啊？”

“挑水。”

“大叔早啊！”

“早！早！”

一会儿，熟悉的寒暄声伴着“嘎吱嘎吱”扁担负重的低哑声和“咚咚咚”沉重的脚步声从东向西响过去……来来回回，你呼我应中，天空现出道道红霞，早起挑水人家的水缸里便一漾一漾地泛上清清冽冽的光。

上午喝足了茶水，起晌后，奶奶精神头十足，拿把撑子坐在胡同口西屋山的阴凉里，静静地看风景：街北庆利家墙外的柴火垛根，一群黄的黑的花的母鸡正在认真地低头刨食，不时“咕咕咕”地叫几声；颖颖家的那只黑狗，总是会在半下午时，跑到八子家门口的那棵洋槐树根下撒泡尿，然后颠颠地向西找顺成家小花狗玩儿去。奔跑玩耍的孩子、拎着衣物青菜的媳妇们，东来的，西去的，知道奶奶耳背，老远就高声招呼，奶奶也扬起胳膊大声地回应着……

太阳西斜，屋山角的影子在街上越拉越长，直到把昏黄的阳光赶上对面的土墙头……下地的人们陆续回来，一天里挑水的另一番场景便开始了。

在奶奶眼里，论挑水的功夫，西头柳子是最好的。柳子二十一二岁，长得也像柳树桩子般壮。挑水不用手不说，还能换肩。他用右肩挑水走着走着，到人多的地方，猛地将腰一挺，肩膀把扁担往上一送，顺势一弓腰，头和身子向右一闪，扁担便稳稳地落在左肩上。大伙还没明白过来，他已经挺直身子，挓挲着手，大步流星地去了。奶奶竖起大拇指：“好小子！”

二叔家的枣花儿，个不高，十八岁，常常挽着裤腿脚儿，露着一截儿雪白壮实的小腿，两条又黑又粗的大辫子。她挑着水一走起来，腰就扭；腰扭，辫子就扭；辫子扭，桶也跟着扭。奶奶见了嘬一下嘴："真俊，这闺女！一定找个好主儿！"

奶奶一看见小祥出来就叹气："苦孩子啊！"小祥个小，瘦，虚岁十四。两只大桶刚能拖离地儿。挑水时，得双手用力向上撑着扁担，步子总是踩不到点上，慌慌乱乱的。人晃，桶晃，水也晃。小祥爹前两年得病没了，母亲拉扯着他们三兄妹。他老大，水就得他挑。

一来二去中，天色便发青、发暗。这时才出门的一定是明儒。五十出头，走路有点瘸——年轻时苫屋，不留心从屋顶上摔下，右腿落下了毛病。这么多年，他从来不急，都是等人家挑完了才慢悠悠地出门。他往东井走的时候，正好母亲隔墙喊奶奶吃饭，奶奶朝明儒摆摆手，便拾起撑子往家走。不多时，夜幕从远处笼过来，不急不躁地跟在明儒蹒跚的身后，罩过东井，罩上大街，随着明儒家大门"哐当"一声响，被关在门外大街上。

"沧浪之水清兮，可以濯我缨；沧浪之水浊兮，可以濯我足。"东井里的水总是清清亮亮的。它就像一面大镜子，倒映着明晃晃的蓝天，映照出打水人生动的剪影，折射出乡亲们百态的生活。

一担担井水，从井沿儿湿黑的青砖开始，在街中心滴成一溜溜黑线，然后散进街南街北的胡同、大门里。于是，家家户户就有了茶香，有了粥甜，有了夏面的凉爽；有了虽旧但干净的衣衫，有了大姑娘小媳妇们俊俏的脸庞；有了鸡鸣鸭叫，有了婴儿们咯咯的欢笑声；还有那墙里墙外一畦畦的生菜、芫荽，一架架的扁豆、丝瓜……

孩子们永远是忙碌的，他们连等一碗热水变凉的耐心都没有。无论冬夏，蹿得满头大汗、敞怀露胸的孩子，跑回家一头扎进饭屋，一瓢凉水一扬脖儿，一口气咕咚咕咚就下了肚。抹一把嘴，捋一捋圆鼓鼓的小肚子，一溜烟地又飞上了大街。东井水养出来的孩子没病没痞，个个皮实得很。

南邻的维俊大爷，犯痨病，隔着三间宅子都咳得人睡不着，独生闺女更是被他咳到去大姑家住。在赤脚医生那里不知道吃过多少药丸子，后来，他干脆不吃了。睡前，就让老伴儿舀一碗凉水蹲在炕头，晚上咳得厉害，他就端过来喝上两口。清凉的水顺着干痛的喉咙下去，滋心润肺，反而把咳嗽压住了。于是，白里夜里维俊大爷总装瓶凉水带在身边，一咳就喝。时间一长，咳得轻了，人也精神了，好些年不能下地的他居然也扛上铁锨了。有人好奇问他，他就拍拍瓶子："咱有神水！"

那次新春家失火该是夏天的一个十五前后。记得那晚的月亮很圆，月光如同在院子里洒下的一地水银。乘凉到很晚的人们刚刚进入梦乡，忽然大街上传来急促的"救火"声。男人们匆忙披上衣服提桶端盆往外跑，忽明忽暗的火光照着街上纷乱的脚步。新春家离东井不远，很快火被扑灭了。火是从饭屋烟囱处着起的，新春娘见好在没蔓上大屋，自是千恩万谢。第二天天一亮，她就来到东井，在井台上点燃一炷香，跪在井台下的泥泞里，重重地磕了三个响头。

第二年春天出奇的旱。年前一冬不见雪，过了年到清明也没记得下一滴雨，眼见地瓜秧子都没水栽。邻村的井干了，吃水也成了困难。只有东井安然无恙，依然是明晃晃的半井筒子水。奶奶说："东井通着龙宫呢。"北边村里几个姑娘就隔三岔五地来东井推水，调皮的大娃子就闹她们："推水，是要收费的。"姑娘们也不说话，只顾低头忙活。三年后，那"被收费的"里面最俊的姑娘就做了大娃子的媳妇儿。据说，洞房夜，大娃子问新娘子相中他啥，新娘子脸一红："你村水甜。"

天旱也罢涝也罢，东井里有水，奶奶的白底蓝花嗦子就永远是温热的。有时奶奶和后邻的大奶奶（个高，脚大）喝足茶拉完呱，就踱到院子里看花儿——奶奶喜欢花儿，院子边角旮旯里种上步步高、光光花、臭芙蓉、马榨菜。靠西墙根有一个很大的石头槽子，足足能盛下三担水。我和弟弟每天或挑或抬，把它灌得满满的。奶奶就拿个水瓢，浇浇这，浇浇那。高的矮的，大的小的，红的黄的花儿，倒也开得活泼鲜艳，两个奶奶堆满皱纹的脸上挂满笑意。

东井滋养着一村人，人们自然把它看得比眼珠子都重要。

每年人们都将井台四周培土夯实，把井台上的碎砖换掉、坑洼填平。井台周围的杂草秸秆都清得干干净净，以免被大风或雨水带到井里。

“不能往井里扔杂七杂八”也成了约定俗成的规矩。那年，月鸣家小山子往井里撒了一泡尿。他爷爷听说后，把他狠揍一顿。尽管大伙都劝说“童子尿，不骚”，可他爷爷硬是雇人用“195”（抽水机）把井水抽干、把泥淘净，彻底清洗一遍才完事。

老川媳妇跳井是当年一起很轰动的事件。

老川媳妇三十五六岁，人老实，少言语。那天傍晚，她馏好干粮、做好汤，一小铁锅白菜粉条炖到六七成熟。她起身去拿盐，脚蹚到了烧火棍，烧火棍别倒了支锅的砖，小铁锅一歪，白菜就全扣在火堆上。正不知所措，老川下地回来，一步跨进屋门，见此情景，不等媳妇解释，劈头盖脸地骂起来。媳妇呜呜地哭，老川一头攮到炕上生闷气。

等老川迷迷糊糊醒来，屋里漆黑一团，没一点儿动静。他喊几声，无人应，便起身来到父母家。只有两个孩子在，不见媳妇，便气呼呼地到大街上喊，依然没有回应。他就有些慌，便张罗本家兄弟子侄十几号人出村四下里去找。老川几个人来到东井，手电筒照见井口边有一只方口蓝条绒鞋。老川一看，大叫不好，急忙趴在井口向下照着看。却见井水平静如镜，没一丝波动。竹竿扛来，绑上抓钩，插到井底，贴帮靠沿来来回回地捞，却无一点碍挡。老川的汗和眼泪就一起下来了。嘴角一咧，正待号啕，突然北边远处玉米地里传来吆喝声：“找着啦——找着啦——”多亏邻村的那口土井水不深，老川媳妇儿头部只是一点擦伤，歇息数日后也就好了。

后来年轻媳妇们聚到一块儿就当玩笑地逗老川媳妇：“你那时玩的是声东击西的战术吧？”老川媳妇低着头笑着说：“俺是怕染

宋 张择端 《清明易简图》（局部）

了东井里的水。”

到晚年，奶奶有些懒得动，上街就少了。于是大奶奶和邻居的几个老人就常聚到家来，喝茶抽烟，扯东道西，说古聊今。

一次，茶喝得正酣，蒋家胡同的矬二奶奶就说起一件蹊跷事。前日，村东头建林家媳妇晚饭后去三嫂家借箩，路上听见“咕啊咕啊”的叫声。她停下来仔细听，是从东井方向传过来的，像婴儿梦里断续的哭，很细很远。她顿觉头皮发麻，便快步回家，告诉建林。建林拿个手电来到东井，四下里照照，没发现什么。往井里照照，也没有动静。那“咕啊咕啊”的声音，白天没有，一到天擦黑安静的时候就有，吓得孩子和媳妇们不敢从那儿走呢。

“号猫子！”大奶奶笑笑，茶碗一蹾，肯定地说。

“不会是蛤蟆吧？”大伯母提着嗦子边续水边疑惑地问。

一直侧耳听着的奶奶吐口烟，幽幽地说：“怕是龙王哭呢！”

“噢。”大家便不再搭话，继续喝着水，换个话题，聊起学堂家养的老母猪下了十一个小猪仔的事儿……

“东井是该淘了！”村会计老齐的父亲齐老掐着手指头算着。齐老是村里的宿儒，熟读孔孟，能写会算，通事明理。说话时，眼睛就从花镜框上边看着你。

土井每隔三四年是需要淘一次的。近段时间，人们确实感觉东井的水靠下了，打水时井绳得多续下半庹；水的回涨也没原来快了，半天上不了一砖；打上的水也不似先前清亮……

淘井是老齐带着四个男劳力干的。那时玉米刚刚蹿出穗子，放眼望去，村外一片绿色的海洋。他们先用地排车将“195”（抽水机）拉过来在井口旁架好，把井里的水排进四周的玉米地里。井水抽干，将两个梯子首尾相接捆到一块，放到井底。两个年龄稍大、办事细致的青年，就轮流换上水鞋沿木梯下到井底清理淤泥杂物；另外两个身强力壮的年轻人，就在井口把盛了淤泥杂物的水桶拔上来倒掉。

井底的淤泥杂物并不多，每次也就小半桶：

第一桶上来，紫黑的淤泥里有一小截井绳头；

第二桶上来，紫黑的淤泥里有两块砖头、三块瓦片；

第三桶上来，紫黑的淤泥里有一个担杖钩（大艳儿家的）和一个桶提把（凤来家的）；

……

“哎，一个活的，小心！”忽然，粗重的声音从井底冒上来。

上面的人一听，麻利地往上拔。水桶轻飘飘的，两把三把提上来。定睛一看，是一只蛤蟆，趴在桶底，头尾四爪紧卡着桶壁，跟淤泥一个颜色，只有两只眼睛亮亮的一眨一眨。老齐提过桶，瞅一瞅：“这就是东井的神啊！”边说边撩起井台边凹处还没渗掉的清水，将蛤蟆清洗两遍，然后小心地倒进玉米地里。“哇，这么大！”蛤蟆眨巴眨巴眼睛，在周围孩子们的惊叫声里缓缓地爬进玉米棵子里。

淤泥清理完，用清水冲刷井底时，还在泉眼处的砖缝里，意外地找到了司大婶三年前掉进去的那枚铜簪子。

这是东井的最后一次淘洗。

淘洗过后，东井并没有太大变化。泉眼似乎没有了以前汩汩的气势，细细弱弱的。浅浅的井水隐隐约约地能看见井底的砖。再后来，井水发浑不说，好像还有了一种说不出的味道。

“东井的水有味儿呢。”奶奶抿一口茶皱着眉说。

“东井的水有味儿呢。”齐老从眼镜框上边瞪着眼疑惑地说。

“东井的水有味儿呢。”枣花儿甩一甩大辫子说。

“东井的水有味儿呢！”一街人纷纷说。

……

第一个从“三号站”（给输油管道加温的）往家带水的，是在化工厂上班的八子。每天一下班，他脱下工装，换上干净衣衫，骑上新“永久”牌自行车就去“三号站”。车后座一边一个白塑料桶在铁架子里“咚咚”地跳着，就像两面欢快的鼓。不消两刻钟，“丁零丁零”一阵清脆的车铃声，八子满载而归，沉甸甸的两桶水把自行车后座都坠得吱嘎吱嘎响。

渐渐地，村里的青壮年都像八子一样去“三号站”倒腾水了。有自行车的用自行车，没自行车的用小推车。用水多的人家干脆用地排车拉个大铁桶，虽然慢，却以一顶三、顶四，甚至五六。

早早晚晚，男男女女，大小车辆，来来回回，外出弄水吃倒也成了一道风景。

但风景再大，总也有罩不住的人。像明儒、维俊，他们去不了“三号站”，就继续上东井。明儒也不再分早晚，跛着脚，担着水，一路晃一路叹息。维俊则走一段，就放下扁担，歇歇脚，喘喘气，然后骂一句：“王八蛋！”骂谁呢？不知道。

村主任柳子决定异址打井，是在环保局来人从东井取走了两瓶水之后一个多月时。西乡来的打井队在村西头扎下盘子，机器一开，钻杆呼呼地转，仅三天，一口深水井就蹿出清凉的水。井打成，上面盖上水楼，井里下水泵，一推电把子，水便呼呼地跑进水楼里。水楼下边靠路一面安着水龙头，定时放水。负责放水的是柳子的老丈人维俊。

从此，人们不再去“三号站”，村西的水楼子便热闹起来，而东井则渐渐荒芜在一片杂草中。可时间一长，村里人都说“水楼子的水不如东井的甜”。

这时候，奶奶已经去世快五年了。那把蓝花嗉子一直静静地摆在方桌靠墙处，再没动过。

这都是三十年前的事了。

缸

gāng

概说

缸，盛东西的器物，一般底小口大，有陶、瓷、搪瓷、玻璃等各种质料的。《说文解字》：『缸，瓨也。从缶，工声。』『缶』字在篆书中的字形像一个陶器，说明缸是陶制容器。缸在农家人的生活中，多用来盛水、盛粮食等。

历史

缸出现在陶器产生以后，我国的制陶技艺可追溯到传说时代，黄帝时期的宁封子被称为陶圣。有记载的制陶技术出现在新石器时代，半坡遗址曾出土人面鱼纹彩陶盆。仰韶文化遗址出土的文物中，有彩绘的陶缸，这就把缸的使用历史推到了新石器时代，这时期缸的造型为底小腹大口圆，大敞口。先秦文献中还未发现关于缸的记载，司马迁在《史记》中记载了“醯酱千缸”，“千缸”可不是个小数目，说明西汉时缸的制作技术已十分成熟，并有广泛使用。河北满城中山靖王刘胜及其妻窦绾的墓中发现了33口陶缸，这些缸都是酒缸。

魏晋南北朝时期，制瓷业获得迅速发展，尤其是南方，浙江、福建、江西等窑场遍布。其中越窑、瓯窑、婺州窑、德清窑等发展较快，烧制的瓷器质量也较高。随着烧制技术的提高，钵、碗、盏、洗、壶、罐、坛等烧制得越来越精美，且造型丰富。山东淄博寨里窑是当时北方青瓷的重要产地，在北朝时期，碗、盘、缸是这里烧制的最常见的器型。1948年，河北景县封氏墓群出土了一批瓷器。封氏墓群出土的青瓷有壶、缸、杯、碗、托杯、大盘等日用器皿。这些器皿一般是灰胎，有黑点和气孔，胎质还比较粗糙，不过质朴浑厚，大方耐用。

这一时期的缸多是用来盛酒。如《洛阳伽蓝记》中记载北魏孝文帝设宴招待群臣时，突然举起酒杯说：“三三横，两两纵，谁能辨之赐金钟。”御史中尉李彪回答道：“沽酒老妪瓮注瓨，屠儿割肉与称同。”尚书右丞甄琛说：“吴人浮水自云工，妓儿掷绳在虚空。”彭城王勰说：“臣始解此字是‘习’字。”孝文帝便以金钟赐给李彪。“习”字的铭刻篆隶，正好是三个三横，两个两竖。李彪等所回答的内容，都是古体“习”字的具体注解。

《北史·元孚传》：“孚性机辩，好酒，貌短而秃。周文帝偏所眷顾，尝于室内置酒十瓨，瓨余一斛，上皆加帽，欲戏孚。孚适入室，见即惊喜，曰：‘吾兄弟辈甚无礼，何为窃入王家，匡坐相对？宜早还宅也。’因持酒归。”“置酒十瓨”中的“瓨”在《说文解字》中即是缸。

隋唐五代时，瓷器的烧制技术更进一步，釉色更加丰富，胎骨坚硬，胎体比较厚重。著名的有邢窑、越窑、邛窑和长沙窑等。烧制的器皿种类较多，主要有罐、壶、钵、盆、缸、碗、盘、杯、豆等。唐朝时，以浙江越窑为代表的青瓷和以河北邢窑为代表的白瓷成为两大瓷窑系统，即所谓的“南青北白”。新疆曾出土多件唐朝时的大型陶缸，如1980年在阿克苏地区沙雅县出土的陶缸高达168厘米，陶缸腹部依稀可见“薛行军·监军”五个汉字。这种陶缸的形状更像大型的罐或坛。这时，除了用缸盛酒、盛水、盛谷物等，还用小缸盛放茶叶等。

宋朝是我国传统制瓷工艺发展史上一个繁荣的时期，官瓷代表着中国陶瓷艺术的最高成就。缸的产生虽早，但大缸何时产生却因“司马光砸缸”引发了争论。有人认为宋朝烧制不出大缸，不过《典故里的科学》节目介绍，宋朝已具备烧制出储水大缸的技艺，并且介绍了汉朝已经烧制出高60厘米，口径40厘米的缸。《宋史》里记载司马光砸的是瓮，有学者认为可能是语言的差异，缸和瓮通用。宋朝定窑有酱釉盖缸，该缸高9.4厘米，缸体口径9.2厘米，盖子直径10.4厘米，足径5.2厘米，直口，深腹，圈足。

明清时，缸的类型更加多样。从材质来说，除了传统的陶器，铁、铜、石等材质增多。造型和纹饰也有创新，如明朝万历皇帝就特别喜欢龙缸。明初龙泉窑烧制了龙纹画缸。洪武年间还曾专门设置龙缸窑，因缸上多绘云龙或青花，故名。至于用途没有明确记载，但万历时期的官窑已很难烧制出较好的龙缸，万历皇帝的陵墓中用的是嘉靖皇帝的龙缸。

明清很多缸多是民窑烧制，口径一般在二三十厘米，主要用来放书画卷轴。还出现了斜腹敞口缸、斜腹折沿缸、圆腹唇口缸、圆腹敛口缸等。这时期出现较大型的缸，主要用来储水灭火等。如故宫里的大水缸，缸壁上还有威武的兽面环，这些缸主要有铁质、铜质和铜质镀金的。广元昭化古城内有许多明清时的石缸，这些石缸多以青砂岩为原料，缸外面有图案，除了用来防火，还能起到装饰院落的作用。

近代，农村用来盛放粮食和水的缸主要是陶土烧制而成的釉陶，质地较细，有的外部带有花纹图案等装饰。有些地方，缸也叫作瓮，一般较大。几乎家家户户都有大缸，民间有“缸里有粮，心里不慌”的俗语。小缸，在有些地方被称为坛、罐，用来装一些量少的生活用品，如盐坛、菜坛、提水用的瓦罐等。

作用

缸、坛、罐、瓮等都是常用的器物，它们名称不同，造型也有差异，用途却没有明确的区分，所以有的地方将它们视为同一器物。史书记载，缸可以用来盛酱、米、水、酒等，瓮、坛、罐的用途也类似，如《魏书》有“兼有一瓮米”的记载，《齐民要术》中记载的作酒、作酱等均盛放在瓮中。罐的使用更早，新石器时代便用陶罐取水。坛被认为是一种口小肚大的陶器，可以用来贮藏东西，如现在依然有人用坛子来腌制咸菜等。

文化意义

我国使用缸的历史悠久，在长期的发展中形成了一些与缸有关的典故，其中最有代表性的是“司马光砸缸”和“请君入瓮”。“司马光砸缸”的故事几乎每个人都耳熟能详，不再赘述，我们在此讲一下请君入瓮的故事，这个成语出自唐朝张鷟的《朝野佥载》：

> 唐秋官侍郎周兴，与来俊臣对推事。俊臣别奉进止鞫兴，兴不之知也。及同食，谓兴曰：“囚多不肯承，若为作法？”兴曰：“甚易也。取大瓮，以炭四面炙之，令囚人处之其中，何事不吐？”即索大瓮，以火围之，起谓兴曰：“有内状勘老兄，请兄入此瓮。”兴惶恐叩头，咸即款伏。

唐朝武则天时期任用酷吏周兴和来俊臣掌管刑罚。他们两个都爱用酷刑，迫害了不少正直的官员和百姓。后来，有人告发周兴谋反。武则天大怒，就让来俊臣处理。来俊臣知道周兴不好对付，就准备了一桌丰盛的酒菜，将其请来做客。酒席间，来俊臣问周兴：“如果有犯人不肯认罪，怎么办？”周兴说：“简单，准备一只大瓮，在周围用火烤，把犯人扔进去，还怕他不招？”于是来俊臣立即让人准备大瓮，在周围烧火，对周兴说：“有人告你谋反，皇上让我调查此事，就请君入瓮吧。”周兴一惊，吓得连忙跪地求饶。

随着时代的发展，缸逐渐退出历史的舞台，淡出人们的生活。

粮缸岁月

宋新明

粮缸是农家人烟火日子的依靠，蹲守岁月的深处，一生张着大口，吸纳吐出，滋养着屋檐下的苍生。

农家的粮缸，都是口小肚腹大的陶缸、粗瓷缸，有黑色、土黄色、浅红色、酱色多种颜色，各种颜色编织着农家彩色的梦。粗壮敦实的粮缸，以土的另一种形式稳坐在房屋的一角，不动声色养育着生命，点燃着希望，给生命以营养和力量。

“缸里有粮，心里不慌。”粮缸是给养，一日三餐离不开它；粮缸是农家人的底气，是赖以生存的粮仓。

生活困难的年代，地瓜和地瓜干当家，这种粮食太多、太贱，没有资格进入粮缸，只能进地窖、入栈子，在外面存放。只有小麦、玉米、高粱、小米、大豆、豌豆等细粮和杂粮才有资格享受进粮缸的待遇。有时地瓜干子面还可以用一个小粮缸存放。这时的粮缸往往像庄户人一样吃不饱。全家七八口人的小麦卧在缸底，不来客人，不逢年过节，家里人不会舍得动它。平日里，这些小麦像金子一样珍贵。只有家里老人生病了，才能擀点儿面条，包几个水饺孝敬一下老人。除了那点儿可怜的小麦，不多的高粱、玉米，还有很少的大豆、豌豆等杂粮，分别用布袋装着放在缸里，缸口用高粱秸秆钉的盖顶盖好、压实，以防仅有的粮食被老鼠盗走、糟蹋。

粮缸是全家最亲近的物件，母亲是与粮缸最亲密的人。麦收过后，望着父亲将一袋散发着香气的金色麦子，像流水一样倒入缸内，母亲脸上便绽开了美丽的花朵。每次动用这点儿珍贵的粮食时，母亲便用一个不大的葫芦瓢轻轻地往外舀，每舀一瓢，都像剜去母亲一块心头肉，不到万不得已，母亲不会揭开这个粮缸。粮食终归是要吃的，到了年头岁尾，仅有的一点儿粮食，就要见缸底了，母亲用瓢使劲刮着，好像多刮一次，就能多刮出一些粮食。粮瓢碰撞、刮擦着缸壁，发出嘶哑重浊的声音，像母亲沉重的喘息，传递着农家日子的无奈。最后，母亲只好召唤扫炕笤帚，把每一粒粮食都清扫出来，才长长舒一口气。细粮没有了，小布袋里还有点儿杂粮，天井的栈子里还有地瓜干，虽然吃不饱，苦日子还能勉强支撑。不管生活多么粗糙，这日子还得过下去。

粮缸记不清肚腹里盛过多少粮食，小麦、高粱、玉米、小米，每一种粮食都与粮缸亲密接触过，都被粮缸细心地呵护过。在它坚固铠甲的保护下，这些粮食逃脱了被虫咬、被鸟啄、被鼠盗的命运，不会成为它们的饕餮之物，不会被它们随意糟蹋。粮缸清楚，这是农家人赖以生存的根本，它必须当好粮食的守护神。

母亲记不清粮缸储存过多少粮食，就像记不清自己做了多少饭一样。每次收下了小麦，生产队刚刚分下来，还没有入缸，天刚放亮，母亲就从热被窝里爬起来用石磨磨出面粉（后来有了磨面机就省力了），蒸出新麦子饽饽，在天井里祭奠，敬天敬地，感谢上天的恩赐。这是一种多么朴素的敬畏自然的情感，心怀感恩，心存感激，永不忘本。

粮缸前忙碌的母亲，总是放下粮瓢，拿起磨棍。没有机械，全靠一副硬朗的身板，常常转完磨房，进碾房，磨面，磨糊糊，碾地瓜面。高粱、玉米收获后，母亲隔些日子天不明就起来推磨，将高粱或玉米磨成糊糊，抹煎饼，调剂生活。记忆最深的，是寒冷的冬季，母亲悄悄从热被窝里爬起来，架上磨棍开始推磨。推

缸

完磨后，母亲便坐在油亮的鏊子前，开启了与鏊子的对话，舀一勺糊子，转一圈木耙，添一把烧草。那跳动的火焰，映着母亲疲惫的脸庞。母亲一张一张地从鏊子上揭着圆圆的煎饼，就像在翻阅一本大书，这一本写满了劳累的大书，到中午才能翻完。隔三岔五，母亲还会从粮缸里舀出一瓢半瓢的小米或豌豆，掺上地瓜干或地瓜熬粥喝。每次掀起锅盖，那五谷的味道便飘溢房内，让人陶醉，也让苦涩单调的生活，增添了一抹亮色，让紧锁的眉头绽放出了微笑的花朵。每到过年的时候，母亲会揭开屋角的一只小缸盖，里面卧着黄灿灿的大豆。那是母亲用盖顶千选万选的精品，粒粒个大饱满，专门用于过年做大豆腐，既改善家人的生活，也为了招待来家里的客人。经过推磨、烧汁、斩卤水、压汁等多道工序，香喷喷、白晃晃的大豆腐便端上了吃饭桌，捣上一碗蒜泥子，一家人在热气腾腾的房间内，欢欢喜喜地品尝大年的滋味，咀嚼幸福的日子。

一个粮缸就是一户人家的粮仓，谁家离得开粮仓？家有多大的粮缸，有几个粮缸，这家人就有多大的担当，这家人就有多大的度量，这家人就有多大的气场。左邻右舍生活艰难了，大娘、大婶子就端着个葫芦瓢低眉顺眼地跑到屋檐下，借一瓢麦子，借一瓢面，借一瓢豆子。这家女主人也不吝啬，大方地把端来的瓢舀满。邻居端着这一瓢盛情，感激不尽，以后这家有什么事也会倾囊相助，倾情相帮。一瓢粮食的传递，体现了救急救难、邻里相帮的传统美德。

粮缸承载着多少岁月的沧桑，见证着多少农家的悲凉。一个见底的粮缸，映照着艰难的生活、愁苦的日子和渺茫的希望；一个丰满的粮缸，点燃了奋斗的力量，充满了对未来的渴望。粮缸空了满，满了空，有时半空半满，饥饥饱饱活得很累。粮缸的岁月有时是厚实的，大多是苍凉的。阴晴圆缺的粮缸，就是农家生活的晴雨表；辛苦勤劳的母亲，就是粮缸的知己。盈亏都在母亲的掌握中，生活的酸甜苦辣都是母亲烹调岁月的佐料。

在那个困苦的年代，每一个农家人都有一段靠粮缸支撑的岁月！生活贫瘠时，它会流泪，会恐惧，会难过，它哀怨自己空有一个硕大的肚腹，却空空如也。懂缸的人，抚摸着光滑的缸沿，他已无能为力。他起早贪黑，风里来，雨里去，面朝黄土，背朝天，一个汗珠子摔八瓣，辛勤耕耘，辛苦劳作，却总是收获甚微，既填不满缸的肚腹，更撑不起自己的肚皮。

粮缸磕磕绊绊的一生中，有时也躲不过破碎的命运。繁重的劳动，艰难的生活，无形的压力常常让内心焦灼的年轻夫妻矛盾升级，大打出手。弱势的女性被暴躁的男人一顿拳打脚踢，坡里干活、屋内做饭的苦命女人顿觉失去了人生的意义。她一把鼻涕一把泪，哭诉着，陷入了绝望的境地。一种过不下的念头充斥她的大脑，失去理智的女人，于是向着家中家什痛下杀手。她不敢砸锅，便拿缸出气，一镢头，缸碎了，粮食撒了一地。男人望着披头散发、失去理性的女人，面对碎了一地的缸片和粮食，也不敢造次，这些都是用钱换来的，男人心里那个痛啊！后悔下手过重，激怒了女人。碎片大些的话，还可请小炉匠重新箍起骨肉分离的躯体，挽救粮缸破损的生命。碎片太小，无法锔补，便成了小孩子的写字板，稚嫩的小手在上面描绘自己的人生。

粮食入缸后，并非一劳永逸了，隔一些日子还要再拿出来晒晒。特别是夏季，雨水较多，粮食吸潮后，容易生虫。蛐子、小白虫、小米虫等乘虚而入，将最精华的部分据为己有，只留给农家人一粒粮食的空皮囊。有经验的老农，会选在中午日头最毒的时段将粮食暴晒，小麦要在还烫手的时候收起入缸，这个火候掌握好了，不易生虫。玉米、高粱、小米等其他粮食不能早收，要晌午过后，粮食完全凉了，才能入缸。每一种粮食都有自己的习性，不能违背，否则，它会给你颜色看。

随着生活的不断改善，粮缸家族成员不断扩充。大的粮缸盛小麦、玉米，小的粮缸盛豌豆、大豆等杂粮。大粮缸也从屋内走向天井，走向一片开阔的新天地。盖顶不再用易破易损的高粱秸上的莛秆，换成了结实的木盖或铁盖，既防日晒雨淋，又防老鼠偷盗。盛放杂粮的小粮缸仍旧蹲在屋角，随时等候调遣。粮食越来越多，每家每户还添了面缸，那雪白的面粉，发着莹莹的光亮，农家主妇做饭更省事了，有了更多的选择，也有了生活的底气。

国家实行农村土地承包经营制度后，农民的劳动热情空前高涨。各种良种、化肥播撒在广袤的大地上，粮食连年丰产丰收。

粮缸已经盛不下了，农家人只好用编织袋盛着，一袋袋摞在一起，这种储存方式最大的问题是无法防止虫子和老鼠的破坏。过不了多久，盛小麦的编织袋内便会听到沙沙声，编织袋被虫子钻成了小眼网兜。最可恨的是老鼠，昼伏夜出，昼藏夜袭，像一群强盗，每晚出来强取豪夺，把袋子咬破，粮食嚼碎，糟蹋了一地，让人心痛不已。这是一滴血一滴汗挣来的，怎能这样白白浪费了，这不暴殄天物吗？为了阻止老鼠糟蹋，农家人想了很多办法：老鼠药、铁夹子、绳扣子，消灭了不少老鼠。但老鼠们前赴后继，毫不退缩。牺牲了几个同伴后，狡猾的老鼠不再上当，总是能避开这些致命的陷阱，并屡屡得手。魔高一尺，道高一丈，人的智商总是高于动物的。为有效预防老鼠偷盗，有的农家便用砖和水泥建了一个粮囤，还有的浇铸了一个容量更大的水泥缸，老鼠从此奈何不得。无论是粮囤还是水泥缸，缺点都是容量太大，解决不了生虫问题，特别是小麦，已成为主粮，更要好好保护。这时，村里建起了面粉加工厂，一个更好的办法就是将小麦寄存在面粉厂，定期到面粉厂取面吃，省却了好多麻烦。但寄存面粉厂也有风险，有的面粉厂倒闭了，寄存的麦子也要不回来了，辛辛苦苦的劳动成果打了水漂。

粮食还是自家存着保险。为了保存好小麦，饱经风霜的母亲摸索出了一个好办法。小麦入缸前，在缸底铺上五公分厚的麦糠，麦糠上铺上一层塑料薄膜，然后将晒干还烫手的小麦倒入缸中，找一个小瓶装入白酒，用纱布将瓶口封住，放在麦子中间。麦子不能装满缸，留出三五公分的距离，铺一层报纸，上面再铺麦糠，然后用塑料薄膜封好缸口，加上缸盖。这样小麦可以储存两年以上，品质还像刚收获的一样好。

用粮缸存放的小麦毕竟是有限的。粮食的不断丰产，让粮缸不堪重负。于是，越来越多的农家人开始建起了自己的粮仓。他们在翻建新房的时候，专门设计了一间厢房作为粮仓。这个粮仓全部用砖和钢筋混凝土建成，一般十几平方米大小，铝合金门窗，混凝土地面，能存放万斤左右的粮食，这样的粮仓气死了老鼠，笑开了农家人。在粮仓内放一种挥发性较好的药片，能有效防止粮食生虫，还对人体无害。

如今，随着中国经济神话般快速发展，城镇化步伐不断加快，很多农家人已不再种地，成了城镇居民，住上了高楼大厦，生活幸福美满。仍旧居住在农村的人，也过上了殷实的日子。近年来，美丽乡村建设日新月异，不仅实现了“村村通”，还实现了“户户通”，交通便捷。各类超市在农村遍地开花，购物方便。网购、快递的服务范围不断延伸，足不出户，就可以买到所需的生活用品，很少有人家再存粮食。农家人将粮食收获、晒干后，仅短暂在家中储存一段时间，便全部换成了现金，随吃随买，方便实用。粮缸渐渐被边缘化，最终成了弃儿。

粮缸坦然面对人生的起落。一个新缸被日子养成老缸，缸面流畅的沟纹被流淌的岁月磨平了，磨秃了，它像年轻的母亲一样成为年迈的老人。粮缸逐渐退出了历史的舞台，昔日的光辉不再。大多数农家人已觉得粮缸毫无用处，在家还占地方，便敲碎当垃圾填埋了，让其重新归于泥土。极少数有恋旧情结的，将它们安放在天井的一角，偶尔瞥一眼，回想起自己和缸朝夕相处的岁月，总是五味杂陈，百感交集。为了不让缸接雨水，防止冬天冻裂，总是将缸口朝下，缸孤独地趴在地上，默默地蹲守着孤寂的岁月，回忆往昔的峥嵘。

也有幸运儿，被请进了民俗博物馆，静卧一隅，倾听风声雨声，感知春夏秋冬，吐纳日月星辰。这时的粮缸如一位饱经风霜的老人，默默地守望着世代生活的家园，目睹乡村的变迁，见证着时代的变革。进入暮年的粮缸一点儿也不孤独，它和同伴们每日接受人们的观摩，经常与不认识的小朋友合影，与孩子一起听爷爷奶奶讲述那过去的故事。身处人群，缸不断适应着高曝光度的生活，开启了自己新的生活。

泡菜坛

彭忠富

1995年7月，我师范毕业，几十个同学转眼各奔东西。我的人事关系回到了县教育局，人事科长说，要么上山去天池乡，但上去了就很难调下来；要么去太平，虽说是边远乡镇，但还算平坝，吃大米是没有问题的。

我自小在平坝长大，不习惯爬坡上坎，自然不愿意上山去与玉米棒子、猴子、黑熊为伴，于是我打起铺盖卷去了离县城三十多公里远的太平。这里四县杂处，按理说应该是通衢之地，可是因为江河的阻隔，竟然非常落后。县城到太平的公车只有早晚两趟，想离开此地，只有坐砰砰砰响的火三轮。

这跟我当时在学校时给自己制定的人生规划相差太远了，可是有什么办法呢，一切都只能认命了。

在学校报到后，就给我分了工作和宿舍，而我将要独自面对接下来的生活了。

宿舍就在教学区后面，平房，一室一厅，还带个小院子，把门一关，这就是我的世界了。

中午学校人多，可以在伙食团吃食堂，但早晚如何充饥却是个大问题。工资只有三百块左右，不抽烟不喝酒不打牌不处女朋友，这钱还是花不完的。我早就暗下决心，上班后一定要学会攒钱，不然将来娶妻生子买房子怎么办？

学校宿舍就在乡场上，早晚吃馆子很不现实，看来还得学父母辈口攒肚落。这时我才觉得，母亲是把过日子的好手。家里三个男孩，吃饭穿衣，上学学手艺，个个都得花钱，但母亲硬是把我们一个个供出来了，我还幸运地跳出了农门，找到了一份相对来说较轻松的工作。

这一切，都跟家里的泡菜坛有关呢。家里六个坛子，其中就有三个泡菜坛，还有两个装咸菜豆豉，一个装红酱。泡菜坛里泡椒、泡姜、泡萝卜、泡青菜等是少不了的。我自小泡菜可没少吃，特别是老酸萝卜，泡制时间太久，切成丁块，佐以熟油辣子拌之。将其含在嘴里，上下牙轻轻触碰，一股酸水瞬间充溢整个口腔，那酸味儿劲道，酸得你浑身打尿颤，一辈子都难以忘怀。其实这也说明，泡菜要现泡现吃，特别是萝卜类的，泡一天捞出来切成筷头粗萝卜丝，用刀口辣椒、蒜苗段爆炒，香脆可口。

记得读书时，每天清晨，我们都还在睡梦中，母亲就起床为我们准备早餐，杂粮粥配泡菜。母亲换着花样做杂粮粥，红薯、萝卜、莴笋叶子稀饭，或者玉米糊、面疙瘩稀饭。稀饭做好后，母亲给我们每人盛上一碗，放在冷水盆里降温，这样我们吃饭时就不烫了。

但泡菜确实没有太大的变化，直接捞出来拌熟油辣子最省事，也可以切成丝，用刀口辣子爆炒，但切记不能炒得太久，否则酸得你跳。

我最喜欢吃的是泡菜土豆丝，提神开胃又下饭。

有次我抱怨母亲，天天吃酸菜，酸得人都成醋坛子了。

母亲也不生气，她安慰我说：“姜开胃口蒜打毒，老酸萝卜吃了壮筋骨。酸菜是个好东西，我们可不能挑食啊！”其实母亲何尝不想给我们顿顿吃肉，然而家里条件只有那样。收入少，开支大，完全一个无底洞。如果不是母亲精于算计，我看日子还会过得更闹心呢。

开学初，我就到乡场上杂货铺去买电炒锅、电饭煲和泡菜坛。

宋 张择端《清明易简图》（局部）

泡菜坛是一种椭圆形的陶器制品，中间大，两头小，上面有盖，坛口周围有坛沿。加盖掺上坛沿水后，可以密闭，使之与外界空气隔绝，避免污染。

选购泡菜坛也有学问，自然应该选择火候老、釉子好，无砂眼、无裂纹而又形体美观的。选定泡菜坛后，还要当场检验：在坛沿上掺入一半清水，将草纸一卷点燃后放入坛内，迅速盖上坛盖。如果能把坛沿水吸入内壁，则证明泡菜坛质量较好，反之则差。

我对杂货店老板说，给我挑选个质量好的泡菜坛，再帮我试一试。

老板见我是新主顾，于是就耐心地挑了一个。当着我的面用手指关节敲坛壁，让我听，声音很清脆，又在坛内烧纸。我不动声色，知道这是一个好坛子，于是欣然付钱了。这个坛子我家里至今还在用，已经二十多年了，泡酸菜特别好吃。

这些生活常识，于我来说早已谙熟于胸。打小起，父母赶场就喜欢带着我，到了中午时，看着我不愿挪动脚步，他们知道我饿了，就会主动买一块油糕或烧饼，让我先吃着。

别以为小孩跟着大人是累赘，我们其实也在观察，也在学习。

父母赶场，不外乎买或卖，这些事情等我们成年后也会经历。看他们跟商贩或主顾谈价，看他们选购泡菜坛这些琐事，实际上也是在学习生活的技能。

父母常说，做人要有“眼水”，特别是学手艺。所谓眼水，就是要眼观六路耳听八方，最关键还要动脑筋琢磨，这样我们才能在生活的点滴中真正成长起来。

泡菜坛带回宿舍，清洗干净，接下来应该是准备盐水了。泡菜最重要的是盐水，这不是普通的盐水，大多时间比较长，有的泡菜坛的盐水已经有几年甚至几十年了。

过去乡村人家为了省点油盐钱，就在泡菜盐水上做文章。比如下醋汤面，他们不放盐也不放醋，就在碗里放上泡菜盐水，味道也差不多。

泡菜盐水还是乡村制作“激胡豆”的主料，当然胡豆也可以换成黄豆。将豆子炒熟，迅速倒进装有泡菜盐水的品碗里，盐水最好是淹过豆子，然后盖上盖子捂着，炒豆子表皮一会儿就变得皱起来了，豆子软硬适中，而且沾染了盐水的酸辣味。最后按照普通凉拌菜那样加上葱花、蒜粒、香油、辣椒油和鸡精，激胡豆就做成了。

这道家常小菜，曾经是父亲佐酒解乏的常用菜。父亲是家里的顶梁柱，他在那里浅斟慢饮，我们自然也跟着沾光。做新盐水当然是可以的，但如果能够弄到老盐水，那就可以省不少事了。

学校伙食团也有泡菜坛，味道还不错。我跟厨师说了说，他非常乐意，送给我两三斤老盐水。那盐水看上去像菜油般黄金亮色的，连那浓稠度也和菜油一样，无丝毫杂质。最重要的，还散发出一股醇香。

于是，我在太平镇的泡菜日子就此开始了。

春天泡青菜，夏天泡豇豆，秋天泡甜椒，冬天泡萝卜。

以泡青菜为例，此菜色泽橙黄，咸香带酸，嫩脆适口。既可就食本味，也可加花椒末、熟油辣椒、味精拌食，还可开片成丝加猪肉炒为酸菜肉丝，既是佐餐佳肴，又是风味面臊。特别是在盛夏酷暑，用泡青菜煮酸汤，清热解暑，让人胃口大开。

有了泡菜坛、电炒锅和电饭煲，我的早晚两餐就算解决了，而且还顺带学会了炒家常菜。原本我是不会炒菜的，在家里时都是母亲炒菜，而我经常是负责给柴灶添火。母亲的烹饪技术不赖，逢年过节家里三四桌菜品，母亲可以一个人鼓捣出来。耳濡目染，我竟然也学会了一手厨艺。

会炒菜、会泡菜、懂生活，无不良嗜好，我这个单身男人很快就有长辈关心了。他们问我愿意找对象不。

这是好事啊。学校下午五点放学后就变得空落落的，要到第二天早上学生陆续到校，才会逐渐变得热闹起来。但这漫漫长夜，我总得找个人说说话吧！

听收音机，看书写字，这都不是长久之计。如果有了对象，那不就是我们在孤寂青春里的一道彩虹吗？我赶紧一口答应下来。经过短暂的相亲，大家彼此也还算投缘，于是，我在太平镇就开始了这辈子的第一次恋情。

每天女孩下班，就会到我这里来吃饭、聊天。或者我时常也会去她的单位，那边也是单身宿舍，也可以做饭，我们相处还算融洽。尽管这段恋情维持了两年时间就出现裂痕，尽管后来我们没有走到一起，但那些一起吃泡菜、轧马路、放风筝、数星星、看日出的日子，还是温馨可人的。

行走在巴蜀大地，不论是繁华喧嚣的都市，还是荒僻幽远的乡村，都可以见到泡菜的踪影。泡菜是四川人生活中不可或缺的一道美食。三朋四友在饭馆聚餐，酒至半酣，开始进入结束阶段，吃点儿饭喝点儿汤的时候，老板总会端上一碟泡菜来杀杀油腻、下饭。如果没有端来，食客就会不依不饶地叫起来：“老板，来盘泡菜哦！”

如果是在别人家里做客，也有人会用牙签边剔牙齿边嚷：“你们家里有没有泡菜抓点儿来？”这是对主人家最后的考验，也是这顿饭最后的高潮，就像指挥家在音乐结束前在空中划出的弧线，只有美味的泡菜才能为之画上一个圆满的句号。如果主人家面有难色或者端出的泡菜见不得客，那么肯定会受到朋友们的嘲笑。

一盘泡菜，在某种程度上来说体现了这个家庭过日子的水准。

别看泡菜制作简单，却很有讲究。每家每户，经管泡菜坛子的都会固定一个人，但一般家庭主妇居多。要定时换坛沿水，要添置新鲜蔬菜。只有责任到人，泡菜坛才不会扯拐，盐水才不会生花。

前段日子，有专家说泡菜最好不吃或少吃，因为泡菜中会产生亚硝酸盐。我一听就慌神了，原来我们念兹在兹的泡菜居然还有这些副作用，这可真是闻所未闻呀！

于是，我和妻约定，尽量少吃泡菜，我家泡菜坛自此之后也减少了新鲜蔬菜的投入。

可是没过一个月，我就发现自己不适应了。

姜开胃口蒜打毒，早晨稀饭馒头，照例是要来点酸姜、泡大蒜或藠头的，没有还真是不习惯。

要做酸菜鱼、酸萝卜老鸭汤、酸辣鸭血这些家常菜，离开了泡菜更是想都别想。

妻说："你这下明白我们四川人离不开泡菜了吧。泡菜坛是我的地盘，我的地盘我做主，泡菜该吃还得吃，老祖宗吃了上千年，也没见谁吃泡菜中毒吧！专家的有些话我们可以听，但有些话却没法听，这和我们的饮食习惯息息相关，如果按照专家的要求去办，那我们就啥都别吃了。"

没想到，妻还说得头头是道。其实我觉得，这应该是众多亲友夸奖我家泡菜好吃的缘故吧，妻对别人的评价那是很在乎的，她怎么能容忍我家取缔泡菜呢？

宋 张择端 《清明易简图》（局部）

窖

jiào

概说

窖是用来收藏、保存东西的地洞或坑。《说文解字》：『窖，地藏也。从穴，告声。』段玉裁注：『《通俗文》曰：「藏谷麦曰窖。」』《礼记·月令》中有：『穿窦窖。』郑玄注曰：『穿窦窖者，入地椭曰窦，方曰窖。』窦也是窖的一种，只是形状不同而已。古人用来收藏东西的地洞，有酒窖、菜窖、冰窖、粮窖等。

历史

窖历史悠久，具体是谁发明了窖已不可考。根据《说文解字》的解释，窖字“从穴，告声”，“告”是“牿”的本字，而“牿，牛马牢也”。可见，窖最初有捕捉动物的陷阱之意。后来，随着狩猎技术的提高，人类获取的食物会有剩余，就会将捕获的动物暂存在陷阱内。人类将动物驯化后，牢才移到地面上。但直到战国时期，还有人将牛关在地牢中。《管子·地员》记载：“凡听宫，如牛鸣窌中。”郑玄在《周礼·考工记·匠人》中对窌的注释为：“穿地曰窌。”

储存粮食的地窖伴随着原始农业的产生而出现，大约始于新石器时代。从考古发掘的半坡仰韶文化的早期窖穴来看，早期的窖规模较小，构造也相对简单，多为口小底大的口袋形状，直径一般不到一米。在临潼姜寨发掘的仰韶文化后期窖穴，容积逐渐增大，形状也开始多样化，深度和宽度也有所增加。夏商周时期，地下窖储存粮食已成为国家、贵族以及民间的主要方式。西周时期，甚至还出现冰窖，《诗经·豳风·七月》记载：“二之日凿冰冲冲，三之日纳于凌阴。”《毛诗故训传》曰：“凌阴，冰室也。”

甲骨文中有仓和廪两个字，说明在商周时期，人们已经开始使用地上的仓库来储存粮食。春秋战国时期，随着粮食的增多，地上存储粮食的方式逐渐增多。这时，除了储存粮食，还有不少人把钱财、工具等藏在地窖。河北平泉发掘出了战国时燕国的钱币窖藏，陕西凤翔境内出土了春秋战国时期秦国的青铜器窖藏。

秦汉时期，地窖也称荫、荫室，《史记·滑稽列传》记载：“漆城荡荡，……顾难为荫室。”窖仍是储存粮食、财宝之所，《史记·货殖列传》记载："秦之败也，豪杰皆争取金玉，而任氏独窖仓粟。楚汉相距荥阳也，民不得耕种，米石至万，而豪杰金玉尽归任氏。任氏以此起富。"秦末战乱时，有钱人家多将金玉财宝藏在地窖，而任氏却在地窖里储存大量的粮食。楚汉战争时，人们无法耕种，粮食奇缺，任氏卖粮而发家致富。汉朝时，除了窖藏，地上的仓房也充分发展，甚至具备了通风、防潮、防火、防鼠的功能。

魏晋南北朝时期，仓、廪等地上储存建筑已相当完备，但地窖储存仍非常重要，从河南发掘的北魏皇家仓窖可知。考古人员在汉魏洛阳城宫城内发现了约240座北魏时期的仓窖遗迹。仓窖为北魏皇家府库，仓窖南北两侧以及两座仓窖之间，有夯土墙，夯土墙以北还有砌砖的水渠，据推测这与仓窖区的排水有关，说明当时窖的设计更加合理和实用。贾思勰《齐民要术·造神曲并酒等》记载："地窖着酒，令酒土气。"说明这时人们对地窖藏酒有了一定的认识。

隋唐两朝是地窖储存粮食的兴盛时期。京杭大运河开通、关中漕渠修建之后，漕运沿岸就先后建立起较多的粮食储备仓库。当时建在洛阳周围的含嘉仓、洛口仓、回洛仓、子罗仓，都是大型地下仓。当时的仓窖一般是从地面向下挖一个口大底小的土窖，窖底要夯实加固，为了防潮，还需要进行大火烘烤。窖底和窖壁还需要涂上一层防潮层。仓窖的管理也十分规范，以含嘉仓为例，出土的"刻铭砖"上详细记载了仓窖的位置、编号，储粮的数量、品种、来源、入窖日期、负责官吏的信息等。

唐朝以后，地上粮仓兴起。宋金时期，仍是采用地上和地下并存的存粮方式，不过地上仓储模式逐渐占据主导地位。到清代，地窖的构造又有了新的发展，当时使用的双层窖比普通的单层窖具有更好的保温保气能力，贮藏效果更好。北方农村地区，地窖主要用来储存蔬菜，直到现在还在发挥作用。

形制

窖是先民发明的用来储存东西的地穴，历史久远，对人类具有重要作用。窖多见于北方，可用来贮存蔬菜、粮食等。地窖可以挖成不同的形状，主要有三种类型：棚窖、井窖、窑窖。棚窖分为地下式和半地下式两种，棚窖顶部会留有窖口，供出入和通风用。井窖和窑窖主要适用于我国西北地区。

地窖储存的原理是造一个相对封闭的空间，使得氧气没有那么充足，从而减少食物的呼吸作用，延长保存时间。因此，果蔬在入窖前，一般要放在储存容器中，通风过夜，使其温度降低，从而降低呼吸强度，入窖后能保存更长时间。

《农书》中对地窖的修建和贮存方法、优势等记载得尤为详细："夫穴地为窖，小可数斛，大至数百斛。先投柴棘，烧令其土焦燥，然后周以糠稳，贮粟于内。五谷之中，惟粟耐陈，可历远年。""既无风雨、雀鼠之耗，又无水火、盗贼之虑。"还有人家会在田中作窖，地窖上仍种植作物，宋代庄季裕《鸡肋编》记载："民家只就田中作窖，开地如井口，深三四尺，下量蓄谷多寡，四围展之。土若金色，更无沙石，以火烧过，绞草絙钉于四壁，盛谷多至数千石，愈久亦佳。以土实其口，上仍种植，禾黍滋茂于旧。"

文化意义

地窖是人类智慧的结晶，凝聚着先民辛勤的汗水。地窖储藏食物解决了人类食物短缺时的危机，对于北方来说，解决了冬季缺乏蔬菜瓜果的难题。

在北方有些地区，清明节这天，人们会用锅灶里的灰在院子里旋一个多层的大圈，中间挖个小洞，埋上粮食。这是人们对丰收的一种期盼，期盼可以粮食满仓。

窨还出现在一些诗文中，体现了作者不同的思想。如黄庶在《送杨侍读自长安之蜀》中用“薄田今亦夏秋稔，窦窖饱满鸡猪肥”表达了丰收的喜悦之情；贯休在《怀武夷红石子二首·其二》中用“烧侵姜芋窖，僧与水云袍”呈现了隐居者的生活状态。

山药窖

刘善民

在我国北方部分地区，山药又名红薯、地瓜，虽为舶来品，但由于易种植、产量高，长期以来，很受人们青睐。滹沱河畔以白沙土居多，非常适合山药生长，因此，多年以来它被当作主要农作物，成畦连片地种植。人们利用火炕育苗，春季移栽，秋天收刨，分给社员们，放在窖内妥善保存。它是人们的重要口粮之一，人们要靠它挨到第二年的春天。

《说文解字》中讲“窖，地藏也”。放进山药窖里是储藏和保管山药最原始的方法。薯从窖里来，便是洞中仙。当冬雪飘飘或春暖花开的时候，人们从地窖里提出满带水气的山药，无论是生吃、火烤，还是水蒸，都是一道错季的美味，尤其在粮食短缺的困难时期，更是农民保命的食物。

我家的山药窖在后院。那是一个被闲置的破旧院子，非常窄小，有三间青砖北房和一道土坯院墙，木栅门没有锁，用铁丝钩着，进门摘，出门挂，倒也方便。山药窖在西北角，紧挨着羊圈，窖口扣一个旧铁锅，锅一侧有一破洞，独眼朝天，正好做窖的出气口。有一次，我拿山药忘了将铁锅扣好，一只羊掉到窖里，在里面叫了一天一夜。羊倒没有摔伤，山药却被它糟蹋了不少，给家里造成了严重的损失。

挖窖是个技术活，那情景我记忆犹新。由于前院的老窖年代太久又进了水，不能

窖

再用，父亲决定在后院挖一个新窖。首先要选址，竖洞为井，不能随便动土，应避开门户设在偏僻处，还须向阳，又要远离水道。权衡再三，最后选在院子西北侧。

父亲用木棍在地上画了一个圆，然后，用铁锹沿着土线破土开挖，由外向里，由高向低，层层递进。堆在外面的土在一点点增高，窖也在慢慢成形。按事前设计，窖深在三四米，越往下越阔。在浅层挖掘时运土比较方便，到深处就需要用绳子将小铁桶送下去后向上提土。尤其是到窖底向侧面掏洞时，就更加困难。父亲把大舅喊来帮忙，大舅身材稍矮一些，在窖底干活比较灵便。

挖窖不能着急，需要几天甚至更长的时间，而且又脏又累。父亲和大舅满身是土，只好每人头上系一块毛巾，就像《地道战》里的高老忠。那日上午，爷爷望着洞口感慨万千，他联想起抗日战争时期诱敌深入，利用地道与日本兵周旋的日子。

窖挖成了，山药入窖是关键。我们从河滩拉来粗沙，用筛子

窖中的容器

筛去杂质，一桶一桶地运到窖里，铺到窖底，而后开始挑选山药，仔细把有伤疤的和有斑块的山药拣出去，将好的用筐送到窖内，小心码放，码一层撒一层沙土，确保干燥透气。

我喜欢在洞中抛撒沙土的感觉。借蜡烛的微光，捧起备好的沙土，撒在山药堆上，细碎的沙粒从山药的缝隙间迅速漏下，再撒再漏，可以随着性子来，我觉得很好玩。

过去的冬季非常寒冷，地表常常被冻出明显的裂缝，屋内的水缸有时一夜成冰，但入窖的山药却能独享温情。它们平时相拥在地下，似乎远离尘世，躲避喧嚣，主人需要时便被慢慢请出，告别隐居窖藏的日子，看似走向光明，实则供人享用。

我家山药窖长期放着一个木梯子，只有一条腿拄地，缺乏稳定性，上下梯子时需一个人在井口扶住，不然左右转动恐有闪失。有的家庭在山药窖两侧挖些脚窝，劈腿一踩就能下窖，这种情况适宜那些窄浅的窖。如果隔几天没人下窖，再下去时要格外小心，

酒窖

避免因窖内缺氧而闹出人命。有时下窖前要先用绳子放下一盏点燃的油灯或一支蜡烛，看是否有氧气供其燃烧；或者用绳子吊一个草帽，上下拉动一番，使窖内与地面空气产生流通，人们才敢下去。从某种程度上说，吃窖藏山药也有一定的危险。

采用窖藏方式储存的农产品不仅仅是山药，越冬的大白菜、萝卜、红萝卜、土豆等，各有其藏法。大白菜的窖是四方形，没有山药窖那么深，过冬前需在表面盖一些玉米秸秆、树叶之类的东西；萝卜窖则更浅，只需在地上掘半米的坑，将萝卜用土埋好，竖一个秫秸在那里作为气眼，便可安然过冬。当然，根据气候和地质条件，各地窖形也不尽相同。

写到这里，我忽然想起田野的鼠类、野兔以及树上的飞禽，为了生存，都争相施展各自的筑巢技能。人有人法，兽有兽道，这就是世界。

炕

kàng

概说

炕，长方台状，以土坯或砖砌成，上面铺席作睡觉用，下面有孔道，跟烟囱相通，用以烧火取暖，多见于北方地区。《说文解字》：『炕，干也。』炕的本义是烤干、烘干。

历史

炕产生较早，有人认为半坡人半穴居的生活中已出现炕的雏形。但目前还未发现确切的证据。

还有一种说法是炕产生于春秋时期。《左传》记载："宋寺人柳炽炭于位，将至则去之。"文中的"位"指座位，就是在座位下烧炭火，这被认为是炕的雏形。后来，人们通过实践，不断改进，发明了取暖用的灶。西汉刘向编撰的《新序》中记载了宛春对卫灵公说："君衣狐裘，坐熊席，陬隅有灶，是以不寒。"这是一种小灶，在地下挖坑烧火，由于保温性能好，寒冷的冬天，人坐在上面或者睡在上面非常舒适。苏武被扣留在匈奴十九年，他在寒冷的野外牧羊，靠的就是这种"灶炕"来取暖。《汉书》里说他"凿地为坎，置煴火"，这样在野外才不至于被冻死。

关于炕的较为可靠的出土实证为吉林榆树老河深遗址的"原始火炕"。其形状为长方形，表面比较平坦、光滑，而且十分坚硬，内部有明显的火烧痕迹，东部红烧土上有两条小凹沟。考古学者认定，该火炕为战国时期的遗物。

2006年，考古工作者在河北徐水东黑山发现了一处西汉时期的火炕，此火炕是华北平原地区首次大面积发现。

魏晋南北朝时期，炕的使用已比较广泛。黑龙江省多地发现魏晋时期的火炕遗址。北魏时期的地理学家郦道元在《水经注》里记载："观鸡寺，寺内有大堂，甚高，广可容千僧，下悉结石为之，上加涂塈。基内疏通，枝经脉散。基侧室外，四出爨火。炎势内流，一堂尽温。"从这里可以看出炕的基本构造、功能和用途，这种炕是用石材砌成，在外面烧火，整个大堂内都很温暖。这已经是典型的炕。

唐朝时，关于炕的记载已十分明确。僧人慧琳在《一切经音义·考声》中记载："上榻安火曰炕。"这时炕在北方较为普遍，即使贫困人家也有炕可用。《旧唐书·高丽传》记载："其俗贫窭者多，冬月皆作长坑，下燃煴火以取暖。"冬季，在长坑内烧火取暖，很明显，这里记载的就是炕。清朝学者顾炎武在《日知录·土炕》中记载："《旧唐书·东夷高丽传》：'冬月皆作长坑，下燃煴火以取暖'，此即今之土炕也，但作'坑'字。"

宋朝以后，炕已成为北方人过冬的必备品。宋金时，女真人对炕进行了改进，出现了一种"环屋炕"。徐梦莘在《三朝北盟会编》中对这种炕有记载："环屋为土床，炽火其下，而寝食起居其上，谓之炕，以取其暖。""万字炕""弯子炕""转圈炕"等均是源于"环屋炕"。

唐宋时期，"炕"的名称也经常被使用，但这时是"土床"与"炕"称谓的转换时期。如北宋张载长期居关中，在诗中将"炕"称作"土床"，并写有《土床》诗："土床烟足䌷衾暖，瓦釜泉干豆粥新。"后来，"炕"逐渐取代"土床"的名称，如元代诗人王冕《冀州道中》："热水温我手，火炕暖我躯。"明朝魏禧《大铁椎传》："子灿寐而醒，客则鼾睡炕上矣。"

烧炕的材料有柴火和煤炭之分，柴火是早期烧炕的主要材料，后来煤炭也逐渐用于烧炕。如清李光庭在《乡言解颐》中说："京师睡煤炕者多。"清末潘荣陛在《帝京岁时纪胜》中也说："西山煤为京师之至宝，取之不竭，最为便利。时当冬日，炕火初燃，直令寒谷生春，犹胜红炉暖阁，人力极易，所费无多。"汪启淑在《水曹清暇录》说："燕地苦寒，冬时比户皆卧热炕，西山之煤价不甚昂，颇获利济。"这说明其时煤价便宜，京城的炕多用煤来烧。

随着社会的发展，其他取暖设备越来越普及，已基本取代了炕，只有部分农村地区还有用炕的习惯。

形制

炕的基本形制为长方形，宽度为两米左右，长度可根据房间的长度而定，一般三面靠墙。过去多用泥坯制作，后来以砖石为材料，建造炕也称为盘炕，炕的单位为铺。炕的构造为炕间墙内有烟道，烟道用土坯砌成，还可以在烟道内填上土沙，上面盖上平整的石板或者大城砖，石板上用特制的黄泥抹平，干燥后可铺上炕席。炕有灶口和烟口。灶口用来烧柴，烧柴产生的烟和热气通过炕间墙时烘热上面的石板产生热量，使炕变暖。烟是从炕的烟口通过烟囱排出室外的。

在北方，灶口一般与灶台相连，可以利用做饭产生的热量将炕烧热，就不必浪费柴火单独烧炕。清朝无名氏的《燕台口号一百种》云："嵇康煅灶事堪师，土炕烧来暖可知。睡觉也须防炙背，积薪抱火始燃时。"这种炕与灶相连，俗称"锅台连着炕"。

炕能长时间发热，是因为烧炕时产生的热气流经炕的烟道时，将热传给土坯或砖石，而土坯或砖石是热的不良导体，所以，炕被烧热后，温度能持续很长时间。

文化意义

炕在北方人的心中占有极其重要的地位，长期以来，形成了许多与炕有关的俗语，如北方民谣说的“四大懊丧”，是指“房子漏，粮囤空，老婆生病，炕犯风”。当然也有美好的谚语，如“老婆孩子热炕头”是指生活幸福。

炕有炕头和炕梢之分，炕头是靠近灶口的位置，炕梢是靠近烟口的位置。一般炕头要留给家中辈分最高的主人或尊贵的客人用，炕梢则供家中的年轻人用。

陕北有不少关于炕的民歌，如“鸡蛋壳壳点灯半炕炕明，烧酒盅盅舀米也不嫌你穷”，反映了劳动人民的淳朴和乐观。

有的地方在盘炕时，还会在炕沿对面的墙上画上炕围画。炕围画多以中华民族的传统美德为题材，如二十四孝故事等。这些画不但展现了画匠的技艺，还展示了传统文化。

怀念土炕

张静

节气过了霜降，气温一天比一天低。那日，和朋友一起去山里，走在路上，一张口便是一团白气，朋友戴的眼镜也是擦了又擦。待进了山里，才知这里昨夜落了雪，今儿中午才融化，屋檐上挂了细小的冰凌，很冷。

村里静悄悄的，走了好一会儿，碰上一位大叔，朋友显然和他不陌生，打了招呼后聊起来，聊了很多，比如挂在房檐下一串串玉米的产量、价格、年景，大豆的补贴，还有乡下人的日子等。唠嗑完，我们一直朝前走，走到最东头，就到朋友的小院了。这是当地一家人去城里后留下的，闲置着，朋友花了4000元租来的。盛夏时分，凉风习习，绿影婆娑，乃避暑的好去处;可眼下到了冬天，冷飕飕的，一派萧瑟。若想存几分闲情在此消磨漫漫冬日，还真需具备足够的勇气。不光我这样想，同去的一位美女此时也站在屋子里，嘴里哈着气，两只手不停地来回搓着，喊，好冷，好冷，该生炉子了。另一位朋友马上说，是冷啊，该给你这屋里盘个土炕了，大冷天想来写写东西，上山里拾些柴火烧一烧，晚间睡在土炕上，身子底下热乎着，睡觉舒坦，还能活络筋骨，土炕养人呢！

他的话是顺口说的，我却无端想起了睡土炕的日子。记得小时候，家里来了客人，祖母总会说，上炕坐吧，炕上热乎。来人如果只站着，说几句话就走，她踮着三寸金莲的小脚送出房门时，总会不停念叨，他叔，这就走啊，你看，连热炕都没坐会儿，多大的事儿。

那个时候，祖父、祖母与小叔一家一起过。他们有三间房，中间开门，算是过道，南北两间住人，祖母、祖父住南屋，小叔住北屋。南屋进门就是炕，很大的一铺炕，铺着炕席。炕席被烟火熏、汗渍浸，早已变成茶褐色了，十分光滑，应该是时间磨光了很多东西。炕头一侧叠着被褥垛。每天早上起来，祖母总是先把炕扫干净，然后将被褥铺得整整齐齐的。待吃饭时，掀开被子，炕中间放一正方形的木盘子，里面的图案和红色油漆在乡下柴米油盐的日子里浸泡得失了本色，越来越模糊。还有一个小方桌，很低，很短，敦敦实实，是专门给小孩子吃饭用的。记忆里，木盘子里总是那几个画着蓝道的白瓷碗，几双染着红道的黑筷子，还有一碟萝卜菜。偶尔会有一碗清汤菜，里面有白菜、豆腐、粉条，上面漂着一坨一坨的清油。主食不外乎玉米、粗面、高粱、馍或者窝窝头。最好的要数牛蹄花卷、油饼，算是稀罕物了。大米饭平日里几乎就没吃过，一家人却吃得很开心。很多年后，时不时地，我总会想起窄小的院子里曾经有过的那些开怀爽朗的笑声，它们一次次穿过故乡，走进我的梦里。

炕头另一侧连着土灶，由于一日三餐点柴火，这一侧总是温热的。霜降前后，天渐渐凉了，夜里冷气上来，手脚冰凉，孩子们总要抢着睡炕头。抢不过了，就来“石头剪子布”，谁赢了谁睡，这法子好，不会起矛盾。炕席下，常常煺着湿乎乎的鞋垫，还有几枚硬币或一角两角的纸票，当然是祖母用来奖励我们的。炕席最里面，隔三岔五有她老人家用布捂着的发面盆，等面发好了，就可以蒸馍或烙饼子了。偶尔，还有一小盆生的黄豆芽或者醪糟，静静躺在热炕上。我对醪糟不感兴趣，倒是那一根根黄豆芽，弯弯扭扭、密密匝匝地挤在一起，一天天变粗变长，多像一天天长大的我们！

我上初中后，去镇子里上学，只有礼拜天才能看到祖母。她好像一直不太出门，喜欢盘腿坐在土炕上，用牛骨的拨楞锤纺织布要用的线。她的右手指擎起拨楞锤用力一转，左手提高线绳，拨楞锤就转动起来，并且会转上很多圈，一圈一圈的，眼瞅着屋外暖洋洋的日光就从窗台上滑落下去了。线纺好了，祖母又开始做鞋了，一双又一双，大人的、小孩的，都是攒着做。她身旁的针线箩筐里，一本泛黄的书里，夹着一家人春夏秋冬的鞋样；还有一些窗花模板，用大红的帖子剪出来，有花草虫鸟、十二属相等，它们是我最早接触到的剪纸和图画。我最喜欢祖母炕头上的羊骨线轴了，经年使用，温润鲜亮，像玉一样。没事的时候，我忍不住摸了又摸。

炕头最热闹的时间是每日睡觉前。我们几个小脑袋挤在一起，仰着脖子看用报纸糊的土墙，一人念字三个人找——人民日报、恢复高考、改革开放、拨乱反正、对越自卫反击战等，蛮吸引人的。那个时候没有电视，乡下孩子正是从这一张张旧报纸上，去了解外面的世界。还有，碰上高兴事了，祖父总要喝两盅，喝得脸有些微红，总是擦汗。他常常拿我们同炕沿比，长高了又和炕桌比，后来又和院子墙角的向日葵比。春天我们比葵花高，秋天我们伸手也触不到花盘了，祖父只顾眯着眼睛乐。

土炕上，最让人烦的是写作业，一页一页没完没了，可窗外吧，总有太多的诱惑。比如，夏天里蝈蝈在叫，牵牛花爬上高高的篱笆；冬天里有麻雀落在院子的墙角，一场场鹅毛大雪飘飘洒洒……这些都会让人心头发痒，想飞出去玩。有时候，我也很安静，那是从别人手里借来的《西游记》拴住了我，我将自己蜷缩在祖母的热炕上，如饥似渴地翻阅。

日子渐渐好起来后，很多人家开始给土炕的墙上贴年画。我六爷是公社书记（辈分高，其实比我父亲只大几岁），自幼家底厚实，多读了几年书，算是村子里识文断字的文化人。打我记事起，他家土炕的墙上每年贴的年画，无论是大小、颜色，还是境界上，都比普通人家更胜一筹，尤其是大屋子黝黑锃亮的木质柜子上方，一张大幅尺寸的《松鹤延年》，淡雅古朴，意蕴悠长。两侧有文字苍劲的对联：云鹤千年寿，苍松万古青。六爷很满意地对着栩栩如生的松鹤出神，好像看到自己多年的官运会一直延续下去。

有一回，我跟随祖母去舅爷家走亲戚，舅婆从柜子里拿出好多好吃的糖果、核桃、点心给我，那都是她在外工作的儿女们过年过节拿回来的。我胡乱抓了一把，塞进上衣口袋里，眼睛却死死盯着她家土炕墙上花花绿绿的年画出神。那些年画，和我家的截然不同，不光颜色鲜亮、印刷精美，连内容也丰富多彩，除了山水、田园风光，还有世界各地的风景和建筑。对了，还有穿着时髦的摩登女郎呢。那一年，我八岁，身居乡野，田园风光早已看惯、看腻了，倒是那一张张迷人的城市风景和摩登女郎，让我向往和流连。舅爷自然看出了我的心思，就一张张地给我说，这些年画都是在外工作的你叔叔和阿姨们单位发的，你瞧，每张上面还有单位名称和过年贺词呢。我仔细一瞅，还真是的。从那以后，我暗暗发誓，要好好学习，争取考上学，去外面的世界好好看看。之后的学习和生活中，每当我偷懒倦怠时，总会想起那些年画对我的诱惑，仿若美好的未来在向我召唤。

很快，寒气逼人的冬天到了，媳妇娃娃热炕头，这是修来的福气呢！这不，忙碌了一天的大人都会早早上炕，小孩子当然也不例外。等我们都躺下了，一个个小脑瓜铺排在一起，祖父和祖母总是喜欢不够，摸摸这个，又摸摸那个。尤其是祖母，一边摸一边不停地念叨，难怪咱们老了，瞧娃们长得真快，红星的棉袄短了一大截，赶明儿得找块布垫上新棉花接上。祖父马上紧随其后，还说呢，你瞅瞅，刚子匪得很，从早到晚不消停，刚穿不久的鞋子，大脚趾都出来了……

这样的情景一直延续到我考上学，离开村子，离开土炕，那些唠嗑也彻底地远离了我。之后，在异乡某处，只要一眼看见土炕，心中就会陡然升起一股子温暖。那一瞬，我甚至想着，某一天，也能回到乡下，盖房子，请匠人盘土炕，就像小时候祖母家的土炕一样，东墙贴上杨柳青的年画——一个胖小子抱着一条红鲤，笑呵呵地看着我们；西墙放两个木柜子，一摞叠着的落满光阴味道的被褥静静地铺在上面，我如早年的祖母和祖父一般，正窝在炕头逗着我的孙儿玩。偶尔，会取出老花镜戴上，读一本年轻时读过的书。读倦了，透过玻璃窗，似乎看见童年的雪依旧在无声地落着。房檐下，吊着一串串金黄的玉米。院墙边的枣树上，落满了肥硕的麻雀，就像夏天茁壮的叶子。

叁

岁月留痕的生活物件

扇子

shàn zi

概说

扇子，引风用品，有扇风取凉、引火、驱赶蚊虫等作用，在古代也象征着统治者的权威。扇子产生较早，在古代有『翣』『箑』『翼』等名称。『翣』，也叫障扇或掌扇。《世本》曰：『武王作翣。』《小尔雅·广服》：『大扇谓之翣。』《方言》卷五：『扇，自关而东谓之箑，自关而西谓之扇。』可见，扇子在古代有多种不同的叫法。扇子的种类较多，有羽毛扇、蒲扇、雉扇、团扇、折扇、绢宫扇、泥金扇、黑纸扇、檀香扇等。

历史

扇子在我国有悠久的历史，其发明者有人说是女娲，有人说是舜。

民间有女娲“结草为扇”的传说。唐朝李冗《独异志》记载：远古时期，世界上只有伏羲、女娲兄妹二人，天下还未有人民。兄妹俩想要结为夫妻，又自觉羞耻，于是来到昆仑山顶对天祈祷：如果上天同意他们的做法就让烟合拢来。没想到，他们刚祈祷完，两处柴火的烟便渐渐靠近，成为一大团。于是，女娲就跑到哥哥那里去住，去时用蒲草编了一把扇子，用来挡住自己的脸。这种扇子后来就成为民间的“羲扇”。古代新娘头上的红盖头就源于此。

舜帝发明扇子的说法在晋人崔豹所著的《古今注·舆服》中有记载：“五明扇，舜所作也。既受尧禅，广开视听，求贤人以自辅，故作五明扇焉。秦汉公卿大夫皆得用之，魏晋非乘舆不得用也。”这段话的意思是舜帝为了广开视听，得到贤能者的辅助，制作了五明扇。秦汉时期，五明扇逐渐演变成公卿大夫使用的一种仪仗扇，到魏晋时期更是演变成为帝王彰显权威的出行工具专用装饰品。这类扇子多长柄，以羽扇为主，因此也被称为“翼”。

扇子的发明是一个自然而然的过程，不是某一个人直接发明的，是人类生活经验积累和适应气候环境的必然结果。

扇子虽然产生较早，但在考古发掘和文献记载中出现得相对较晚。目前发掘出的实物扇子保存最完好的是江西靖安李洲坳东周墓中的竹编扇子，该扇用竹篾编织而成，扇柄不居中，在底端的一侧，形状类似于现在的菜刀。这说明至少在春秋时期就已经出现竹扇。这种竹扇也叫“便面”，因为看起来像单扇门，也称“户扇”。在战国时期的青铜器、画像砖、画像石、壁画以及墓葬的陪葬品中也发现了大量使用扇子的佐证，如战国时期的金银错铜壶上有奴隶执长柄扇的图像。

春秋战国时期，扇子除了作为礼制的象征，也开始走进人们的日常生活。《吕氏春秋·有度》记载：“冬不用箑，非爱箑也，清有余也。”这里便是记载的扇子的扇风取凉之功用。

秦汉时期，扇子的造型、功能、用途等方面都有所发展。这时的扇子已经发展成圆形，且扇柄由一边移到了中间，这样的扇子也称团扇。在汉朝时，扇子的面料已广泛使用绢、绫、罗等，所以这时的扇子也叫罗扇、纨扇。齐国（分封的诸侯国，今山东）一带制作的纨扇最为讲究，多以素白色纤薄的丝绢糊制而成。因此，文人常在诗词歌赋中以“齐纨”指代扇子。纨扇最初流行于汉朝宫廷的妃嫔之间，所以也被称为“汉宫扇”。西汉成帝的妃子班婕妤在失宠后，感叹：“新裂齐纨素，皎洁如霜雪。裁为合欢扇，团团似明月。出入君怀袖，动摇微风发。常恐秋节至，凉飙夺炎热。弃捐箧笥中，恩情中道绝。”这便是有名的《怨歌行》，也叫《团扇诗》，因此诗，扇子也叫合欢扇。

扇子在汉朝的功用更加趋于实用。如西汉董仲舒在《春秋繁露》中有“故以龙致雨，以扇逐暑”的记载，东汉班固在《竹扇》诗中说：“供时有度量，异好有团方。来风堪避暑，静夜致清凉。”从这些记载看，这时扇子已成为夏季避暑取凉的工具。

魏晋南北朝时，扇子在民间已广泛使用，除了实用性，还增加了艺术与审美的功能。这一时期文人士大夫崇尚清谈，扇子便成了士人儒雅风流的道具。陆机还曾专门为扇子写过一篇《羽扇赋》。

扇面画最早出现于三国。扇子经过画家题画、文人题诗之后，身价倍增。唐朝张彦远在《历代名画记》中记载了曹操与主簿杨修“画扇误点成蝇”的故事。《晋书》记载，王羲之曾在一位卖扇子的老妇人的扇子上题字，并告之“但言王右军书，以求百钱也”。王羲之是东晋著名的书法家，出身名门，官至右军将军，故又被称为王右军。王羲之题了字的扇子果然畅销。

这一时期除了纨扇、竹扇、羽扇，蒲葵扇、麈尾扇、比翼扇等也开始流行起来。

蒲葵扇的流行与一代名相谢安有关，《晋书·谢安传》记载：谢安有一老乡，被罢中宿县，临行前来与谢安道别。谢安问他是否有盘缠，便说只有五万把蒲葵扇。谢安为了帮助老乡，就拿了一把使用起来。京城内一时间跟风抢购，五万把扇子销售一空。看来谢安对自己的“带货能力”相当自信。

麈尾扇是一种形状像扇子的尘拂。麈是一种鹿类动物，麈尾便是用其尾毛做成的尘拂，也被称为“毛扇”。魏晋尚清谈，士人多用此扇。

比翼扇是用鸟翅羽做成的扇子，这种扇子翅羽以扇柄为中心，两边对称排列，以象征帝子天神、仙真玉女升天、下凡的翅膀。

隋唐时期麈尾扇的使用范围缩小。纨扇在民间获得了较大的发展空间。早期的纨扇形状多为腰圆形，还能看出麈尾扇的影子。开元、天宝年以后，真正的团扇，形如满月的样式才逐渐增多，并出现了扇面小于魏晋时期的小巧纨扇，这样的扇子深受仕女们的喜爱。

隋唐时期的壁画和名家画作中出现了各种扇子，也展示了当时的社会面貌。如唐昭陵新城长公主墓的壁画上绘有长柄鸭蛋形的扇子；懿德太子墓墓道中的壁画上有手持扇子的侍女形象。唐周昉的《挥扇仕女图》展现了古代权贵有专门的奴仆挥动长柄扇为他们扇风驱热的场景；《簪花仕女图》描绘了贵妇带着侍女游园赏花的情景，侍女肩上扛着一把长柄团扇跟在后面，团扇的扇面上绘有盛开的牡丹，这里扇子是一种身份和地位的象征。

扇子最主要的功能是取凉，但在文人的笔下，扇子成了借以抒怀的对象。如白居易的《小池二首》：“坐把蒲葵扇，闲吟三两声。”李峤在《扇》中借扇子表达了对爱慕之人的款款深情：“同心如可赠，持表合欢情。”项斯在《古扇》中写道：“寒尘妒尽秦王女，凉殿恩随汉主妃。……千年萧瑟关人事，莫语当时掩泪归。”诗人借助扇子抒发了古今更迭的厚重、苍凉之情。杜牧在《秋夕》中写道“银烛秋光冷画屏，轻罗小扇扑流萤”，精致小巧的扇子拿在少女的手里，用来“扑流萤”。

宋元时期纨扇在社会生活中还占据主要地位，此时还出现了新的品种——折扇，折扇也叫“聚头扇”“聚骨扇”“撒扇”等。有人认为折扇是从日本、高丽传入中国的，所以也叫“倭扇”。北宋郭若虚《图画见闻志·高丽国》记载：“彼使人每至中国，或用折叠扇为私觌物。其扇以鸦青纸为之……谓之倭扇，本出于倭国（日本）也。”宋朝时的折扇较为粗糙，一般为普通市民所用。到元朝时，折叠扇仍是普通市民使用。

宋朝画扇、卖扇、藏扇的风气盛行，出现了扇铺，扇骨有用牛角、玳瑁、象牙、翡翠、湘妃竹、檀香木等昂贵的材料做成的。杭州从北宋开始就有专门以制扇为业的工匠。南宋时，随着皇室南渡，经济和文化中心的南移，杭州的制扇业更加发达。南宋吴自牧《梦粱录》记载，当时店铺中出售的团扇种类有绢扇、纸扇、异色影花扇等，还出现了龙皮扇、核桃扇、桐花凤罗扇、香雪扇、绵扇、笋皮扇、油纸扇等。因为扇子的盛行，还衍生了相关的行业，如修扇子等。

宋元时期，扇子除了以前常见的功能，也是婚嫁礼仪中必备的日用品。《梦粱录》记载：“先三日，男家送催妆花髻、销金盖头、五男二女花扇、花粉盝、洗项、画彩钱果之类，女家答以金银双胜御、罗花幞头、绿袍、靴笏等物。”婚礼前，男方给女方送的结婚礼品中就有花扇。

扇子在元杂剧、明传奇中也是必不可少的道具。一般来说，女性角色多用小扇，大臣、文士多用中型扇，武将多用大扇等。扇子扇在何处也大有讲究，后来人们还总结了一套口诀“文胸武肚僧道领，书口役袖媒扇肩”。甚至有以扇作为剧目的名字的，如著名的《桃花扇》。

明清时期，折扇开始流行。明朝陈霆在《两山墨谈》中记载：“宋元以前，中国未有折扇之制。元初，东南夷使者持聚头扇，当时讥笑之。我朝永乐初，始有持者，然特仆隶下人用，以便事人焉耳。至倭国以充贡，朝廷以遍赐群臣，内府又仿其制以供赐予，于是天下遂遍用之。而古团扇则惟江南之妇人犹存其旧，今持者亦鲜矣。”皇帝用折扇“遍赐群臣”，再加上内府仿制，永乐年间，折扇年产量约两万把，这些都推动了折扇的普及与广泛使用。

这一时期的折扇已经制作得非常精美，有的扇面还增加了金箔。扇子的制作技术更加完善，各地出现了各具特色的扇子，如蜀扇、金陵扇、姑苏扇、杭扇等。扇骨、扇柄等均用昂贵的材料制作，但这样的扇子只能作为工艺品或者宫廷中帝王、后妃的珍玩，不适合作为扇风的工具使用。清朝的官僚中还流行一种雕翎扇，有的价值纹银百两。不过戏剧舞台上所用的雕翎扇就非常便宜了。

明清时还有多种新型的扇子，如清朝王廷鼎在《杖扇新录》中记载的芭蕉扇、鸭脚扇、麦草扇、槟榔扇、茧扇等。不过普通百姓夏季常摇的还是蒲葵扇、篾竹扇或芭蕉扇等。

随着时代的发展，电风扇、空调等已经基本取代了扇子的取凉功能，现在扇子多为一种艺术品和表演用的道具。

形制

扇子历史悠久，种类丰富，较为著名的扇子有安徽的真丝扇、江苏的檀香扇、广东的火画扇、四川的竹丝扇、浙江的绫绢扇，这五种扇子被称为中国五大名扇。

扇子的制作材料多样，有竹、木、纸、绢、丝、象牙、玳瑁、翡翠、飞禽翎毛以及芭蕉叶、棕榈叶、槟榔叶、麦秆、蒲草等。

扇子的制作综合了编织、雕刻、书法等多种艺术，其形状主要有圆形、梯形、菱形、方形、腰形、葫芦形、芭蕉叶形、梅花形等。

扇子的最主要用途是扇风取凉，但在漫长的发展过程中，扇子被赋予了多种功用。古代女子常用扇子遮面，以示羞怯，在红盖头产生之前，新娘子结婚时是用扇子遮面。古代帝王两侧站有专门持长柄扇的侍女，以显示其权力和威严。达官贵人出行的仪仗队中也有人持长柄扇，这也是一种身份的象征。羽毛扇则成为智者的象征，尤其是诸葛亮羽扇纶巾的形象已深入人心。扇子作为歌舞中的道具至今仍然常见。在一些地方的民俗中，扇子还有避邪的作用，唐朝冯贽的《云仙杂记》中记有洛阳人家在端午节这天相互赠送“辟瘟扇”的习俗。此外，扇子还是文人士大夫题诗作画的载体。

文化意义

扇子产生较早，我国有丰富多彩的扇文化。

扇子的形状虽多种多样，但以圆形和方形为主，这与我国“天圆地方”的传统宇宙观有一定的关系。女子多使用圆形的扇子，以表现其娇媚之美；男子多使用折扇，以象征其豪放之气。正如古人在诗歌中所表现的“轻罗小扇扑流萤”，仿佛看见一妙龄少女扑萤的轻盈身姿，如果此处的小扇换作折扇，那便感受不到那种美感了。

扇子还曾是身份、地位的象征，有些扇子，如五明扇，仅限帝王使用。

扇子在夏天使用，秋冬便被收起来，在文人的笔下，也就有了失意、失宠的寓意。最著名的当数班婕妤的《团扇诗》。刘禹锡《秋扇词》：“莫道恩情无重来，人间荣谢递相催。当时初入君怀袖，岂念寒炉有死灰。”诗人在诗中引用班婕妤的《团扇诗》，以表达自己的人生感慨。

很多名人都有与扇子有关的故事，如苏轼、谢安等。谢安是一位很有抱负的官员，他的朋友袁宏被选当了官，在临上任前向谢安辞行。谢安送了袁宏一把扇子，并对袁宏说：“愿君上任之后要施仁政，扬‘仁义’之风。”袁宏牢记谢安的话，到任后为百姓做了许多好事。谢安赠扇“扬仁风”的故事便流传了下来。

扇子也是电扇、空调产生前，人们在炎热夏季最好的伙伴。夏季的夜晚，躺在院子里，数着天上的星星，听着大人的闲聊，轻摇手中蒲扇的时光，也是一种美好的回忆。

忘不了的芭蕉扇

郑自华

有人说度夏容易过冬难，为了证明这个观点，还搬出“路有冻死骨”的诗句，冬天对穷人来说注定是难熬的季节。到了夏天，大家都是平等的，尤其是男人，还可以打赤膊。其实并非如此。上海的夏天很热，进入夏季后，气温升高，出现胃口下降，不思饮食，进食量较其他季节明显减少并伴有低热，晚上睡眠不好，身体乏力疲倦，精神不振，工作效率低和体重减轻的现象，人的脾气也容易暴躁。这就是人们常说的苦夏。有人举证说，上海的冬天至今没有取暖费，而高温费却发放多年。为了防暑降温，厂里会发盐汽水，食堂供应清凉饮料，如绿豆汤等；有的会安排错峰错时上班，有的会安排中午休息一段时间，可见，在上海降温比过冬的措施更多。同样，食品商店也不甘落后，推出夏季食品，如百合绿豆汤、薄荷糕、茯苓糕等。至于各种瓜果更是最佳消暑食品。

夏天家家门户紧闭，原来都在吹空调。有人说，夏天的命是空调给的，虽然有点儿夸张，却也有几分道理。

我们那个时候，不要说没有空调，连“空调”这个词都没有听说过。那个时候谁家有台电风扇，就和现在的人家拥有一辆凯迪拉克轿车一样稀罕。我们弄堂里有户人家，有一台华生牌电风扇，也不见他们家有人赤膊的，最起码都穿汗衫背心。

清 谢遂 《职贡图》（局部）

那时候，大部分人家对付炎热的夏天，除了晚上纳凉，降温的最好工具就是扇子了。扇子是统称，按材质分，有纸做的扇子，形状有圆形或扇形，统称折扇。折扇携带方便，分男式和女式两种。男式折扇或者是读书人，或者是白相人用的。至于檀香扇，高贵典雅，扇起来的时候一股香风，闻之确实让人舒服，那是大家闺秀用的。还有团扇，有绢面的，以竹框绷住，形状特别多，“轻罗小扇扑流萤”里用的就是这种扇子。此外，还有羽毛、竹子、麦秆以及藤编的扇子。相比之下最实用、最受欢迎、使用最广泛的要属芭蕉扇。芭蕉扇又称蒲扇，是棕树的产物。棕树的叶子就是一把天然的扇子。虽然是天然，不等于拿来就可以用，叶边虽然经过加工，但依然会散开，影响使用寿命。聪明的上海人买来蒲扇以后要“行”一下，所谓“行”，就是用条状的布包住蒲扇的两边，然后用针线缝上，“行”过以后的蒲扇结实耐用。有人说蒲扇是“永动风扇”，随时随地，比电扇划算，不要电费。

有人在折扇上经常写这样一句话：“扇子扇凉风，扇夏不扇冬，若要问我借，过了八月中。”生活中不会有借蒲扇的。过了夏天，折扇该收起来了。可是蒲扇不会刀枪入库，马放南山的。一个夏天下来，蒲扇的扇面破几个洞亦无大碍，稍微补一下，待到明年继续扇出“呼呼”的凉风。

在生活中，蒲扇除了扇风，还有很多用处。那时，上海的不少人家都用煤球炉，要吃饭了，煤球炉“温吞水”，真正急杀人，于是蒲扇就派上用处了，对着炉口使劲扇，不用多少时间火就旺了起来。驱赶蚊子，蒲扇是最好的工具。其实，蒲扇是孩子最好的玩伴，放在胯下当马骑，放在桌上当炮用，双手托着当枪使。或者扮演娘娘出宫，两个小姑娘拿着两把扇子，交叉在娘娘后面，很有排场。我记得那时候，我常给弟弟妹妹以及弄堂里的小伙伴讲铁扇公主的扇子，讲诸葛亮手里的鹅毛扇，讲借东风，讲六出祁山。有时，故意摆谱，说太热了，于是小伙伴们用蒲扇使劲给我扇风。

一晃，几十年矣！

清 许良标 《芭蕉美人图》

蒲扇

张冬娇

天气炎热的日子，我很少用冷气，喜欢拉下淡色窗帘，漏一室幽静之光，再把吊扇开到低挡，微风习习，仅能吹动鬓角发丝和手背绒毛。扇叶轻轻摇晃、摇晃，如同夏日的悠悠长长，似在诉说着那遥远的岁月。

这种情景，常常让我想起儿时蒲扇轻摇的时光。

好多悠长的夏日晌午，烈日在空中踱着慢慢悠悠的步子，阳光在檐前屋后投下或长或短的影子，蝉儿在树上拉长了它的声调，坐北朝南的老堂屋里，随意摆放着几把竹椅、帆布躺椅、矮凳，南风一阵一阵从屋后竹林里长驱而入，孩子们围坐在地上，专心致志地玩着吃子儿等各种游戏，奶奶和村里的老人，或坐或躺，拉着家常，不时大笑。每人手里一把蒲扇，有一下没一下地摇着……

这样的时光，悠然、恬淡、闲适。岁月静美，不动声色地流淌，过去、未来和现在，仿佛就在此时，在蒲扇轻摇的这一刻里。

那时候，村里户户人家，都备有几把这样的蒲扇。用棕榈叶做成，扇面薄而轻，有一轮一轮的脊纹，摸上去很有质感；扇柄硬而光滑，拇指粗，握在手里，拿捏自如，执柄轻轻一摇，风量十足，风里流溢着棕榈叶的清香。

蒲扇最易损坏周边，扇到后来，只剩下扇骨头，让人想起济公和尚的“一把扇儿破”。智慧的村里人，便用缝衣服剩下来的布条，沿周边缝起来，给扇子镶上了一圈或蓝或红或绿的花边，又美观又牢固，可用上三五年。

“夏天一蒲扇，冬天一烤笼。”夏天，村里的老人，从早到晚，一把蒲扇形影不离。清晨，有时煤炉火势弱了，加点儿炭，疯扇几下，只一会儿，炉火就旺了，不耽搁煮饭炒菜的时间。晌午，摇篮里的宝宝正在酣睡，鼻梁上渗出密密的汗珠，奶奶们轻轻摇几摇，看着宝宝睡得更酣更甜，她们的眼里全是笑。下午，孙儿玩得倦了，依偎在她们怀里，她们一手抱着孙儿，一手摇着蒲扇，风儿一阵一阵袭来，比催眠曲还催眠，一下一下往睡眠深处去。这样，三下五下，孙儿的呼吸均匀，沉沉地熟睡在奶奶温馨的怀抱里。村东头的老人有空闲了，就去找村西头的老人说说话，不用带伞，也不用戴草帽，一把蒲扇遮顶，又方便又凉快。

傍晚，月亮升起来了，牛乳一般，给村庄抹上了一片朦胧。躺椅、竹床、长凳，早早地搬出来了，摆在晒谷场上，大家围在一起，坐着或躺着，蒲扇轻摇，不时在两腿边“啪啪”几下，赶走可恶的蚊子。孩子们缠着奶奶讲故事、猜谜语，或拿着蒲扇，趁着月光，扑流萤……

村庄、池塘、树木，沐浴在月光下，静谧而美好；虫子们在四野里叽叽喳喳叫得正欢；风从池塘边来，从庄稼地里来，从竹林里来，凉水一样，淌过身去，妙不可言。天与地，人与自然，心贴着心，融为一体 ，这样的时光，真想就此停留，定格为永恒。

可惜，时间过得太快了，不知不觉已是下半夜了，月亮渐渐偏西，晒谷场安静下来，竹床上传来了鼾声，我们的眼皮也黏了，在奶奶的蒲扇的拍打下，高一脚低一脚地爬上床，不一会儿就进入梦乡。奶奶们还要撑开蚊帐，上上下下，一番猛扇，把那讨厌的蚊子赶出来，再把蚊帐严严实实地掖在席子下，一切妥当，才安心躺下休息。

老人不像孩子那样容易入睡，蒲扇习惯性地摇几下，摇到最后，可有可无，蒲扇从手里自然滑落，待在枕边、身边，静静地，陪着主人度过一个又一个夏天的夜晚。

篦子

bì zi

概说

篦子，也叫篦、篦栉、篦梳、篦箕等，一种梳头用具，以竹子制成，中间有梁，两侧有密齿。篦和梳在古代统称为栉。《说文解字》：『栉，梳比之总名也。』疏：『比密曰栉，尤密者曰茝。』在古代，篦和梳的主要区别在于篦的齿更密。

历史

篦子到底是由谁发明的，有不同的说法。

有陈七子说。据说春秋时期，延陵邑（今常州）关了一个囚犯，叫陈七子。在狱中，他头上生了许多虱子，痒得他每晚辗转反侧，难以入眠，早上就经常起不来，为此没少挨打。有一次，狱卒打他打到竹板“开花”。陈七子看着身旁开裂的竹片，突然灵机一动，将破成一片一片的竹片捡起来，密密麻麻地排成行，再用两片竹片从两面夹牢、捆紧，用来梳头发里的虱子。没想到，虱子竟被梳理出来了。这就是最初的篦子。受封于延陵邑的吴王四公子季札知道此事后，立即传令释放陈七子，并让他开办专门生产篦子的作坊。

有方雷氏说。据说黄帝有四位妻子，其中二夫人方雷氏发明了梳子。那时女子不常打理头发，只有重大节日才稍作整理。一般都是由方雷氏为后宫中的女子整理头发。由于头发打结，如一团乱草，方雷氏的手常常会受伤。后来，她无意中看到鱼脊刺，就拿来梳理自己的头发，竟然很容易就梳理整齐了。后来方雷氏就教大家用鱼脊刺梳理头发，不过鱼刺非常尖锐，容易扎破头皮，而且还容易折断。方雷氏就让木匠按照鱼脊刺的形状反复尝试，终于制作出了木梳。篦子是在梳子的基础上又改进制成的。

有张班说。传说大禹治水，忙到三过家门而不入，头上还生了虱子。后来他治好水回到家中，闲下来才发觉头痒难耐，就请鲁班来帮忙。鲁班见大禹用手抓头皮解痒，受到启发，就用木头做了一个多齿的木梳代替手。大禹用后，很是解痒，不过虱子梳不下来。后来大禹又把鲁班的师兄张班找来。张班是竹匠，就用竹子做了比梳子齿密得多的篦子。大禹用篦子梳头，很容易就把头发里的虱子刮了下来。

此外，还有嫘祖说、赫连说、皇甫说等，不管哪种说法，不过是一种传说，并没有确切的记载。篦子应是古人在生活中逐渐发明创造并不断改进而成的。

梳子产生较早，篦子稍晚一些。许多新石器时期的遗址中出土了不少梳子，如大汶口文化遗址、马家浜文化遗址都出土了象牙梳。这时的梳子大体形状是竖式长方形，梳背较长，梳背上有装饰用的刻纹等。早期的梳子材质有兽骨、竹木、象牙等。

春秋战国时期，梳篦的制作技术有了进一步的发展。从造型上来说，春秋时期延续了新石器时代的长方形，不过梳齿越来越密，纹饰也越来越精美。战国时期，梳子的形状开始向箕形发展，梳背上方向圆弧形过渡，梳齿更加细密。梳背上的纹饰以阴阳线刻和镂雕为主，还出现了以龙为造型的梳背。如2004年，陕西历史博物馆征集到一把战国时期的双龙骨质梳篦。该梳篦由梳背与梳齿两部分组成，梳背雕刻头相背、身相连的双龙形象，梳背下端与梳齿上端均有钻孔，可能由榫卯方式连接，梳齿雕刻已非常细密。

秦汉时期，中原文化受周边文化的影响，特别是吸收了楚文化的因素，梳篦的造型也回归简约风格，多是梳背半圆的马蹄形。这时梳篦的制作材质有木、骨、象牙、铜、银等，制作工艺进一步提升。如湖南长沙马王堆一号汉墓出土的木梳篦，梳背为半圆形，梳背与梳齿间饰以四道弦纹，梳齿细密平整，通体髹红漆，造型简洁。此外，湖北云梦睡虎地秦代楚人墓葬中出土的木梳风格与之基本类似。湖北江陵凤凰山秦墓出土的木梳和木篦，梳背上有人物装饰图案，表现的是人们宴饮歌舞的生活场景。

魏晋南北朝时期，梳篦除了用来打理头发，还有一定的装饰作用。这一时期，女性开始流行插梳。据《北齐书》："妇人皆剪剔以著假髻，而危邪之状如飞鸟。"就是说当时的妇女为了追求美，会剪掉部分头发，戴上像飞鸟一样的假发髻。这就对梳篦的功能提出了更高的要求，需要梳篦能固定发髻，并增加美感。因此，梳篦的造型就越来越精美。在形制上，逐渐变为宽扁的马蹄形。陕西发掘的十六国时期的墓葬中，出土了大批粉彩女俑，这些女俑的脑后就插着固定发髻用的木梳。

隋唐时期的梳篦更加精致。材质除了常见的材料，还有琉璃、金银、犀角等。此时主要延续魏晋以来的基本形制，不过更加突出梳背部分的装饰功能。这时的梳篦在制作工艺上更加精美，如唐代云形骨质梳篦，现仅存梳背，形状为云头形，正面以水波纹为底，中间浮雕阔叶牡丹花，背面也以水波纹为底，中心刻方胜图案。

隋唐女性更喜欢用梳篦作为头部装饰品，有人甚至在头上插满梳子。如唐朝诗人王建在《宫词》里说："玉蝉金雀三层插，翠髻高丛绿鬓虚。舞处春风吹落地，归来别赐一头梳。"白居易在《琵琶行》中有"钿头银篦击节碎，血色罗裙翻酒污"的诗句。元稹在《恨妆成》里写道："满头行小梳，当面施圆靥。"唐朝女性对梳篦的喜好可见一斑。

宋元时期，女性头上的梳篦比唐朝时有所减少，不过个头增大。这时流行发冠与插梳同时使用的"冠梳"。宋朝有的宫女头上的角梳长度竟然超过一尺。有的女性发髻过高，头饰过多，上轿或进出门时极为不便。由于梳子太长，容易折断，宋朝还出现了专门从事"接梳儿"的手艺人。宋朝作为头饰的梳子用材极为奢侈，《燕翼诒谋录》记载："梳不特白角，又易以象牙、玳瑁矣。"南宋时，临安已有专门卖象牙梳子的店铺。在形制上，宋元梳篦多为半圆形，梳背和梳齿为半月牙形，梳背变窄，且梳背与梳齿连接处由上下相连变为梳背半包梳齿。如出土的宋朝玉梳篦、元朝包金木梳篦等，都是半圆形梳背半包梳齿。宋朝梳背的纹饰有镂空雕刻花纹等，但在整体风格上已开始向淡雅朴素转变。

明清时期，梳篦的形制、材质等已基本定型。不同的梳篦也有不同的用途，如故宫收藏的清朝皇室使用的什锦梳篦，有大小、形状各异的十把梳篦，扁长的拱形梳用来大面积疏通头发，中型的月牙梳用来梳理两边的头发和燕尾，梳理发梢及鬓发时则用八字形小梳，梳齿极细密的两面梳则可以用来篦去头皮污垢等。

作用

梳篦除了梳头发、作为头饰外，还可以用来梳理胡须、眉毛，捉虱子等。

《清异录》记载："篦诚琐缕物也，然丈夫整鬓，妇人作眉，舍此无以代之，余名之曰鬓师眉匠。"可以看出，篦子可以用来梳理眉毛、鬓发。

《挥麈后录》中记载了宋朝赵佶向王诜借篦子的故事。赵佶在即位前，有一天在等候上朝时，发现忘记梳理胡子了，就向王诜借了一把篦子。王诜的篦子非常精美，赵佶很是喜欢，王诜就派高俅给赵佶送去一把相同的篦子。

从篦子产生的传说可知，篦子有清理虱子的功能。古代卫生条件差，头发里生虱子是很常见的事情。

《墨客挥犀》记载："一日同侍朝，忽有虱自荆公襦领而上，直缘其须，上顾之而笑。"王安石在见皇上时，胡须上爬了虱子，堂堂一朝宰相须发上都有虱子，何况普通人。《晋书》记载，王猛见桓温，扪虱而谈，旁若无人。可见虱子对古人来说比较常见，身上的虱子方便捉，须发里的虱子便要借助篦子来捉了。

随着卫生条件的改善，人们头发上很少会生虱子，用篦子梳头就有按摩头皮、舒筋活络的功效。

篦子作为女子闺中之物，还被看成是男女之间的定情信物。

文化意义

梳篦产生较早，是古人的日常生活用品，因此常出现在古人诗文中。如唐朝罗隐在《白角篦》中写道：“白似琼瑶滑似苔，随梳伴镜拂尘埃。”陆游在《入蜀记》中写道：“未嫁者率为同心髻，高二尺，插银钗至六只，后插大象牙梳，如手大。”陆游的记载也反映了宋朝时作为头饰的梳子比隋唐时要大。

梳篦在古人眼中，除了直接的用途，还有隐藏的含义。如《元史》中将用人与用梳篦相比：“中书之务不胜其烦，然其大要在用人、立法二者而已矣。近而譬之，发之在首，不以手理而以栉理；食之在器，不以手取而以匕取。手虽不能，而用栉与匕，是即手之为也。上之用人，何以异此。”

民间认为梳子代表相思和挂念，也有白头偕老之意。过去有的地方女子出嫁前，会有人为其梳头，并说着祝福的话语，大致是祝愿白头到老、子孙满堂的话。

在古代，梳子和篦子都是常用的工具，也常常通用。梳子现在仍是人们梳理头发的工具，不过篦子已很少有人使用。

篦子

陈绍龙

阿Q醉醺醺地挨着王胡坐下，脱下破夹袄，捉虱子。王胡一个又一个，两个又三个，并将虱子放在嘴里咬得毕毕剥剥地响；这让阿Q不服气，这是怎样的大失体统的事呵！他很想寻一两个大的，然而竟没有，好容易才捉到一个中的，恨恨地塞在厚嘴唇里，狠命一咬，劈的一声，又不及王胡的响。

上中学时，读鲁迅写阿Q的文字，便想笑；现在，理解了文字之后，却是笑不出来的。

鲁迅写的是衣虱。衣虱白、胖，我们叫它“猪”或是“肥猪”。衣虱团头团脑，躲藏在衣缝间。寻着它时，秋李郢人也多是咬它。我们嫌咬它龌龊，便把它放在两个拇指的指甲间，一合力，也能听到“劈”的声响。几声响过，两枚指甲上便留下了殷红的血色，像是涂了指甲油。

要是虱子藏在头上，或是这样的虱子只是幼虫的时候，捉它就要用篦子了。

篦子，竹制，手掌大小，中间有梁，两边有密齿。两端露齿处有宽篾做护体，做成月牙形的边，讲究的篦子也有镶白色牛骨宽边的。

古时，梳篦统称栉。《释名·释首饰》中说：“梳，言其齿疏也。数者曰比。”“数”是密的意思，“比”是“篦”的意思，道出了二者的区别。《清异录》中说，“篦诚琐缕物也，然丈夫整鬓，妇人作眉，舍此无以代之”，这段话说明篦子是用作梳胡子眉毛的，据说古代男子都会随身带把篦子。《挥

梳篦

麈后录》里记载过宋徽宗借篦子的事。理由是自己忘了带篦子梳胡子，而王晋卿的篦子也很好看。有点儿搞不懂，古人多毛？再说了，用掌大的篦子梳鬓、梳眉，是不是滑稽。

我知道的篦子的用途只是祛痒、捉虱。

长在头上的虱子叫头虱。头虱黑，与衣虱比，个子似乎要小点儿；头虱的幼虫我们叫它虮子。虮子比芝麻还小，圆润饱满，依附在发间，是个小白点。显然，这么小的虱子或虮子，用梳子是梳不下来的。

每隔一段时间，妈妈就要为我们篦头。她坐在小桌子边，手拿篦子，用篦子在桌子上敲一下，笑，这算是叫我，好像在说，来，头拿过来，我就范。妈妈近乎把我的头摁在桌子上，用篦子挨挨地为我篦头。篦比梳动作要密、细、慢。一篦子下来，她要将篦端在桌子上轻磕一下，看是不是有落下的虱子或是虮子。妈妈一手摁着我的头，一手拿篦子，慢条斯理的样子，头搁桌面上，像我妈手上的面团，嘴贴着桌面，面部被扭得变形，流着口水，一点儿也不舒服。我便用腿在桌下踢腾，或是把头在桌面上摇，晃动。我妈也会妥协，她会让我抬起头来，去享用她的“战利品”，让我

宋 张择端 《清明易简图》（局部）

去掐篦下来的虱子或是虮子。篦下的虱子会在桌上蠕动，我便伸出手去，拇指甲朝下，一摁，便能听到一声细响。这多少让我心生快意，好比阿Q咬虱的声响盖过了王胡。“劈”过之后，我便乖乖地又将头伸过去，复又伏在桌上。

米丫她们也捉虱子、虮子。她们少用篦子，用手。冬，春，向阳的墙根，一个坐凳子上，另一人则挨挨地扒头发。有时，一个头的四周，会围上两三个人。发现有虱子或是虮子，便用两个拇指甲掐死。我猜，坐着听头上“毕毕剥剥”的响声，要比把头摁在桌面上当面团揉要舒服得多。

过去，乡下卫生条件差，少有身上不生虱子的。在秋李郢捉虱子是常事，不丑，我也费力去找这样的印证。《晋书》有记载，

王猛见桓温的时候，一边畅谈当时的时政大事，一边伸手捉虱子；《墨客挥犀》里甚至说王安石召对时虱子“直缘其须，上顾之而笑”。虱缘须上，这是个多棒的特写镜头，不笑才怪。难怪常言说，老皇帝身上，还有三个御虱呢。不丑！

一篦在手，像是古时的书生，手里拿着的扇子。一扇在手，何丑之有。

算盘

suàn pán

概说

算盘，一种计算数目的用具，按照一定方法拨动算盘珠子，可以做加减乘除等运算。其总体形态为长方形木框，内嵌一根横梁，梁上钻孔镶十余根小棍儿，每根上穿一串珠子，一般是两颗在横梁上方，五颗在横梁下方，上方的珠子每颗代表五，下方的珠子每颗代表一。

历史

算盘作为我国传统的计算工具，由春秋时期的筹算演变而来。但算盘具体起源于何时，一直未有定论。目前主要有三种说法。

第一种，清朝数学家梅启照认为，算盘起源于东汉。东汉数学家徐岳曾写过一部《数术记遗》，书中著录了一种算法“珠算”，“刘会稽，博学多闻，偏于数术……隶首注术，乃有多种，其一珠算……珠算，控带四时，经纬三才。”刘会稽是指刘洪，东汉光武帝刘秀的侄子鲁王刘兴的后代，是杰出的天文学家和数学家。北周数学家甄鸾为这段文字作了注解：“刻板为三分，其上下二分以停游珠，中间一分以定算位。位各五珠，上一珠与下四珠色别，其上别色之珠当五，其下四珠，珠各当一。至下四珠所领，故云‘控带四时’。其珠游于三方之中，故云‘经纬三才’也。”但有人认为汉朝、南北朝时期所谓的算盘，珠中间无孔，也没有珠档，只是把算珠放在木盘的弧形槽里，用于计算加减法，不能当作后世的算盘。

第二种，算盘起源于唐朝，流行于宋朝。宋朝名画《清明上河图》中，有一家药铺，药铺的柜台上放有一把算盘。1921年，在河北巨鹿出土了一颗出于宋人故宅的木制算盘珠，其为鼓形，中间有孔，与现代的算珠基本一样。这些资料可以证明算盘在宋朝很常见。

第三种，清朝学者钱大昕等人认为算盘出现于元朝中叶，元明时被普遍使用。元陶宗仪在《南村辍耕录》第二十九卷《井珠》中，曾引用当时的谚语形容奴仆：“凡纳婢仆，初来时曰擂盘珠，言不拨自动；稍久，曰算盘珠，言拨之则动；既久，曰佛顶珠，言终日凝然，虽拨亦不动。”这被后人称为“三珠戏语”。即把已有资历的奴婢比作算盘珠，拨一拨才会动一动，这说明算盘在民间已经很普及。在《元曲选》“庞居士误放来生债”一节中也曾提到“去那算盘里拨了我的岁数”。到明朝时，永乐年间编纂的《鲁班木经》中，已有制造算盘的规格、尺寸：“算盘式：一尺二寸长，四寸二分大。框六分厚，九分大，起碗底线。上二子，一寸一分；下五子，三寸一分。长短大小，看子而做。”此外还有徐心鲁的《盘珠算法》、程大位的《直指算法统宗》、柯尚迁的《数学通轨》、朱载堉的《算学新说》等介绍珠算用法的著作，因此算盘在元明时期已经出现并被广泛使用。

算盘具体起源于何时，还有待出土实物和更多文献资料的证实。

形制

在计算器产生前，算盘在我国一直被广泛使用。算盘主要为长方形，边框的材质主要有木、银、铁、铜等，珠子有圆形、菱形、鼓形等，其材质有木、象牙、玉、金等。算盘框内的小棍儿俗称“档”，一般从九档至十五档。

算盘主要用来计算，可算加减乘除。加减乘除都有口诀，如加法口诀为：一上一，二上二，三上三，四上四，五上五，六上六，七上七，八上八，九上九。一下五去四，二下五去三，三下五去二，四下五去一。一去九进一，二去八进一，三去七进一，四去六进一，五去五进一，六去四进一，七去三进一，八去二进一，九去一进一。六上一去五进一，七上二去五进一，八上三去五进一，九上四去五进一。

减法口诀为：一去一，二去二，三去三，四去四，五去五，六去六，七去七，八去八，九去九。一上四去五，二上三去五，三上二去五，四上一去五。一退一还九，二退一还八，三退一还七，四退一还六，五退一还五，六退一还四，七退一还三，八退一还二，九退一还一。六退一还五去一，七退一还五去二，八退一还五去三，九退一还五去四。

乘法和除法的口诀不一一列举。

文化意义

算盘制作简单，掌握运算口诀之后使用起来很方便，在我国曾被广泛使用。各地因地域文化差异，算盘文化也有不同。

如清盘过夜，不留数字在算盘上，第二天，一切从零开始，这是我国劳动人民淳朴品质的反映，也是人们拼搏奋斗精神的体现。

有的地方在年初一的一大早就要练习打算盘，即使婴儿也要由大人带着他的手去拨弄几下算盘珠，以寓意新的一年里财运亨通。

有的地方会用“算盘打得啪啪响”来形容一个人特别精明，很会为自己考虑，这样的人也被称为“三十六档铁算盘”。斤斤计较的人会被称为“铁算盘”，只从有利于自己的方面去设想、打算叫“如意算盘”，算盘的口诀“三下五去二”指人做事干脆利落，不拖拉。

在20世纪70年代以前，我国的算盘使用率非常高，几乎所有的学校都会开设相关课程，几乎家家户户也都有算盘。现在随着计算器的普及，懂珠算和使用算盘的人越来越少，但它并没有完全退出历史舞台，在幼儿教学中还常能看到它的身影。

算盘里打出一片天地

郑自华

20世纪60年代后期，我被分进了商业部门，当了会计，于是整天和算盘打交道。

算盘，我读小学的时候曾经学过几次，主要是有关算盘的知识，以及进行一些最简单的加减法。谁知道就这点儿可怜巴巴的算盘知识，在生活困难时期派上了用场。我家原来有一把算盘，我用学过的知识，用算盘给家里算账，算来算去，家里依然揭不开锅，家里依然贫穷。几年以后家中经济有所好转，那把算盘就束之高阁了。

进单位以后，算盘成了吃饭“家伙”，我自然不敢怠慢，一空下来就练习。那时练得最多的是从1加到100，好在自己年轻，学起来还是蛮快的，没用多少时间就成了熟手。前几年碰到老同事，回忆种种趣事，他们说最喜欢看我打算盘，说我打算盘的速度飞快，眼花缭乱。当然那是夸奖，但打得快却是事实。我右手的食指和中指之间夹着笔，小指微翘，四指并用。我可以不看算盘，眼睛看着账本，就能正确地将数据计算出来。算盘是我的前任留下的，很有些年头了。十三档的一把红木算盘，拿在手里有点儿分量，因为是红木的，打起来声音特别好听。我有时两把算盘并用，一把用来打乘法，一把打加法，同事说我打算盘眼花缭乱就是这样来的。我所在的商店下面有个门市部是日夜商店，由于24小时通宵服务，月底盘店是不能关门的，有时我去帮忙盘店，结果在我的边上围了不少顾客看我打算盘。那时年少气盛，自然有几分得意，以后有了计算器，在盘店时，别人使用计算器，我用算盘，结果往往是我快。

前几日，家中大扫除，发现一把蓬头垢面的算盘，一番清理后，总算恢复原来的相貌，拨弄了几下，珠子之间一点儿不活络，手指更是僵硬得很。俗话说，曲不离口，拳不离手，仔细想想，已经十多年没有和算盘打交道了，虽然我到现在还在做兼职会计，但由于使用的是会计软件，不要说用不到算盘，连计算器也没有了用武之地。

2013年，珠算被列入人类非物质文化遗产名录。虽说申遗成功，可是使用算盘的人毕竟越来越少了，算盘正在被人们渐渐遗忘！

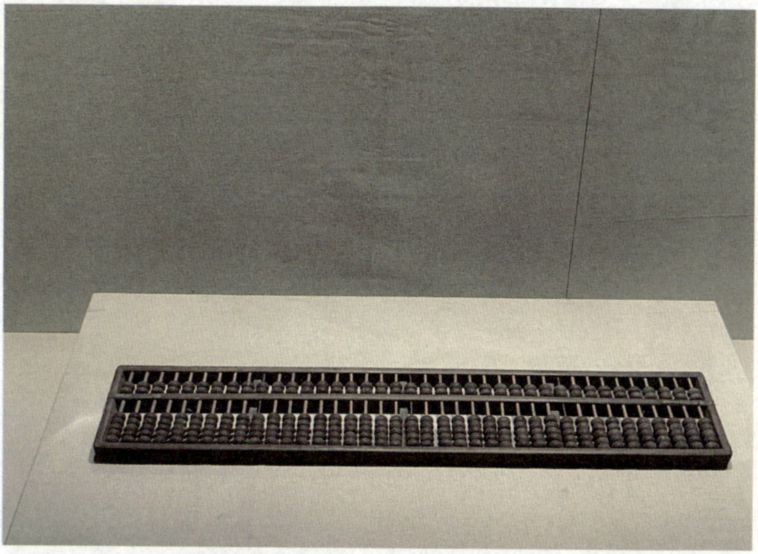

清代 大算盘（安徽博物院）

清代 小算盘（安徽博物院）

蓑笠

suō lì

概说

蓑笠，指蓑衣和斗笠。蓑衣是用草或棕毛制成的、披在身上的防雨用具。斗笠是用竹篾夹油纸或箬竹的叶子等制成的、用以遮阳光和雨的帽子，一般边沿较宽。《诗经·小雅·无羊》：『尔牧来思，何蓑何笠。』《毛诗》注疏曰：『蓑所以备雨，笠所以御暑。』《国语·越语》：『譬如蓑笠，时雨既至，必求之。』蓑、笠常连用，在古代是两种搭配使用的雨具。

历史

蓑笠产生较早，有传说认为是太昊发明的。太昊，姓风，被称为白帝。那时天气晴天少阴雨多，夏季更是经常阴雨连绵，麻类编织成的衣物不利于劳作和渔猎，人们便发明了用草和树皮编制的防雨工具，即蓑衣。由于太昊在位期间政绩突出，人们就把蓑衣的发明也归功于太昊。

也有传说认为是尧发明了蓑衣。尧即位时，没有像样的衣服可穿，就剥下棕片编成衣裳，穿上这件特制的衣服接受各部落首领和百姓的祝贺。后来蓑衣传入民间，成为遮风挡雨的工具。

这些只是传说，没有明确的文字记载。春秋战国时《诗经》《国语》《管子》《六韬》《尔雅》等均有关于蓑笠的记载，说明蓑笠至少在春秋时期已经产生。

蓑笠还有不同的名称。如《说文解字·草部》："萆，雨衣，一曰衰衣。"《说文解字·衣部》："衰，草雨衣，秦谓之萆。"《管子·小匡》曰："首戴苎蒲，身服袯襫，沾体涂足，暴其发肤，尽其四肢之力，以疾从事于田野。"这里的苎蒲指簦笠，也就是斗笠，袯襫指蓑衣。《史记》记载："夫虞卿蹑履檐簦，一见赵王，赐白璧一双，黄金百镒。"《六韬·农器》记载："蓑薜、簦笠者。"

南北朝时期，蓑笠的材质有所变化，除常见的麻、棕、莎等，还出现了一种丝绢类纺织品涂上油后做成的"油衣"或"油帔"。《晋书·桓玄传》记载："裕至蒋山，使羸弱贯油帔登山，分张旗帜，数道并前。"

《隋书·炀帝纪》："上尤自矫饰，当时称为仁孝，尝观猎遇雨，左右进油衣。"《新唐书·儒学传·谷那律》："从太宗出猎，遇雨沾渍，因问曰：'油衣若为而无漏邪？'"说的都是这种油衣。当时所用的油，叫“黄油”，也就是现在的桐油。

《资治通鉴·齐和帝中兴元年》：“稷召尚书右仆射王亮等列坐殿前西钟下，令百僚署栈，以黄油裹东昏首。”元胡三省注：“黄绢施油，可以御雨，谓之黄油。”因为浸涂之后的丝绢呈黄色，宛如琥珀之色，所以后来就将这种油衣称为“琥珀衫”。如宋人陶谷《清异录》称：“张崇帅广，在镇不法，酷于聚敛，从者数千人，出遇雨雪，皆顶莲花帽、琥珀衫，所费油绢，不知纪极，市人称曰‘雨仙’。”油绢材质做成的雨衣造价高昂，只有达官贵人才用得起。

此外，棕丝、油葵叶等也成为常用的蓑衣材料。棕丝就是用棕榈树皮上的一种纤维，经加工编织成雨衣，也叫“棕衣”。韦应物《寄庐山棕衣居士》诗中提到：“兀兀山行无处归，山中猛虎识棕衣。”油葵叶也非常适合制作蓑衣，清朝李调元《南越笔记》记载：“油葵，生阳江、恩平大山中，树如蒲葵，叶稍柔，亦曰柔葵，取以作蓑，御雨耐久。”这种“蓑衣”多为渔人、农人所用。

明朝之后，蓑衣的制作越发讲究，材料也更加丰富。刘若愚《酌中志》记载，宫廷大臣的蓑衣从样式来说，“有斗钵式者，有道袍式加褂者”；从用料来说，“用玉色、深蓝、官绿杭绸或好绢，油为之。先年亦有蚕茧纸为之，今无矣”；从颜色、图案来说，有“御前大臣值穿红之日，有红雨衣、彩画蟒龙方补为贴里式者”。用料讲究、制作精良的雨衣当然不是普通百姓能穿得起的，从《红楼梦》中宝黛的对话可窥见一二。宝玉戴着大箬笠，身上披着蓑衣出现时，黛玉不禁笑着打趣：“哪里来的这么个渔翁？”黛玉细看，发现宝玉穿戴的蓑衣斗笠不是市场上卖的，十分细致轻巧。原来，这是用一种柔软而又不渗水的高级玉草编制而成，名为“玉针蓑”。寻常人家应该只能穿得起“青箬笠，绿蓑衣”。

蓑笠使用历史悠久，至今还在发挥功用。

形制

蓑笠作为旧时常用的防雨工具，制作材料多为莎草、蓑草、棕叶、竹篾、箬叶等。编织前除了主要材料，还需要准备绳子、篾刀、油纸等。

蓑衣的编织有起头、增绺、收边三个主要步骤。起头就是把准备好的绳子对折成双股，两端暂时固定，在距对折处大约十厘米的地方起头，以四五根蓑衣草为一绺，根朝上尖朝下与绳子垂直交叉，将草绺上半截折向外边夹住绳子，再将草绺的下半截从下面绕过细绳，压住折向外边的上半截草绺，回折夹在草绺右侧两股细绳中间。以同样的方法编织约四十六绺草，形成蓑衣的领口。

增绺就是沿着起好头的领口接着往下编，两绺蓑草为一个组合，形成一个四边依次递压的"井"字。把"井"字下边一横右端折向左上方，缠住右竖、上横，从"井"字中间穿出，拉紧，形成一个索扣。从第二排开始增绺，相当于织毛衣加针，如此编十余排，衣长已超胸部，每两排索扣的间距可逐渐适当加长，使外层草叠压长度递减。

收边从哪边开始都可以，两边各甩一绺草，其余相邻两绺为一个组合，同前法折压缠绕，编结索扣。不再增绺，一排索扣比上一排减少一个，如此编织两三排即可。

斗笠的制作工序主要有四步，破篾、编制、铺油纸、封口。制作斗笠的竹篾有里层篾和外层篾、花篾、花箍篾等之分，破篾时就需按要求准备。编制要从里层顶端开始，从上而下进行。为了使斗笠起到防雨的功能，需要在编制成型的斗笠里面铺上油纸等，最后进行封口。斗笠编制好之后，为了美观，还可涂色、作画等进行装饰。

文化意义

蓑笠起源于民间，为劳动人民所使用，却备受文人尤其是隐逸之士的青睐。柳宗元《江雪》中“孤舟蓑笠翁，独钓寒江雪”的渔翁形象十分生动，深入人心。独自垂钓的渔翁之所以受到后人的喜爱，是因为诗人表达了自己在浊世依然保持理想和气节的情操。

张志和《渔歌子》中“青箬笠，绿蓑衣”则有一种超凡脱俗的意味，在诗人眼中，桃花、流水、白鹭、斜风、细雨这些意象是美的化身，诗人的心境，比起柳宗元的“遗世而独立”，则多了几分洒脱。同样洒脱的文人还有宋朝的苏轼，在《定风波》中“竹杖芒鞋轻胜马，谁怕？一蓑烟雨任平生”，表达了诗人雨中的潇洒和旷达胸怀。

在有些地方的民俗文化中，烧掉蓑笠有祈雨的意思。如在广西民间，如果久旱无雨，农妇便会在黄昏时分，把破旧的蓑笠拿到岔路口或者田边烧掉，认为不久就会下雨。

在农人看来，春耕时节遇雨，披蓑戴笠下田劳作虽然辛苦，但也是美好的，因为人们在雨水里看到了丰收的希望。

披蓑戴笠去莳田

张冬娇

谷雨后，天气转暖，布谷鸟声起，空气里就弥漫着春耕春插的气息。此时，雨水明显增多，又比较任性，说来就来，说走就走。因此，在野外劳作的农人就要随时准备雨具。

记得小时候的村里，家家户户备有的雨具是斗笠和蓑衣。每逢雨天，大人们就身披蓑衣，头顶斗笠，犹如全副武装的战士，浑身洋溢着一种劳动者的力量之美。望着他们投入雨中前去劳作的背影，孩子们眼里满是羡慕、敬仰之情。

可是，蓑衣等雨具，每家的主要劳力才有。像我们这些孩子，只假期才有时间参与劳动，大人们就剪一块塑料膜，做成长及小腿的披风。半透明的塑料膜，薄如蝉翼，带有滑腻的质地。孩子们戴着斗笠披着塑料膜披风，飘逸脱俗，感觉就像一群仙女在雨中飘过。

那种感觉真是好极了。外面的世界全是湿淋淋的，近处的苎麻树木，远处的房屋山峦，都在雨中静默。沙砾路面凹处，蓄积着汪汪的水，穿着凉鞋的脚扫过去，“哗哗”的水声响起，脚下一阵一阵的清凉。雨点打在斗笠塑料膜上稀里哗啦作响，人不慌不忙地行走在雨中，万物尽湿，而我不湿，既享雨趣又无淋湿之忧。特别是当大风夹雨横扫过来时，只需裹紧塑料膜，任他风吹雨打，我自安然平和。

蓑笠（黄山市万粹楼博物馆）

走过一条长长的马路，渡过泺水，迎面一座山，坡度缓和，我们队里的农田就集中在这座山的山坡上。那时候，从山脚到山腰，一层一层的梯田错落有致。田埂曲美，田里水平如镜，人们散落其间，遥相呼应，一片繁忙景象。

雨总是下下停停，停停下下。雨一来，人们迅速上坡披戴好雨具，继续弯在田里劳作。雨时急时缓，背部的塑料膜时而“滴答滴答”，时而“啪嗒啪嗒”作响。田里水多苗疏，水面上漾起大大小小的涟漪。雨点打在嫩黄的秧苗上，秧苗不胜重负，微微抖动，雨点碎成粒粒珍珠，在叶面上滴溜溜转。四围的杂柴、灌木丛、山林全部笼罩在雨雾中，发出沙沙之声。

密密麻麻的雨幕像一道屏障，隔开了人与人之间的交流和关注。在雨声的陪伴中，每个人都专心致志做眼前的工作。弯腰分腿，左手抡秧，右手插田，脚底下的泥土软和清凉，根部带着谷粒的秧苗散发着清香。右手三指轻捏，频频点下，迅速离开水面时，发出很有节律的“咕咕”之声。

此时，人与秧苗、雨水、泥土零距离亲密接触，它们静谧安然的气息影响着你，在它们面前，你什么都可以想，什么都可以不想，心灵得到极大的放松。原来，与自然融为一体，专注地劳作是如此安宁美好。“分腿弯腰手频点，阵雨如豆落九天。手把花伞泥中立，且看急雨弄苗尖。”写这诗的人应是手把花伞的吧，他只能闲看急雨弄苗尖，不深入劳动，雨中莳田的趣味，又怎能体味得到？

雨下着下着，终于停了，卸下斗笠蓑衣的人们倍觉清爽，眼前出现一个鲜亮的世界，秧苗嫩黄嫩黄，坎上灌木翠绿，莳田泡子散在其间像点点的火焰。远处的山峦碧青碧蓝，一丛云悬在山腰，仿佛触手可及。从这块水田坝口流向另一水田的水，“咕隆咕隆”响声深厚。田间的放水沟暴涨，水流一路弯弯绕绕，绕绕弯弯，哗啦啦地直奔洣水。布谷鸟的叫声和蛙声一唱一和，人们的说笑声又在田间响起，好一幅安静祥和的春耕农事图。

“遍地蓑衣勤耕耘，明朝稻花香醉人。”披蓑戴笠，雨中莳田是辛苦的，但农人的眼睛是湿亮的，因为有期待，有希望，劳作也就有了丰富的美学含义。

清 谢遂 《仿宋院本金陵图》（局部）

清 谢遂 《职贡图》（局部）

纺车

fǎng chē

概说

纺车，一种纺纱、纺线工具，通过手摇或脚踏以旋转延长丝或棉，主要由轮子、摇柄、锭杆、支架、底座等构成。《说文解字》：『纺，网丝也。从糸，方声。』扬雄在《方言》中提到了『维车』和『道轨』，这是关于纺车的早期记载。

历史

在纺车产生之前，我国已知道养蚕缫丝。据说养蚕缫丝是黄帝的妻子嫘祖发明的。

嫘祖原来叫嫘凤，生活在西陵国，她在山上采摘野果的时候，发现桑叶上有许多白色的小虫，头像马，大口大口地吃着桑叶，最后竟然结出白色的果子来。她觉得奇怪，便将这些白色的果子都采摘回去。但这些白色的果子咬不动，邻居就给她出主意，让她煮熟了再吃。嫘凤就将这些白色果子全都倒进锅里煮。煮了很久后，她捞起来一尝，还是咬不动。她一生气，拿起地上的一根棍子，在锅中搅拌起来。没想到，棍子上缠满了晶莹剔透的丝线。这些丝线不但韧性很足，而且柔软轻盈，嫘凤尝试着将这些丝线织成布来做衣服。这些丝线做成的衣服，光泽好看，触感柔软。

于是嫘凤便捉了许多白虫子在家研究，最终掌握了饲养和缫丝的诀窍。嫘凤将这些毫无保留地教给大家，让西陵国的人都穿起了新衣服。西陵国的首领很是高兴，将嫘凤认作女儿。后来，人们将这种白色小虫叫作“蚕”，将这些丝织出的布叫作“绸”，嫘凤也被尊称为“嫘祖”。

这当然只是传说，无法得到证实。在出土的汉墓画像石中，有人们正在纺纱的情景，从图像上可以看出，纺车构造完整，可见，西汉时，纺车已成为普遍使用的纺纱工具。纺车的出现应该早于画像石的时间，有人认为，在出土的新石器工具中，中原地区有“纺轮”出现，其工作原理与后世的纺车相仿。而在商周时期，黄河流域有一种木质纺织工具——腰机。相对成熟的纺车则出现在春秋时期，当时诸侯之间已开始用布帛交易。

手摇纺车大概在战国时期就已出现，常见的纺车由木架、锭子、绳轮、手柄组成。随着原始农业、手工业的发展，纺织业也得到迅速发展。《史记》记载，齐国的都城临淄，在战国时期已发展成为大都邑，城内商铺的货架上摆满了布帛、衣服等。社会对纺织品的需求大增，手摇纺车的速度已不能满足需求。

脚踏纺车最迟出现在东晋，顾恺之的一幅画中出现了脚踏三锭纺车。脚踏纺车由与手摇纺车相似的纺纱机构和脚踏部分组成，脚踏部分由曲柄、踏杆、凸钉等组成，踏杆主要通过曲柄带动绳轮和锭子转动。这样可以带动多个锭子同时转动，大大提高了效率。《农政全书》中记载有脚踏三锭纺车，还有脚踏五锭纺车，说明脚踏纺车出现后沿用了较长时间。

宋朝出现了大纺车，其最大特点是纺纱的锭子更多，可以达到几十枚。南宋后期还出现了水力驱动的水转大纺车。这些大纺车是近代纺纱机械的雏形，为大规模的专业化生产奠定了基础。

元朝时，松江地区棉花产量很高，但纺织技术落后。松江人黄道婆早年因生活所迫流落到崖州（今海南），在那里生活了三十多年，学会了一整套棉纺织技术，并有所改进。后来她回到家乡，改革轧花车、弹棉椎弓、纺车等纺织工具以及织造、配花、织花等技术，促使松江地区的棉纺织业繁荣发展。

元朝之后，随着黄河流域棉花的广泛种植，中原地区的人们将传统的葛、麻、丝、织、绣等工艺融入棉纺织工艺，形成了棉锦。到清朝时，土布甚至作为贡品成为御用之物。

一直到新中国成立后，还有不少地区的妇女会在农闲时节坐在纺车前，为一家人的穿衣、穿鞋而忙碌。

形制

纺车主要由轮子、摇柄、锭杆、支架、底座等构成。以华北地区常见的纺车为例来看纺车的基本构成和运作。纺车底座长70厘米左右，以木料制成，呈“工”字形。“工”字的上横处有一支架用来安装锭杆，“工”字的下横处有两根大支架，支架之间距离50厘米左右，上端有安装主动轮轴的圆孔，距底座35厘米左右，轴的一端有摇柄。主动轮的辐条是中间带圆孔的条状薄板，共六片，轴的两端各穿三片。线绳固定的辐条间隔60度，呈张开的伞骨状。轴的两“肩”卡住轴两边的两组辐条。线绳把两组辐条呈“之”字形相间张紧，辐条稍微向内弯曲。张紧的线绳被称为轮的“辋”，辋上挂着传动绳。锭杆是长30厘米、直径0.5厘米、两端尖锐的钢线。主动轮与锭杆轮之间由张紧的线绳传动。

纺线时，一般用左手持两股纱把端头蘸水粘在锭杆上，右手摇动摇柄，主动轮带动锭杆迅速旋转，左手与锭杆同高时就把两股纱纺在了一起，一边放纱一边向后移动，纺好的线达到最长时将手抬高，把线缠在锭杆上。然后，左手降回到与锭杆同高，开始纺下一段线……如此反复操作后，锭杆上就形成了一个棉线穗儿。

文化意义

纺车自产生起，就为人们的生活立下了汗马功劳。随着社会的发展和科技的进步，纺车已悄然退出历史的舞台，但它记录了劳动人民的智慧和辛勤，也反映了过去男耕女织的田园生活，具有不可忽视的文化意义。

古人的诗词中不乏纺纱织布的景象，如《木兰诗》中的“唧唧复唧唧，木兰当户织”，崔珪《孤寝怨》中的“花飞织锦处，月落捣衣边”，萧衍《河中之水歌》中的“莫愁十三能织绮，十四采桑南陌头”，白居易《杭州春望》中的“红袖织绫夸柿蒂，青旗沽酒趁梨花”，艾可叔《木棉》中的“车转轻雷秋纺雪，弓弯半月夜弹云”，等等。

在延安的大生产运动中，纺车为解决人们的穿衣问题做出了重大贡献。在劳动中人们热情地唱着：“太阳出来磨呀么磨盘大，你我都来纺呀么纺棉花，手里握紧棉花卷，根根线条往外拉。”可以看出当时热火朝天的劳动场面。

现在纺车已被机械取代，但我们不会忘记，纺车曾为人类做出了不可磨灭的贡献。

纺车嗡嗡转人生

尹桂宁

古稀之年的母亲从墙上取下挂了好些年的纺车，用鸡毛掸子掸了掸纺车上的灰尘，开始给我十几岁的小侄女演示如何纺线。

母亲摇动手柄，尘封许久的纺车发出两阵刺耳的“咯吱咯吱”声，随后才转为正常的嗡嗡声。摇着听着，母亲脸上洋溢起笑容，我不自觉地跟小侄女聊起了母亲的往事。

母亲从十五岁开始学纺线。冬闲时节，她跟着姥姥白天搓棉条，晚上纺线，逢集再背着线穗子走很远的路去集市上换点儿零花钱，贴补家用。

工分是人民公社时期独特的计工方式，社员干活就叫“挣工分”。有了工分，每家每户按工分的多少可以分得相应的棉花，把棉花领回家，弹成棉絮，既可以做成棉被，又可以纺成棉线。除了家里有喜事，绝大多数的人是舍不得做棉被的，都会直接将棉花或棉絮卖掉，抑或是纺成线再卖。姥姥的选择是后者。

如云的棉絮轻盈而松软，扯一把缠到筷子粗的高粱秆上，搓几下，再取下用手搓成细条状，名曰“篦缱”，再利用棉花车纺成线。有时候，分的棉花少，纺的线不够卖，还需要到集市上再买些棉花。

姥姥把几个线穗子装进布兜，看着母亲背着出了门。第一次去赶集，还是去卖线穗子，母亲的心里似有小猫在挠，她怕卖不出去，又怕卖价低了，回来不好交代。

姥姥是走不了远路的，因为她的解放脚行走不便，不得不把这个差事交给未经世事尚未成年的母亲，她一边走一边教给母亲询价的方法。

母亲按照姥姥的嘱托，背着兜，先在集上转了一圈，发现好几家卖线穗子的，颜色暗黑不说，线都粗细不均，没有一个能赶上自家的。先问好价格，做到心中有数，便找了个空地，学着别人的样子，从布兜里拿出一块洗得发白的黑色方形粗布，铺到地上，又拿出一个线穗子放在上面作为样品。

不一会儿，便有买主上门了，母亲心想：这个人看着和善，我先让他出个价，再回个价，应该是最好的。想好后，她便主动搭话："老板，买线吗？"对方抿了抿嘴道："是啊，小姑娘，你的线怎么卖啊？"母亲没回答，按原来想的把问题抛给对方道："老板，您出个价吧。"对方看了看母亲，笑了，道："我姓杜，看你年龄不大，还很会做生意嘛。家里大人呢，怎么放心让你出来赶集卖线啊？"母亲没想到，卖线还有拉家常的，她毫不隐瞒地说了实情。

"这样啊，难为你了，小小年纪承担起了家庭重担。我看你的线不错，可惜有点儿少，你的线我全要了，给你比别人高出两分的价钱，咋样？"母亲有点儿迟疑，她在心里合算着：高两分钱也不算高，但一下子能都卖了，倒省得麻烦，早回家多纺些线，也行。于是，所有的线穗子都卖给了杜老板。

"挣钱了，我挣钱了！"揣着兜里的钱，母亲既高兴又紧张，生怕钱长了腿从口袋里蹦出来，于是用手捂着口袋，心里像有小虫儿在挠，急急地往回走。

回到家，母亲把带着体温的钱从口袋里取出来，郑重地交到姥姥手上。姥姥一问，摇着头说："卖便宜了，一个穗子至少还能多卖五分钱，咱娘俩纺的线既结实又细致，分量也足，明眼人一看一掂就知道，以后可以多要点儿。"

纺车（一）

第二次赶集，母亲就比别人的价格多要出六七分，照样被杜老板收走了。母亲和姥姥尝到了甜头，她们纺线的劲头更足了，纺车嗡嗡转不停，似乎这嗡嗡声有一种魔力，让她们着迷。那拉着的线，如扯不断的希冀又细又长。

可是好景不长，没过多久，市场开始征税了。本来一斤线也就卖十几块钱，娘俩没白天没黑夜地干，一集的时间也就纺几两线，除去本钱，也挣不了多少钱，再交税（当年还没有现在的免税政策），这不是割肉嘛。于是人们见到管理员就跑，等人走了再出来。

时间久了，集市上有几个卖线穗子的互相都混了个面熟，有些人也因线穗子的优劣所造成的价格高低生出了“红眼病”，尤其有个胖女人，看着母亲的线穗子卖价高，就有些心理不平衡。

一次，胖女人见母亲铺开摊子，就故意喊：“管理员来了，快跑啊！”不明状况的母亲听到喊声赶紧收拾摊子跟着跑，忙里出错，有个线穗子从手里滑落，打着滚地滚出很远，母亲吓得四下张望，并没有发现管理员的身影，这才开始找寻喊话的源头，一张阴暗得意的面孔转眼之间消失在人群里。母亲恨恨地咬着牙在原地站了好久，委屈的泪水在眼眶里打着转，却始终没有落下来。有个人蹲着身子帮她把线穗子缠好了，交到她手里，母亲才注意到是杜老板，她不好意思地弯了弯嘴角，对杜老板表示感谢。

为了避开管理员，避开胖女人那张可恶的面孔，姥姥让母亲天不亮就起床，趁早去赶集，在管理员上班前把线卖了，就不用提心吊胆，被撵得到处跑了。

那是一个寒冷的三更天，没有月亮，连星星都躲到云层里去了，西北风伴着漆黑的夜色，吞噬着房屋、树木，还有摸黑行走的母亲。

十几天没去赶集了，十几个线穗子鼓鼓囊囊地装在布兜里。这是一段乡间小路，一旁的庄稼地里是冬眠的麦田，另一边则是空坟地，杂草树木分布其中。十六岁的母亲少走夜路，本就心里慌得很，有个风吹草动就紧张得浑身哆嗦，头皮发奓，只得双臂抱紧起了一身鸡皮疙瘩的身子，硬着头皮往前拱。

突然，母亲的小腿被什么东西撞了一下，吓得她弹跳起来，撒腿就往前跑。黑灯瞎火的，啥也看不见，跑一阵子，就觉得跑到了一个大土堆上，手乱摸一阵，突然摸到了一个物件，仔细摸了几遍，感觉像是个异（据说后人为了招财气在祖先的坟头上设此物），这才意识到自己是跑进坟地了，更是惊悚不已，忙往下爬，慌不择路，不小心从坟头上滚下来，线穗子也从布兜里甩了出去。慌乱中，摸索着线穗子，都一团糟了。这可是娘俩十几天的工夫啊，这下白瞎了，恐惧里掺杂上心疼，委屈的泪水再也抑制不住地夺眶而出，她抽噎着想：这还怎么去赶集啊？可是，家在哪里？

慌不择路的母亲，心里被困顿和挣扎撕咬着。她困了，累了，肚子叽里咕噜地叫着，牙齿也不争气地一个劲儿地打战。她在地上转着圈，跺着麻木的双脚，叫天天不应，叫地地不灵。

终于盼到了天明，见到了人影，心里稍安，赶紧上前打听回家的路，路人见母亲的狼狈样，一脸的同情，告诉母亲怎么回家后，

纺车（二）

摇着头自顾自地赶路去了。

母亲带着一身的疲惫，手里提溜着布兜回到家。一进家门，正要做饭的姥姥赶紧迎出来，喊了一声：“哎呀，俺的孩子啊，这是咋着了啊？”母亲终于见到了亲人，两腿一曲，瘫软在地，一句话也说不上来，只有泪水无声地流淌。姥姥和姥爷赶紧把她扶到床上。

连续几天，母亲水米不沾，姥爷请了医生，医生说孩子是吓着了。几天后，母亲病好了，只在家纺线，再也没去赶集卖过线穗子。

几年后，母亲结了婚，除了勤劳持家，还在七年的时间里生下了我们姐弟四个。孩子多，花销自然也多。母亲就利用冬闲时节，把自己以前用的纺车从姥姥家搬来，用自家地里种的棉花，又开始纺线。

20 世纪 80 年代初，母亲开始在自家的地里种棉花，一家人勤劳苦干，几年下来，不仅解决了温饱，还盖起了五间大瓦房。

纺车（三）

1985年冬天，村里的妇女开始利用冬闲时间织栏杆（花边的一种）挣钱，母亲鼓励大姐学织栏杆。于是，斗枕、棒槌、钩针、玻璃珠、大头针等家什一应俱全。母亲又把挂在墙上许久不用的纺车取下来，将一枚顶针套在棒槌上固定到纺车轴的风葫芦里，用力抖动着编织花边用的棉线，防止粘连，然后在绕线车和棉花车的通力合作下，完成了棉线与小棒槌的完美结合。

自家的棉花大部分卖给县油棉厂，留下一些除了做棉被，就是纺线。

灯下，母亲坐在小板凳上，一条腿曲着，一条腿压在纺线车的底杆上，手轻轻摇动纺车的把手，纺车便嗡嗡地转动起来。为了节省那一点电费，母亲又点起了煤油灯，煤油灯冒着一缕青烟，摇曳着冲向房顶，越变越粗，最后消失不见。偶然醒来，看着昏黄的灯光里，母亲坚韧不拔的身影，占据大半个西墙，如山一般。母亲仿佛永远都不知道疲倦，依然左手摇着纺车，右手捻着棉条，细长的棉线宛如她的希冀一样越拉越长，陪伴她的只有纺车嗡嗡的响声。

不知何时，母亲和衣而卧。

清晨，耳边传来母亲的喊声："都起床了！吃了饭上学的上学，上坡的上坡！"

我揉着惺忪的睡眼，看到饭桌上升腾起氤氲热气，此刻，母亲已在院子里给牲畜张罗吃食了。穿衣下床的空儿，父亲从外面背着粪篓回来了。

吃过早饭，一家人一起出门，把院门一锁，各自干自己该干的事去了。母亲就是如此日复一日，年复一年，不辞辛劳，用她勤劳的双手支撑着家，让这个家一步步从贫困到温饱，再到小康。

"嗡——嗡——"，小侄女也学着母亲的样子转动起纺车。

缝纫机

féng rèn jī

概说

缝纫机，一种做针线活儿的机器，能缝制棉、麻、丝等织物和皮革、塑料、纸张等制品。比起手工缝制，缝纫机速度快，容易操作，一般用脚蹬，也有用手摇或电动机做动力的，缝制出的针脚平整美观。缝纫机产生于工业革命之后，后来传入我国。

历史

在缝纫机产生之前的漫长历史中，人类从新石器时代就已懂得用针缝制衣服，这种手工缝制衣服的方式一直延续到19世纪末期才逐渐被改变。

缝纫机的发明不是一蹴而就的，而是有一个过程。1755年，英国人韦森霍尔发明了针眼在中间的双尖针。1790年，英国木匠托马斯·山特发明了一种具有现代缝纫机特点的手摇装置，这是世界上第一台先打洞，后穿线，再缝制的单线链式线迹手摇缝纫机。1841年，法国裁缝B.蒂莫尼耶发明了机针带钩子的链式线迹缝纫机。1845年，美国人伊莱亚斯·豪发明了曲线锁式线迹缝纫机，这台机器缝制的速度可达到每分钟300针，这是手工缝制不可能达到的速度。

1851年，美国机械工人列察克·梅里特·胜家发明了锁式线迹缝纫机，并成立了胜家公司。这是美国最早生产缝纫机的公司。1859年，胜家公司发明了脚踏式缝纫机。1889年，胜家公司又发明了电动机驱动缝纫机，从此开创了缝纫机工业的新纪元。此后，美国生产缝纫机的公司不断增多，缝纫机的产量也不断增加。

缝纫机何时传入中国？上海档案馆收藏的《工部局工商登记记录》记载，在清朝同治、光绪年间，英美商人在上海开设的缝纫机销售点已有十多家。还有中国人开设的缝纫机商店，经销和修理外国缝纫机。这一时期的缝纫机基本上还是手摇式的，很长一段时间，缝纫机在我国被称为"铁车""洋机""针车"等。

李鸿章在1869年访问英国时带回来一台镀金胜家缝纫机，送给了慈禧太后。1872年12月14日的《申报》上刊登了一则关于缝纫机的销售广告，是晋隆洋行发的“成衣机器出售”启事。启事为：新到外国缝纫机数辆，每辆洋价五十两，欲购请来本行接洽。可见，这时缝纫机的价格还不是一般家庭能够承担的。末代皇帝溥仪就曾送给皇后婉容一台胜家缝纫机。

1905年，上海开始设立一些生产小作坊，生产缝纫机零配件。1928年，上海协昌缝纫机厂生产出了第一台44-13型工业用缝纫机。同年，上海胜美缝纫机厂也生产出第一台家用缝纫机。一直到1949年以前，缝纫机的产量都很低，且主要被美国胜家公司垄断。

新中国成立后，我国的机械工业得以发展。行业经过改组等，进行了合理的分工，出现了一批生产缝纫机的工厂，这时生产的主要是普通家用缝纫机和低档工业用缝纫机。

20世纪50年代末期，家用缝纫机的生产实现了标准化、通用化，缝纫机的产量大大提高。随着改革开放的推进，市场和消费结构也在不断调整，新技术在缝纫机的制造上得到广泛应用。进入21世纪后，我国已成为世界上主要的缝纫机生产制造国家之一。

形制

缝纫机按照用途，可以分为家用缝纫机和工业用缝纫机；按照动力来源，可以分为手摇缝纫机、脚踏缝纫机和电动缝纫机；按照缝制的线迹可以分为锁式线迹缝纫机和链式线迹缝纫机。

缝纫机一般由机头、机座、传动和附件四部分组成。对于缝纫机的使用，近代著名思想家、墨海书馆翻译王韬曾做过描述：“家有西国缝衣奇器一具，运针之妙，巧捷罕伦。上有铜盘一，衔双翅，针下置铁轮，以足蹴木板，轮自旋转，手持绢盈丈，细针密缕，顷刻而长。”文中的“家”不是王韬自己家，而是指他的邻居，是位美国人。

缝纫机

文化意义

“一只花鸡站桌上，穿针引线点头忙。嘴里咬过五彩布，吐出件件花衣裳。”

这是不少人耳熟能详的关于缝纫机的谜语。在过去，妇女非常辛苦，白天干活，晚上还要制作一家人的衣服和鞋子，常常在昏黄的油灯下操劳到半夜。缝纫机的出现提高了缝制衣物的速度，减轻了“慈母手中线，游子身上衣”的辛劳。缝纫机被英国科技史专家李约瑟称赞为“改变人类生活的四大发明”之一。

不过在 20 世纪五六十年代，缝纫机的产量低，远不能满足需求。在计划经济体制下，需要凭票购买，那时，缝纫机、自行车、手表被称为结婚“三大件”。

随着时代的发展，现在几乎没有人自己缝制衣服了，但缝纫机在人们生活中曾扮演着重要的角色，不少人对缝纫机的“哒哒哒”声还有着深刻的印象；它承载了几代人的回忆，均匀的针脚描绘了岁月的痕迹，记录了时代的变迁。

母亲的缝纫机

赵锋

一觉醒来，耳畔传来缝纫机的“哒哒哒”声，挣扎着睁开眼睛，迷蒙中看到母亲还趴在缝纫机上做衣服。她依然保持着惯有的姿势，双脚踏在缝纫机踏板上，均匀地踩着。

母亲并不知道我醒了，借着微弱的灯光全神贯注地做衣服。她旁边是一个两米见方的裁剪台，这是她的工作台。在工作台的里侧叠放着一沓沓布料，布料堆得太高，有些倾斜。母亲在每一块布料上都详细标注上对方的姓名、尺寸、样式等信息。

看着母亲依然在忙碌，不知不觉中我又趴在缝纫机托板下面的小方桌上睡着了。母亲今晚的任务还很重，没有工夫搭理我。“哒、哒、哒……”我又进入了梦乡。

母亲吃过晚饭后没多久就催我，让我做好作业就去睡觉。但我并不想那么早就去睡觉，那时我还在上一年级，不敢独自一个人在房间里睡觉，母亲并不知道我一个人不敢去。我宁愿留在缝纫机旁边，听着缝纫机的声音，用“哒哒哒”声去驱赶我内心对夜晚的恐惧。这“哒哒哒”声成为我对夜晚所有恐惧的掩护，成为我抵御黑暗的盔甲，以至于我对它产生了依赖。我再大一点儿的时候，母亲太忙，就让我去给一个远房亲戚送礼，远房亲戚住在十几公里外的山里。他们家嫁女儿，必须晚上去，吃完饭后，我一个小孩，自然是不敢独自回家的，不得已只能住在亲戚家里了。亲戚家的房子很多，都是有些年代的老瓦房，有高高的屋顶和楼板。楼板的边缘钉上钉子，悬挂着陈年的腊肉，腊肉长近一米，一排排挂过去，在昏暗的灯光下，投射在对面的土墙上，形成了一个巨大的投影，犹如人形，我睡在这间房子的最里面，在屋角有一张老式的床，宽大而陈旧。

领我来的亲戚家的人，指着床说：“你晚上就睡在这里吧！”

我小声问：“就我一个人吗？”

对方回答：“一会儿说不定还要来人。”

他的语气并不肯定，但似乎也有希望。我渴望有人来，不然我是怎么都不敢睡去的。

我躺下后怎么都无法入睡，窗外隐隐传来隔壁喝酒猜拳声、小孩欢笑声。这些声音似乎就在眼前，却被厚厚的土墙挡住，我努力想看看墙那边的情形，但循声望去，却再次看到墙上巨大的腊肉投影。我慌忙把目光收回来，仿佛停留久了，就会有更巨大的危险。屋内的寂静与外面的热闹场景形成了鲜明的对比，我不敢再多看一眼那堵墙，更不敢抬头看屋顶上几片光亮的瓦。

我想，此刻母亲一定还在缝纫机前踩着踏板做着衣服，案上还有堆满的布料。如果此刻能趴在缝纫机旁边的小桌板上睡觉该多好啊！不知不觉中，我睡着了。睁开眼时，对面窗户射进来的阳光已经落在绣花被面上。窗外人声鼎沸，乐班声已经响起，迎亲的队伍已到大门外了。

我不知道怎么给母亲说我这一次“恐怖”的经历。再次坐在缝纫机旁的小桌板前，我还是忍住了诉说的欲望。我不希望母亲窥见我内心的恐惧。母亲的忙碌让她忽略了我的“恐惧”。我也错失了向她倾诉的最佳时机。

夜晚，我依然趴在小桌板上做作业。我一直想找机会给母亲说我上次的经历。但母亲依然忙碌，根本没有时间和心思关注我内心的这些微小变化。我害怕那个巨大的投影会在不经意间潜伏到小桌板下面。因为害怕，不敢独自回到自己的房间里，只能争取多留在缝纫机旁。有了缝纫机的“哒哒哒”声，我内心才安宁。

母亲做衣服从未出现过失误，她总能让每个找她做衣服的人都满意。大家都很信任她，即使有些村庄也有会做简单衣服的人，乡亲们依然不畏路途遥远把布料送到她的案头。她把原本有限的布料，合理安排和裁剪，尽可能物尽其用，一块布料给大人做件上衣，剩余的布料，她会给家里的孩子改一条裤子或一件衬衣。因此，每一个来取衣服的人都能满意而归。

母亲要操持繁重的家务，管好一大家人的吃喝拉撒，夜晚堆积如山的布料还在等着她。

我有一个姑姑、两个姨、一个小叔……堂表兄弟姐妹加起来有二十多个。每年寒暑假，我们家里是最热闹的，堂表兄妹们轮番到我们家里玩儿，母亲总是忙个不停，不仅要照顾大家的吃喝，还要盘算给这些晚辈做一身新衣服。那个年月，物资匮乏，能穿上新衣服并不容易。堂表兄妹知道母亲会做衣服，知道来我们家里玩一段时间，回去的时候一定能穿上新衣服，因此都争先恐后地来。

为了补贴家用，母亲基本抽出她所有的空闲时间来做衣服。其间，她先后收过两个徒弟，其中一个没有什么印象了，另一个是邻居家的贵枝。贵枝小学毕业后就辍学了，她的母亲想让她学门手艺，多次登门恳请母亲收她女儿为徒。母亲实在不好拒绝，就破例收了贵枝。贵枝倒也上心，天天来家里，跟着学习，先练踏缝纫机，接着学画图，然后是裁剪，最后上机做成衣。贵枝算不上聪慧，但很勤奋。一天到晚都跟着母亲，母亲有空闲时就教她，她跟着母亲一起熬夜，从不叫苦。母亲说这贵枝哪儿都好，就是只会“照葫芦画瓢”，有母亲在时做得很好，一旦离开母亲，她就手足无措，常常出错。有几次，被她做坏的衣服，只能是母亲悄悄地替她赔。贵枝也为此羞愧难当。过了几个月，贵枝似乎有了一些进步，终于可以独立制作一些简单的衣裳。贵枝暗自欣喜，也更卖力地学习。

有一天，张大爷拿来了一块存放多年的咔叽布，想请母亲给他做一件中山装，过年穿。母亲给张大爷量了尺寸，顺便教贵枝裁剪，贵枝在一旁跟着学习。正在裁剪时，粮所通知买粮，母亲觉得也该给贵枝一个独自操刀的机会，于是就将剩下的工作交代给贵枝，把每一个步骤都给她说了一遍，就匆匆忙忙地去了粮所。贵枝也很珍惜来之不易的机会和信任，她暗暗告诉自己一定不能出差错，她很仔细地开始裁剪。

等母亲从粮所回来时，天已经快黑了。她刚走进大门就看见贵枝垂头丧气地坐在缝纫机旁。见到母亲进门了，贵枝慌忙站起来，低着头说："师父，对不起，我把衣服裁坏了，两个衣兜的位置裁得不对。怎么办？"母亲拿起衣料一看，果然问题很大，两个衣兜完全错位，补救都没有办法。母亲说："贵枝啊，你学了这么久，还出现这样的问题，啥时候才能出师啊？"

贵枝低头不语，内心羞愧极了。她低声问："师父，那怎么处理？我赔布料，行不？"

母亲回答："我不会让你赔，赔也是我赔，哪儿有让徒弟赔损失的？"

贵枝回家后，母亲拿起布料有些惆怅。张大爷这布料是几年前的，现在供销社根本买不到这种布料。事后，母亲找到张大爷说明缘由。张大爷过去当过兵，也是耿直之人，他说就着布料改一下就行。

贵枝为此几天都心事重重。她回家告诉了妈妈，她妈没有责怪她。那件事后，贵枝果然进步很大，像是变了一个人一样，衣服也越做越好。

又过了两个月，母亲跟贵枝说："你可以回去了，可以独立做衣服了。但要记住，一定要认真对待这门手艺，做好每一件衣裳。不偷工减料，不敷衍了事。要对得起信任我们的每一个人。"贵枝恋恋不舍地点了点头。

贵枝手艺学成回家后，自己也买了缝纫机，在家自己试着做衣服，反复练习，慢慢也能给亲戚们做些简单的衣服了。贵枝的母亲欣喜不已，她逢人便说："谁说我们贵枝学习不行？做衣服这么复杂的事都学会了！"没多久，一个请贵枝做过衣服的远房亲戚给她介绍了一门亲事，对方听说贵枝还有做衣服的手艺，很是满意。不久之后，就上门提亲，贵枝也很满意对方的条件，心里乐开了花。

贵枝出嫁前，还专门找到我母亲，郑重地说："师父，是您教会了我手艺。我的嫁衣还是由您来做吧！"母亲答应了她。贵枝出嫁后，成了她婆家方圆百里的裁缝师傅，日子也过得红红火火。贵枝逢人便说："我得感谢我的师父，要不是她教我手艺，我不会有现在的幸福生活。"

贵枝是个有情有义的人，对母亲很尊敬。贵枝能生活得好，母亲也感到欣慰。贵枝算是母亲唯一正宗的徒弟。

我们兄妹长大后也都离家求学，从事着不同的工作。兄妹中间没有一个学会母亲手艺的。许多年过去，一次，大姐带着年近七旬的母亲去商场买衣服，母亲对衣服的质地、款式、做工、比例等相关细节极其严格，问得商场的年轻小姑娘都无言以对，惊叹不已。

到了晚年，母亲便没再挨过缝纫机了。那两台牡丹牌缝纫机就搁置在老家二楼的角落里。母亲做了一辈子的衣服，不知熬了多少夜，裁剪了多少面料，踩了多少次踏板，机器的"哒哒哒"声穿越了时空，至今仍然时常回响在耳畔。

肆

那些年的记忆

电影说明书

diàn yǐng shuō míng shū

概说

电影宣传材料

八一电影制片厂摄制

1962年8月

《英雄坦克手》

黑 板 报

"英雄坦克手"是一部歌颂中国人民志愿軍坦克兵，在朝鲜战場英勇杀敌的故事影片。片中主要描写111号坦克与整个車队被切断联系，单独配合步兵作战的情况下，怎样突破敌人重炮和飞机层层封鎖的黑風口，怎样孤胆深入敌人陣地，大胆插进敌坦克群击毁敌坦克，怎样冒着随时都有可能被敌人发觉的危險，单車伏击；伏击中又怎……車內四十度高温、干渴、疲乏……克服重重……得了时机，痛击敌人进攻我三五……

电影说明书是关于影片相关内容的说明，主要包含影片的名称、时代背景、故事梗概、演员、拍摄花絮等。电影说明书为观众提供影片信息，帮助观众理解影片内容，可提升观影效果，同时也有宣传电影的作用。

历史

电影说明书的出现与电影的兴起有关，流行于20世纪二三十年代至七八十年代。

电影说明书的产生一定程度上受到晚清民初戏单的影响。宋元时期，我国的戏曲繁荣起来，勾栏、瓦舍等娱乐场所也兴盛起来，为了招揽生意，戏班会在演出之前贴出一些具有宣传作用的演出信息单——招子或花招子。明朝时宣传用的招子上已有剧团名称、艺人姓名、戏剧内容等，已具备“说明书”的雏形。清朝末期，戏院为了招揽观众，在开始演出前会张贴戏单，有的将信息印制在红色纸张上，有日戏和夜戏之分，戏名较大，人名较小，人名还会按角色排序，主角还会另外刻木戳，还有戏剧说明书。熊月之在《稀见上海史志资料丛书》中对这种说明书的特点进行了概括：“纲举目张，非常明了，盖已屡经改革矣。”《清稗类钞》对戏单进行了说明：“戏馆之应客者曰案目。将日夜所演之剧，分别开列，刊印红笺，先期挨送，谓之戏单。”

随着西方娱乐方式进入中国，1896年，我国第一次放映电影。最初在国内放映的基本是西方的无声电影，内容也是西方的故事。国内观众看了之后大多不知所云。一些影院就开始仿效戏单制作电影说明书，以帮助观众理解、欣赏电影。这便是电影说明书产生的原因，但具体是哪一家影院、哪一部电影最先制作了电影说明书，目前还没有定论。1914年3月20日，《申报》刊登了一则电影放映广告，广告里指出上海基督教青年会的电影放映会配发说明书。说明这时已有电影说明书，但电影说明书的出现应该早于此。在报纸上登广告宣传，说明此时电影说明书已经相对成熟。

电影说明书的发展经历了几个阶段。最初的电影说明书相对简单，开本较大，类似于小报纸，内容相对单一，主要是介绍演员和故事梗概，类似于电影海报。

20 世纪二三十年代，是电影快速发展的时期。电影院不断增多，影片资源也逐渐增加，为了吸引更多观众，不但影院环境有了改善，电影说明书也有了改进，几乎所有的影院都配有电影说明书。为了方便携带和保存，出现了可以折叠的 32 开电影说明书，一般有四至六个版面，制作也比以前更为讲究。

这时的电影说明书形式各异，以头轮影院的说明书最具代表性。有重要影片上映时，影院不惜成本，印制精美的小册子。有些影院还出版有自己的特刊，如北京中天电影院的《中天电影》，北京大戏院的《电影周刊》，天津新新电影院的《新新特刊》等。即使只有戏票大小的说明书，其用纸和印刷也十分讲究，多用道林纸印刷，有的影院还采用了红黑双套颜色。后来因战争的影响，纸张紧张，印刷成本也上涨，电影说明书也从原来放在影院门口任人领取变为凭票领取。即使规模较大、实力雄厚的头轮影院也只能用 32 开的单页，内容也十分精简，不过编排仍很美观大方。

新中国成立后，电影说明书由国营电影公司统一制作，通过电影院进行售卖，电影院不再单独制作。20 世纪 50 年代至 70 年代，一份电影说明书的售价基本保持在一分钱左右，80 年代之后价格稍微上涨。不过到 80 年代后期，电影说明书就逐渐淡出了人们的视野。

作用

电影说明书应人们的需求而生，在电影进入中国之初，可帮助人们看懂电影。后来随着电影业的发展，电影说明书又增加了其他的功能——宣传影片，扩大观影人群，提高收入。

20世纪二三十年代，商业电影逐渐普及，影院为了盈利，就需要让更多的人走进电影院。电影说明书恰好起到了很好的宣传效果，当时的观众一进电影院就会东张西望寻找说明书，这说明了电影说明书对观影人员的影响。电影在我国虽然发展较快，但普通大众基本是看不起电影的。有的影院就将电影的故事梗概和鸳鸯蝴蝶派作家所写的“电影本事”刊登在电影说明书上，这对有知识却没钱进影院的人来说，增加了了解电影的途径，也是一种对电影的潜在宣传。这一宣传方式直到新中国成立后还在沿用。有的电影院会在影院门口的宣传橱窗中设置专门的“影评园地”，在“影评园地”中发表过影评文章的作者会获得一张免费电影票。一些没钱观看电影的人要想写出影评，电影说明书便是最好的资料。因此，电影说明书拓宽了电影的传播渠道和受众群体。

电影说明书还有规范观影群体观影行为的作用。有的电影说明书会在中缝或末页底部印上警察局制定的秩序规范，如上海电影院印制了《遵守公共娱乐场所秩序》，规定如下：“1. 请勿随地吐痰；2. 请勿在场内吸烟；3. 请排队顺序购票；4. 请勿购买黑市戏票；5. 禁止携带身长1公尺以下儿童入场；6. 禁止携带违禁物品入场；7. 禁止于规定座位外加设座位或站立观看；8. 禁止喧哗叫嚣。”官方制定的观影规定，对人们有较好的约束作用。

文化意义

电影说明书见证了我国20世纪电影的发展史。20世纪初，多是从西方引进的无声电影，电影说明书除了介绍电影名称、演员，还会介绍电影的故事梗概。20世纪30年代，我国开始制作有声电影，从一些电影说明书中可以了解当时的情况。1930年，孙瑜导演《野草闲花》的说明书，特意强调该片是“国产有声歌唱巨片”，还解释了“之所以配音的三大原因”，这时候电影制作技术还不能直接制作有声影片。随着有声电影的发展，制作技术不断改进，如《歌场春色》在电影说明书中用大字号突出“用最完美之机器在中国摄制的第一部片上发音——有声影片”，还用了大量文字介绍该片的发声特点、拍摄用的机器，以及美国制作团队等细节。“本院新购入西洋新式放映机，观影更佳”“本院置办五彩电光机关布景”等，可以窥探电影的制作和放映技术都有了新的突破。

电影说明书反映了一定的社会风貌。最初电影说明书的文体落后于电影所要表达的思想，20世纪30年代，电影说明书多数还文言和白话相杂，当时著名作家徐懋庸认为电影《姊妹花》不错，但其说明书令人大倒胃口，简直是“不看还清楚，越看越糊涂”。这种现象，直到一些左翼作家和留学归国的知识分子进入影坛后才开始有所改变。如《野草闲花》的字幕已改为通俗的语言；夏衍编剧的《春蚕》，其电影说明书已有明显的改变：“《春蚕》，这是一幅农村破产的素描画，里面没有离奇曲折的局面，没有缠绵悱恻的情节，自然更没有香艳肉感的大腿……”

电影说明书的宣传语能够反映一定的时代特点。如伪满时期长春金城电影院印制的电影说明书上有下期电影《奈何天》的预告，并配有宣传语："独霸一方，不比寻常；一看再看，保不失望。"在注意事项中有一条："空袭警报，及场内其他事故发生时，请遵守下记事项不恐慌，因少数人的慌张会影响全体。"从这条注意事项可以看出战时的岁月痕迹。而"庆祝抗战胜利第一年，中华民族必须团结""团结发奋，为社会主义事业而不懈奋斗"等口号，则反映了中国人民取得了抗战的胜利和为社会主义事业奋斗的热情。"围歼七大害虫，造福万代子孙""突击一月，全歼苍蝇蚊子，苦干一年，基本消灭七害""鼓足干劲，力争上游，多快好省地建设社会主义"之类的口号，又反映出社会主义建设时期的热火朝天。《乌鸦与麻雀》的电影说明书里还夹杂着上海方言，反映了一定的地方特色与文化。

电影说明书上还会刊登广告，如香烟、白兰地、棉布、医药等。如天明桉叶糖的广告词"常含一片，清凉舒喉"，此外还有光明牌啤酒、东南牌香烟、永星制药厂出品的一心油等。

电影说明书虽已退出历史的舞台，但它记录了电影的发展历程，反映了时代特色，是见证历史的活档案。

电影说明书，见证历史的活档案

郑自华

1985年，一批经典电影在电影院内部放映，供专业人士观摩。我是一家影院影评组的影评员，有幸位列其中。3月29日，在上海学术电影院（即现在位于宁波路上的新光大戏院），我观看了大名鼎鼎的《乱世佳人》，并购买了第一份电影说明书，说明书上印着“资料影片观摩简介材料”，大小为16开，2张4页，字印得大大的，故事梗概也就四五百字。不久以后看的《出水芙蓉》，故事梗概少到只有一百余字，尽管惜墨如金，但对观看电影、理解电影、欣赏电影还是很有帮助的。说来不怕笑话，正是从说明书中，我认识了费雯·丽、克拉克·盖博，我知道了《乱世佳人》获得过十项奥斯卡金像奖。不过严格来说，这还不能算说明书，因其不仅内容简单，而且印刷质量也一般。到了这年的10月16日，我们观看苏联故事片《两个人的车站》《头回出嫁》，说明书有了变化，变成了三折式，正面有了固定图案，颜色每期也不同，给人一种耳目一新的感觉。

其实，我还珍藏着两本20世纪50年代中后期的电影说明书，那是我大哥在读中学时期看电影时随手买的，日积月累，共计193份。我按国产片和译制片分类装订了起来。半个多世纪前的电影说明书，尽管纸张已经泛黄，但这是真正意义上的说明书，上面刊印着故事情节、人物介绍、

电影放映机

演员资料。有些片子涉及时代背景，还写上有关历史事件、作者生平（或近况）与相关的作品，有时还印上一些拍摄花絮以展现银幕背后的故事，以及电影主题歌曲、电影剧照等。如《铁道游击队》说明书第 4 页上的拍摄花絮，就介绍了拍摄过程中的一些有趣、惊险而又鲜为人知的幕后故事，满足了观众的好奇心。又如译制片《奥赛罗》，先是用“黑板报”的形式，以二百来字对电影做提纲挈领的简介，然后是“说明书”，对电影做详细介绍，千余字，说明书还介绍了奥赛罗、苔丝德梦娜、埃古等人物，对他们的性格进行了分析，这对观众理解莎士比亚的名剧有着很好的指导作用，在演员表上还印上了配音演员的名字，像高博、程之、姚念贻、胡庆汉、邱岳峰、富润生、毕克等。这种说明书，在使用上有多种功能，影院在宣传时做参考用，观众观看时做说明用，而收藏时则做资料用，对扩大电影的再宣传有着不可替代的作用。

电影说明书是份重要的历史档案，它不仅记录了电影的发展进

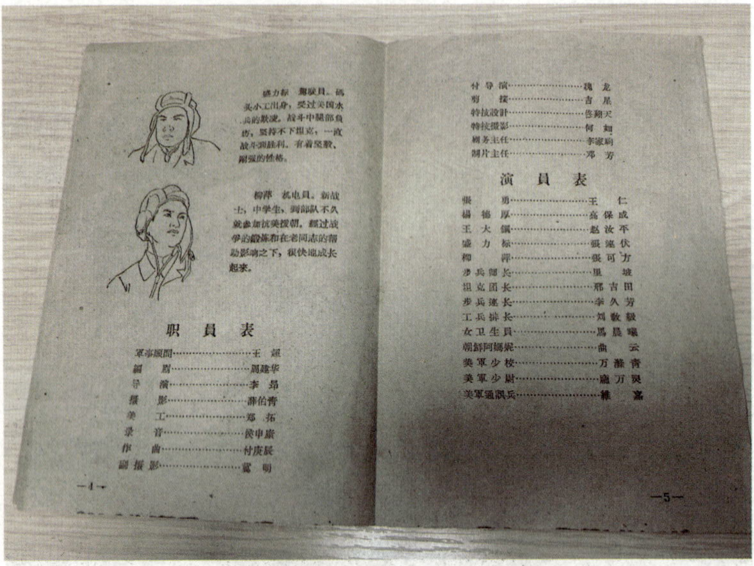

《英雄坦克手》电影说明书（一）

程，同时反映了那个特定时代的风貌。50 年代的说明书，纸张相当粗糙，印刷质量也很差，上面写着“人人动手，节约用纸。请观众根据实际需要购买说明书，尽可能几个人合用一张，减少纸张用量”“为了保障安全，夜晚各种车辆行驶时必须点灯”，有的还印着“围歼七大害虫，造福万代子孙”“突击一月，全歼苍蝇蚊子，苦干一年，基本消灭七害”“鼓足干劲，力争上游，多快好省地建设社会主义”，时代气息扑面而来。当然，物质生活的贫乏，在字里行间可见一斑。最值得一说的是，我手中的两本说明书都印着“说明书编号 ××”，不仅便于观看，更方便了收藏、装订。

80 年代的说明书上已经有了广告。我发现一个有趣的现象，我收藏的说明书中，凡是有广告的，内容基本与药品或医疗器械有关。而且这个时期的说明书用词谨慎，只是简单介绍情节，有“批判吸收”的味道，可能这是学术资料电影的缘故吧。至于对明星的介绍，更是少之又少。

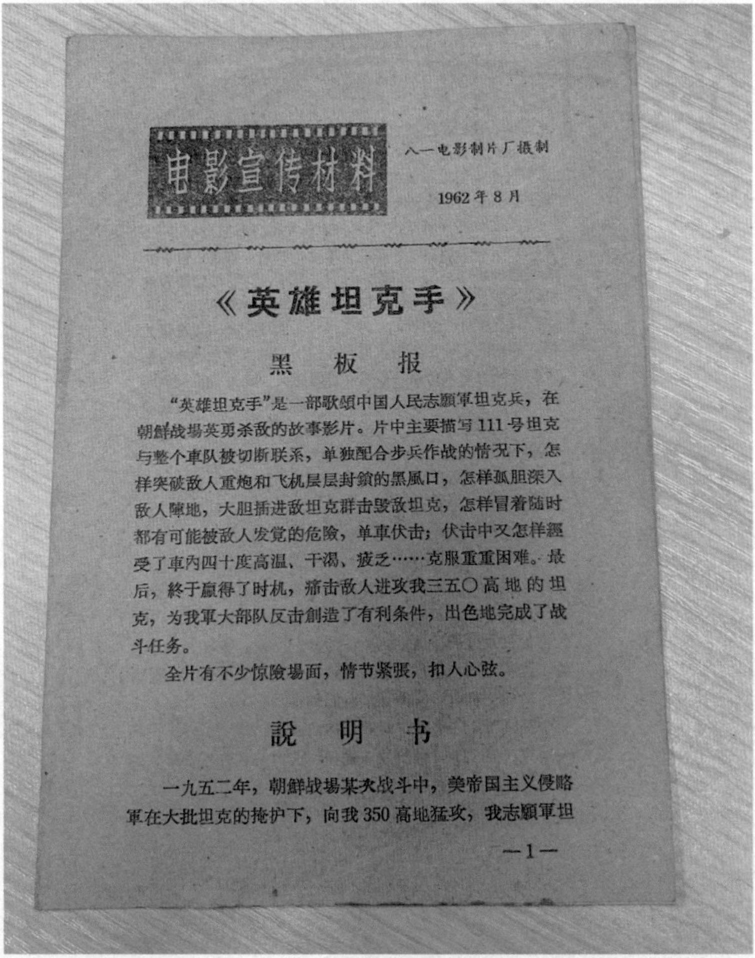

电影宣传材料

八一电影制片厂摄制

1962年8月

《英雄坦克手》

黑 板 报

"英雄坦克手"是一部歌頌中国人民志願軍坦克兵，在朝鮮战場英勇杀敌的故事影片。片中主要描写111号坦克与整个車队被切断联系，单独配合步兵作战的情况下，怎样突破敌人重炮和飞机层层封鎖的黑風口，怎样孤胆深入敌人陣地，大胆插进敌坦克群击毁敌坦克，怎样冒着随时都有可能被敌人发觉的危險，单車伏击；伏击中又怎样經受了車內四十度高温、干渴、疲乏……克服重重困难。最后，終于贏得了时机，痛击敌人进攻我三五〇高地的坦克，为我軍大部队反击創造了有利条件，出色地完成了战斗任务。

全片有不少惊險場面，情节紧張，扣人心弦。

說 明 书

一九五二年，朝鮮战場某次战斗中，美帝国主义侵略軍在大批坦克的掩护下，向我350高地猛攻，我志願軍坦

—1—

《英雄坦克手》电影说明书（二）

现在，由于资讯的发达，电影说明书似乎没有生存空间了，成为一种不可多得的收藏品。

贺卡

hè kǎ

概说

贺卡，印有祝贺文字和图画的纸片，一般用于祝贺亲友生日、新婚或节日。贺卡的产生源于人类交往的需要，中国人特别讲究『礼』，在重要的节日和亲友人生大事时，会通过一些简短的语句表达对对方的关心、祝福等，承载这些祝贺的纸片，即为贺卡。

历史

贺卡产生较早，据说互送贺卡的风俗，始于汉朝。最初的贺卡叫"名帖"，多起到介绍自己的作用。东汉时叫"名刺"或"通刺"，多为木制。当时有许多官员为不受投刺的影响，就在门口挂个箱子以接收投刺，称为"接福"。不过，这种贺卡祝福的成分较少，基本是为了拜见主人，类似于现在的个人名片。

唐朝贺卡的名称和功能有了变化，真正意义上具有了祝贺的作用。据说唐太宗李世民在过年时用赤金箔做成贺卡，并亲笔御书"普天同庆"四个大字，然后赐给大臣。后来，这一形式迅速在民间普及。不过民间大部分人用不起金箔，也不敢使用金箔，就用梅花笺纸来书写，一般右上端为受贺者官讳，左下端为贺者姓名。

唐宋时期贺卡的名称为"门状"或"飞帖"，为了表示尊重，贺卡一般是贺者亲自呈送。但宋朝时，有人会派仆人去送。宋人周煇在《清波杂志》中说："宋元祐年间，新年贺节，往往使用佣仆持名刺代往。"据说当时京城有一个士人不想每家每户亲自去拜访，便想出一个偷懒的主意，他自己先在卡片上写好对朋友的祝福，然后让仆人按贺卡祝福的对象送到每一家，敲门后不等对方开门，就赶快溜走，这样就让被访者以为他亲来拜访过。这个偷懒者的做法，后来走漏了风声，有一户人家一听到敲门声，立马开门把仆人逮个正着。不过当时士大夫交游广，若四处登门问候，确实耗费时间，后来这一做法就逐渐被人们所接受。

宋朝时，由于经济繁荣，贺卡可以通过邮递寄送。如张世南在《游宦纪闻》中记载了每逢冬至、元旦等节日，"凡在外官，皆以状至其长吏"，其贺词如"敬贺正旦"，类似于"恭贺新年"。这种简短又能表达祝贺的吉庆语言逐渐成为定式。

明清时期，贺卡的名称又有了变化，如"红单""贺年帖"等。红单是专门为年节而制作的贺卡，用红纸制作，表示喜庆。清朝褚人获在《坚瓠集》卷一中记载："元旦拜年，明末清初用古简，有称呼。康熙中则易红单，书某人拜贺。素无往还、道路不揖者，而单亦及之。"这时贺卡在民间更为普及，其功能也越来越世俗化，少了文雅的意蕴，但也增加了热情和节庆意味。

这时送贺卡更是形成了一套礼仪，如为了表示对对方的尊重，送贺卡的仆人不能直接用手呈送贺卡，要使用拜匣。拜匣为长方形，有些制作十分精良，大小正好容纳贺卡名帖，见到主人后，仆人打开拜匣，让主人取出。

近代以来，贺卡普遍流行，电子贺卡产生之后，纸质贺卡逐渐减少。

形制

古代的贺卡一般手工制作，手写祝福的话语。近代的贺卡有手工制作，也有印制精美的各种成品贺卡，大部分"80后"都收到也送出过贺卡。一般贺卡的尺寸与32开书本一致。

制作贺卡的纸张可以选择硬度较好的卡纸，按照尺寸裁切好。贺卡上的装饰可以是粘贴剪纸图案，也可以画画，或者刺绣等。如果想用剪纸粘贴，可以先在另外一张卡纸上画下想要的图案，用剪刀剪下后粘贴到贺卡上。

文化意义

以前的贺卡虽然不一定漂亮，但祝福都是很真诚的。有摘抄的优美文字等，如同学之间的贺卡会写上：当所有的故事在风中逝去后，不变的是我心中的祝福。送给老师的贺卡会写上：您不倦的启蒙与教诲，编织成我浓浓的感恩，愿我衷心的感激，能拭去您所有的辛劳。新年的贺卡会写上：一声新年的问候，是我真诚的祝福。

送贺卡也有一定的讲究，要根据所送对象、用途等来挑选或制作不同类型的贺卡。贺卡上的祝福是表达对朋友、师长、亲人的感情，最好是亲笔书写。贺卡要送得及时，要是节日或纪念日过去之后对方才收到你的祝福，就不好了。

现在为了节约纸张，提倡使用电子贺卡，虽然祝福的目的也能达到，但对于经历过收送纸质贺卡的一代人来说，则少了些收到贺卡时的欣喜与激动。

片片贺卡寄祝福

邱保华

每到元旦春节之际，我总要忙着给亲人和朋友寄赠贺卡，也更喜欢收到别人的贺卡。一封封、一片片，发出去、收回来，传递着满满的欣悦，温馨了堆积一年的情感。由于我每年买的贺卡多，收到的也多，所以每年邮政部门的贺卡摇奖，我总会中到一两个奖项。

这些年，市面上的贺卡越来越千篇一律，有时还是单位统一到邮政部门定制的，但不管怎样，这一方小小的纸片，都绘着各种各样可人的图案，地理风物、民间文化、时尚元素、卡通形象……无论哪一种，都配有吉祥的祝福语，洋溢着节日的喜庆。挑选一张贺卡，往往总挑自己所喜欢的祝福语，也不知道对方有没有避讳、会不会挑剔。因此，我总是在各式各样的祝福语与图案中，精心挑选着自认为合适的贺卡，就像行走在人头攒动的街头，努力寻找记忆深刻的那一张笑脸。与其说挑选特定的贺卡送给默认的对方，不如说是重温与对方在一起过的日子，相互间的每一句话、每一个眼神，彼此间传达的每一丝细微的情感，都在贺卡的选购与寄赠中从心底一一泛起。

收到来自亲友的贺卡，即便明知道会有这样一份祝福，我心中仍然会翻动起一阵激烈的欣喜。从此，我便知道无论走到哪里，我都无法走出爱的视野。在大家为生计日渐繁芜的心田里，属于我的空间或许会越来越小，但始终不会被挤掉，寻常不得见，节日露端倪。在传统的节日、在喜庆的时刻，总会有一片片祝福从远方飞到我的身边。我这样一个离开故土多年的游子，早就是一只悬浮飘舞的风筝，有了这一枚枚小小的贺卡，就有了一根根牵挂我的心丝。那一端是我的亲人、我的朋友、我永恒的根。一旦我飘飘然虚狂起来，有这一根线的联系，我便不会脱离爱与善的轨道；一旦我昏昏然迷失方向，有了这一份牵挂，我依旧找得到一个安然如初的归宿……这绝对不是束缚，束缚是粗重的绳索，而这一根根拽住我的细线，都是从心灵最柔软处抽出的情丝，是一缕缕精致的爱。我是翻飞不止的生命个体，念念不忘的是那一束束被牵挂的情怀。

又是一年将尽时，我每寄出一张贺卡，便放飞一份美丽的祝愿；而每收到一张贺卡，亦是收获一份宝贵的硕果。爱其实就是一个链环，某一节融入了善良与真诚，就会贯穿一连串的幸福与圆满，豪华的，简朴的，艳丽的，净素的……尽是爱。

年历片

niánlìpiàn

概说

年历片是一种卡片，也称『年卡』，正面印有各种图案，反面是一年的日历。年历片主要流行于20世纪70年代，有各种尺寸和形状，主要为长方形，大小如扑克牌。由于其小巧精美、携带方便，深受人们喜爱。

历史

年历片产生于20世纪60年代，盛行于70年代，80年代逐渐淡出人们的视野。年历片是中国传统年画与西方艺术融合的产物。中华民国成立后，开始推行公历，这时产生了将中国传统年画与月历、节令相结合的月份牌年画。

月份牌年画的流行与公历的推广密切相关。中国一直使用的是农历纪年，人们对于公历的日期不熟悉也不习惯。后来有一个外国人想了一个办法，就是在画片的两边分别印上公历和农历，画面选择百姓喜闻乐见的题材，这样就方便对照两种日历，而且还能挂起来或者卷起来，使用方便且美观，因而月份牌年画便流行起来。

此时涌现了众多月份牌画家。郑曼陀在月份牌年画中创新采用擦笔水彩画法，画法细腻，格调柔和，适宜画年轻的女子，不久就风靡整个上海。杭穉英善于学习新的绘画技巧，又从外国商品广告中吸收其运用色彩的长处，因此将月份牌年画做到了顶峰。杭穉英还组建了工作室“穉英画室”，以工业生产的方式流水作业，大获成功。

新中国成立后，老一辈的月份牌画家延续擦笔水彩年画的技法，不过题材有了创新，增加了不少反映社会主义建设的内容。

20年代60年代，出现了年历片，笔者目前查到的最早的年历片是1963年印制的仪仗粉色年历片，卡片中的松枝上挂着两个大红灯笼，左上角一个半圆形的红色线框内有“一九六三”的字样，下面偏左位置有繁体的“恭贺新禧”四个字，右下角有“敬贺”二字，下面居中位置有食品厂的名称和地址。

20世纪70年代是年历片盛行的时期。年历片一般成套发行，题材丰富，有山水风光、影视明星、花草、名胜古迹、艺术品等，既能查看日期，又有欣赏和收藏的价值。普通年历片一般用硬一点的纸印刷，塑封，价格一两分钱一张，不过也有高档精美的，会有烫金或凹凸印制的工艺，价格也会相对高一些。

每到年末，精美的年历片便成为送人的最佳礼品，那个年代还流行写信，如果在寄给朋友的信里附上一两张年历片，那一定是不一般的友谊。不同于年画、挂历只能放在家里，年历片可以随身携带，一般会放在皮夹子里，也可以放在相册里。

20世纪70年代末到80年代初年历片逐渐淡出人们的视野，后来就被挂历和台历所取代。

文化意义

年历片可以用来看日期，也可以作为礼物送人，还可以作为艺术品进行欣赏和收藏。

年历片能够反映时代特色。1972 年版的《红色娘子军》年历片背面上方有“伟大领袖毛主席生日，一八九三年十二月二十六日”的小字。印有《白毛女》剧照的年历片背面右上角有“12 月 26 日是伟大领袖毛主席生日（1893）”的字样，左下角有“文艺为工农兵服务”的字样。这些文字和图案凸显了时代特色，为研究那一段历史提供了宝贵资料。

还有一些年历片起到广告宣传的作用。如由中国化工进出口公司上海市分公司印制的 1972 年版《上海绒绣》年历片，背面的一角就印了中英文对照的“宝塔牌油墨”广告。轻工业部服装标准组 1978 年的年历片上有推广服装的宣传语：“号型科学，规格多样。降低成本，提高质量。发展成衣，节约用布。方便群众，繁荣市场。”

《繁花似锦》年历片的画面上有鲜花、海港码头、海上油井、炼油厂等，这是 1977 年的年历片，反映了人们渴望实现四个现代化的美好愿望。

年历片虽已淡出人们的视野，但依然留有岁月的痕迹，见证了一段历史，记录了一个时代的特色。

五彩缤纷的年历片

郑自华

20世纪70年代初到80年代初，这十年左右的时间里，人们手里流传了不少年历片。所谓年历片，是一种正面印有图案、反面印有年历的画片。年历片的形状有正方形、长方形、菱形，图案有山水、宠物、仕女、民族娃娃、花卉、水果、明星等。我藏有100多张年历片，仔细研究这些年历片，回忆起不少有趣的往事。

我有一张1973年的年历片，画面是两只可爱的大熊猫，一只在吃竹子，一只在戏竹子，远处是一片竹林。按照现在的说法，这两只熊猫萌萌的，可爱极了！

这是我收藏的年份最早的年历片。1973年，正是美国总统尼克松访华后的第二年，中国政府送给美国两只大熊猫，因此在世界上掀起了熊猫热。我有个朋友正好有这张年历片，我好生羡慕，无论怎么“威逼利诱”，朋友就是不肯割爱。一直到了第二年，即1974年，我花了一角钱向他买来。

一角钱在今天实在算不了什么，可能掉在地上都不一定有人会弯腰捡拾，可在那“36元万岁”的年代，一角钱也算得上是“巨款”了，因为当时买一张最新的年历片也只不过几分钱。

那时，年轻而又朝气的我正好在学习

年历片

画画，由于可供学画的素材太少，一见到这张年历片就爱不释手。我在熊猫上画上了宫字格，然后按图放大。由于我是三天打鱼，两天晒网，不肯吃苦，自然学画没有成功，但这张年历片见证了那段历史。

年历片的发展有一定的流行趋势，在年历片盛行的十年里，前五年的内容比较单调，后五年则比较丰富。

早期的年历片没有出版单位的名称，这也是那个时代的特点。后来开始出现了企业名称，这些企业大部分是进出口公司。我有一套 1978 年的年历片，很能说明问题。

这是四张一套的轻工业部服装标准组的年历片，内容是“推行中国服装号型（成年）”，其宣传语为：“号型科学，规格多样。降低成本，提高质量。发展成衣，节约用布。方便群众，繁荣市场。”在正面有四件衣服图案，其中三件为男式的中山装、军便装，而女装只有一件裙子。在 1978 年这个特殊的年份，人们仍然将新潮一点儿的衣服看作“奇装异服”。因此，年历片上的衣服自然还是中规中矩的。

在我收藏的年历片中，最早刊登广告的是 1976 年杭州第二中药厂出品的年历片，印有该厂的几款产品名称。我还有两张四方连，折叠起来是一张，打开就是四张，这实在是很独特的，那是西泠印社 1981 年的年历片，背面是上海纺织厂的名牌产品介绍。此外还有上海绒布厂、上海第一羊毛衫厂、上海针织九厂、上海第五印绸厂、上海第六毛纺织厂、上海第二十二棉纺厂、上海丝绒染整厂和上海第七印绸厂，这些厂的产品都是上海滩响当当的名牌产品，不少产品获国家、国家经委、纺织部、上海市的金质、银质、名牌奖章或者称号。

这些年历片的正面是电影演员肖像，一张是程晓英、张金铃、肖雄、张瑜和郭凯敏，另一张四方连是陈冲和刘晓庆、谢芳、姜黎黎以及《红牡丹》。那时这些演员都大红大紫，因此刊有他们图片的年历片也十分受欢迎，一时“洛阳纸贵”。这套年历片是电影院为宣传电影推出的广告产品，由于我是一家电影院的影评员，很多喜欢这些年历片的友人向我索取，尽管近水楼台先得月，还是不能满足朋友们渴望收藏明星年历片的需求。

随着时代的变迁，风光了十年左右的年历片渐渐淡出了人们的视野，成为收藏爱好者追逐的对象。如今，年轻人中很少有人知道年历片的存在，而这些有故事的卡片，也已经成为压箱底的珍藏。

连环画

lián huán huà

概说

连环画也叫小人书、小书、公仔书、连环图等，是由多幅画按故事情节排列组合而成的图书，且一般每幅画都有文字说明。这种图书图文并茂，通俗易懂，题材广泛，内容多样，艺术形式有线描、素描、水彩、木刻等，是过去一种常见的通俗读物。

历史

连环画的历史非常悠久，世界上早期的连环画可以追溯到公元前 15 世纪，如埃及的雕刻《名王功迹》、绘画《死者之书》等。中国的连环画可以追溯到战国时期的铜器画。1935 年在河南汲县（今卫辉市）山彪镇出土战国文物水陆攻战纹铜鉴，铜鉴外壁装饰有三层水陆攻战纹图案，200 多个人物，画面内容非常丰富，有格斗、射杀、划船、击鼓、犒赏、送别等各种战斗和生活的情景，人物形象十分生动，这是一组具有复杂情节的叙事画。故宫博物院收藏的战国青铜器宴乐渔猎攻战纹图壶，壶上布满图案，内容十分丰富，有激烈的城头攻战、舟师战斗，还有烹调、舞蹈、音乐演奏，以及举行庆赏酒宴等情景，此外还有弋射狩猎一类既是生产又是练兵的活动，以及采桑、习射的情节，广泛地表现了前方和后方、平时和战时的密切联系。这些都是萌芽时期的连环画形式。

汉朝已初步具备连环画的形式。如马王堆汉墓出土的漆棺上有用多幅图连续描绘的"土伯吃蛇""羊骑飞鹤"的故事。"土伯吃蛇"由四个部分组成：第一部分是一只鹫低头寻找食物，第二部分是鹫发现了一条蛇，第三部分是鹫将蛇衔起喂给土伯——一个兽首、张口而立的人，第四部分是土伯将蛇吃下。"羊骑飞鹤"包含三个部分：第一部分是鹤嘴中叼着一根绑有羊的绳子，第二部分是羊和鹤左右拉锯呈斗争状，第三部分是羊骑在了鹤的身上。这些画栩栩如生，且有一定的连续性，可以看作连环画的雏形。

东汉时，连续性图画中出现了简短的文字说明，题材既有神话故事，也有历史故事。

魏晋时期，具有连续性质

的图画开始增多，这时的壁画和卷轴画已具有连环画的特点。如莫高窟敦煌壁画中有北魏壁画《九色鹿本生》《割肉贸鸽图》等佛教相关的故事。东晋顾恺之的《洛神赋图卷》描述了曹植渡洛水时与洛水神女相恋，后因人神路隔而无奈分离的凄美故事。《女史箴图卷》原有十二段，现仅存九段，主要是描绘女范事迹，具有一定的说教性质。这些画上的人物形象连续出现，能够形成故事情节，人物旁边还配有简单的文字说明，已接近后来的连环画。

隋唐时期，图画的幅数增加，故事的连续性更强。隋唐时期佛教盛行，以佛教人物和故事为题材的连环画较多，敦煌壁画便是典型代表，如《法华经变》和《悉达太子本生》。唐朝经济繁荣，还有用绢幡等形式来传播佛教的，这些长条状的细绢上绘有图画和文字说明，制作也更加精良。这时，民间还出现了一种一段文字配一幅画的通俗说唱故事底本，叫作“变文”。这一时期连环画的题材主要为佛经故事和民间传说等。

宋朝之后，随着雕版印刷的发展，木刻书大量出现，连环画也从画像石、壁画向写本、图书发展。南宋佛经《佛国禅师文殊指南图赞》包含五十余幅连续图画，图文印制精美且样式统一，图画在左，文字说明在右，图下方是诗。木刻书中出现连续的插图，不但能够生动地诠释书的内容，还能增加书的美观度。宋嘉祐年间刊刻的《列女传》便有多幅故事插图，这说明连环画发展到宋朝，图文并存的样式已经比较常见，连环画的形式也大致定型。这时的连环画，人物传记是常见的题材。

到明朝时，连环画的题材、内容、版式都有了进一步的发展，如《孔子圣迹图》详细描述了孔子的一生；《制陶图》《农耕图》则记录了具体的操作步骤和文字说明，这对百姓掌握手工业知识、农业知识具有重要作用。

明清时期，线描的插图大量出现，章回小说中卷头只画书中人物的，称为“绣像”，画每一回故事的称为“全图”。如《绣像隋唐演义》，第一幅图上画有秦叔宝、尉迟恭、伍云召和魏文通，第二幅图上画有雄阔海、罗成和辛文礼，第三幅图上画有宇文成都、李元霸和裴元庆，第四幅图上画有杨林、武天锡、刘黑闼和尚司徒，每一幅都是完整的画。此外，还有《绣像东周列国志》《增评补像全图金玉源》《水浒》等。

清朝中期的连环画有石刻、木刻、笔画三种形式。清末随着石印技术从西方传入，出现了石印连环画。光绪二十五年（1899年），上海文艺书局石印出版了《三国志演义》全图，这是第一部用连环画的形式来表现文学原著内容的作品，书中共有二百多幅图。

民国时期是连环画迅速发展的时期。这时连环画在北方多被称为小人书，在南方被称为公仔书、伢伢书等，出版的连环画主要有《西游记》《水浒》《三国演义》《封神榜》《岳传》等。

20世纪三四十年代，出现了另一种形式的连环画——连环漫画。如张乐平的《三毛流浪记》、丰子恺的《阿Q正传》、江栋良的《杨乃武与小白菜》等，这些作品多发表在报纸上，具有一定的思想性、艺术性、现实性。鲁迅先生也十分推崇连环画，曾希望青年画家努力创作新连环画，多为儿童创作好画本，他也曾为出版连环画到处奔波。

20世纪50年代以后，提倡艺术要为广大工农兵服务，政府对连环画的出版单位进行了重组，这期间的连环画作品呈现出有计划和有规模地进行选题、编绘和出版的特点。如《铁道游击队》，1955年出版第一册，1962年出齐，此后这套书不断再版，印数达到三千多万册。1966年以后，连环画的创作基本处于停滞状态。后来“为解决下一代的精神食粮问题”，周恩来总理批示恢复连环画的出版，这时出版的主要是样板戏连环画。

改革开放后，连环画的创作和出版迎来了繁荣期。这时期的连环画题材更加广泛，还出现了各国文学作品改编的连环画。80年代，有时一年出版连环画作品就达两千多种。90 年代以后，连环画逐渐失去了往日的光彩，开始走向衰落。

类型

连环画集绘画艺术和文学艺术于一体，从绘画艺术来说，线描、素描、水彩、木刻、漫画、水粉、水墨、油彩、摄影等均可成为连环画的绘画创作手法。

线描是我国连环画创作的主要技法，传承自明清时期的小说绣像。这种画法线条流畅、清晰，画面黑白分明，代表作品有《山乡巨变》《朝阳沟》《白求恩在中国》《棠棣之花》《蔡文姬》《杨家将》等。

水墨连环画是用水和墨作画，以墨色的焦、浓、重、淡、清产生的丰富变化来表现画面，代表作品有《十五贯》《秋瑾》《日出之前》等。

木刻连环画的创作方法是把绘画的内容刻在木板上，然后用纸拓印，代表作品有《阿Q正传》《狼牙山五壮士》等。

彩绘连环画与其他形式的连环画相比，最大的特色是色彩丰富，如《西厢记》《武松打虎》《三打祝家庄》《白蛇传》等。

漫画连环画是以漫画形式创作的连环画，代表作品有《三毛流浪记》《王先生》等。

年画连环画属于年画的一种，内容取自连环画，兼具连环画的故事性、延续性和年画的吉祥与喜庆，主要形式有四条屏、八条屏，也有十二条屏。年画连环画取材广泛，主要作品有《济公》《小二黑结婚》《木兰从军》《杜十娘》《桃花扇》《牛郎织女》等。

文化意义

作为一种古老的传统艺术，连环画是中华优秀传统文化的重要组成部分，影响了一代又一代人。正如曹禺所说：“连环画是一位美丽天然的使者。她翩翩然地招着手，引着孩子们、青年们与所有的人们跟在她身后，迈进一座座殿堂的大门。”

连环画主要是根据文学故事、历史故事和社会故事等改编而成，通过阅读连环画，可以增长知识，了解历史，培养对艺术的欣赏力，树立正确的人生观和价值观等。因此，连环画具有重要的教育意义。

连环画也是时代的产物，能够反映一定的社会风貌。如隋唐时期多以宗教人物和故事为主要题材，明清时期又出现了较多的小说绣像和戏曲改编的连环画。20 世纪三四十年代的连环画，有的反映了旧社会底层人民生活的艰辛，有的讽刺统治阶级对人民的压迫和剥削。20 世纪六七十年代的连环画反映了“艺术要为广大工农兵服务”的特点。

20 世纪 80 年代及以前出生的人对连环画都有深刻的印象和记忆。那时候娱乐方式单一，没有手机、电视等，学习资源也比较少，很多家庭是没有几本书的，能够看到一套连环画是莫大的精神享受。因此，连环画当年是不少人的启蒙读物，也是人们的精神食粮。

小人书，不能忘怀的记忆

李秋生

如今小人书很火，特别是几十年前的小人书极具收藏价值，且有“很大的升值空间”。

从前我也有满满一箱子的小人书。

“小人书”，即连环画，也叫小画书，是一种将故事情节用连续的图画配以文字描述表现的图书，64 开大小，在 20 世纪七八十年代广为流行。它的画，多为绘画名家或美院学生创作，水平很高；它的文字，简洁明了，通俗易懂。所以，图文并茂、形象生动的小人书很受孩子们的喜爱。当然，那时可读的书少，电视少，又没有网络，这也是小人书被孩子们所喜爱的重要原因。在小人书的陪伴下，孩子们度过了童年及少年时期那段美好的时光。

通常，一本小人书贵的不过三五角钱，便宜的只有几分钱。可是在那个一分钱也要掰成两半用的年代里，能买一本小人书实在不是件容易的事！钱是需要一分一分地攒起来的。家里的抽屉柜子不知被翻过了多少遍，偶尔寻到一分两分钱，都会兴奋异常，因为又向梦想实现靠近了一步。那时家里确实是一分闲钱也没有，油盐酱醋一样样都等钱用。没办法，便动脑筋：生产队的场院里、田野里的机井旁，所有的破铜烂铁都统统被我们敏锐地搜索来，然后拿到供销社换成了钱；夏秋里，就去坡上割青草，一捆捆地卖给生产队或过路的马车夫，换几角钱；特别是知了龟出土的时候，天蒙蒙亮便起身蹚着露水翻沟越岭去捡拾蝉蜕，洗净晒干后卖给县里的药材收购站……

一分一分，一角一角……估摸着攒得差不多够买一本小人书了，几个要好的伙伴便约定时间直奔县城。从家去县城不远，五里来路，沿柏油路东边的辅路一直往南走就到了。县城很小，从东到西只有一条大街，新华书店就在大街中段的路南侧，那也是我们去县城的唯一的目的地。顺大街往东走，远远地望见新华书店那三间蓝砖瓦房，心便激动地咚咚跳个不停。那时书店里不兴开放式货架，东西一溜儿玻璃柜台，到西头再拐向北墙。柜台里梯田一样一层层摆放着各种图书。我们就蹲在柜台前，从东头挪到西头，再从西头挪到东头，一排排、一本本地端详、揣摩、比较着，一待就是小半天。待认准了要买的书，便怯生生地向售货员询问价格。钱够的，就麻利地交钱买下；钱不够的，只好怏怏地掉头，重新蹲下继续找合适的书去。当小心翼翼地从售货员手里接过盖着红戳的小人书时，就如同接过了一件梦寐以求的珍宝，捧在手里，走出店门，小人书的墨香直往鼻子里钻。心里那个甜哪，简直像吃了蜜一样。

回到家，小人书是看了一遍又一遍。白天看，晚上看；吃饭看，上厕所也看；上学装在书包里，睡觉就放在枕头边……爱不释手。整个人都沉浸在小人书所描绘的新奇世界里，久久不能自拔。

一次，父亲带我去城里，问我喜欢什么，我脱口而出："小人书。"于是便到书店千挑万选，买了一本《一块银元》。拿在手里，那种感觉是什么好吃好穿的都不能比拟的。还有一次舅舅领我去逛街，走到书店门口我就走不动了。舅舅没法，只得和我进了书店。一进门，我一眼便看上了现代京剧《杜鹃山》剧照。那是厚厚的一本，定价三角五分。那时舅舅还小，也没有钱，很是不舍得。但我拗着不走，他只得心疼地给我买下了。现在每每想起此事，当时舅舅为难的神情依然浮现在眼前，因而便常常为自己的年幼无知而羞愧。

也许是英雄崇拜，小孩子看小人书最喜欢战斗的、捉特务的、忆苦思甜斗地主的类型，因此挑选小人书时意图很明确，只要是“打仗的”就行。一次去书店买小人书，看来看去，发现一本叫《英雄的南堡人》。一见“英雄”二字，眼前一亮，心中便浮现出激烈战斗的情景……于是不假思索，果断掏钱买下了。接过书，迫不及待地翻开来，却发现完全没有“打仗”的内容，而是讲述南堡村党支部书记带领村民学大寨、战洪水、造梯田、粮食大丰收的故事，心里便有些失落。好在里面插叙一段村支书回忆旧社会地主怎样欺压穷人、穷人怎样背井离乡逃荒要饭的事，也算聊以自慰了。

就这样，钱一分一分地攒、书一本一本地买，几年工夫，居然攒了满满一箱子书。这一箱子来之不易的书，自然也就成了我最宝贵的财富，倍加爱惜，不忍损坏，更不舍得与人。偶尔有人借去看，总是牵肠挂肚，急切地盼望归还。为防意外，还模仿别人在每本小人书的扉页上写上“有借有还，再借不难”的提示语。（有一次，就曾经从同桌书包里将借我的长期不还的小人书偷偷拿回……）平日里，小人书一本本整齐地摆放在箱子里，一有空闲，便搬出来倒在炕头上，摊开来，不厌其烦地翻弄着、欣赏着，仿佛置身于一个五彩缤纷的世界里，心中自有一种说不出的满足感。

1976年夏天唐山地震发生后，人心惶惶，父亲在院子里用塑料布搭了一个“防震棚”。晚上，奶奶就带着我们兄弟三个睡在里面。我也把盛书的箱子搬进棚子里，兄弟三个就伴着棚外滂沱的大雨，借着棚内微弱的灯光翻看着、争论着、想象着，思绪飞得很远很远……

那时，听说谁家有新买的小人书，谁家就门庭若市。孩子们饭也顾不上吃，蜂拥而至，想要先睹为快。如果谁家小人书最多，

小人书

谁自然就像富翁一般趾高气扬，颐指气使，颇得小伙伴们拥戴。那些书少或没书的孩子就整天围着他，众星捧月，甜言蜜语，甚至不惜以物贿赂，以求能多借几本来看……富翁的感觉简直妙不可言！

互相交换阅览，既省钱又能看到更多的小人书，可谓双赢之计，也让小人书能发挥更大的价值。你一本换我一本，我两本换你两本；限定时间，及时归还；提出要求，不得损坏。来来往往之间，有着无限的乐趣。记得由高尔基的三部曲改编的小人书《童年》《在人间》《我的大学》，就是与家住村东南角的司建国交换后读到的，也算是我阅读世界名著的启蒙图书。

受时代的局限，那时的小人书虽然在选材上单调、偏颇，甚至错误，但对于那些懵懂无知又渴望认识世界的孩子来说不啻一把把钥匙。这些钥匙既打开了丰富多彩的世界之门，也打开了他们稚嫩闭塞的心灵之门。那一帧帧画面、一个个故事，连同所要讲述的道理，都深深烙印在孩子们的心里。几十年过去了，现在想来依然记忆犹新：《一块银元》里那个被灌水银殉葬的“姐姐”是那样的可怜，地主恶霸是那样的凶残、毫无人性；《带响的弓箭》里那个机智勇敢的少年，只身擒获特务，令人敬佩，也使人懂得国家并不安宁，一切反动派亡我之心不死，需提高警惕；《小号手》（我的第一本彩色书）里那个红军小战士不屈不挠，聪明灵活，成功地完成了战斗任务；《九号公路大捷》则让我知道了国门之外有三个叫越南、老挝、柬埔寨的国家，那里的人民正在纷飞的战火中浴血奋战……许许多多，在一幅幅画面萦回脑海间，慢慢懂得什么是好人，什么是坏人；什么事该做，什么事不该做；什么是勇敢、正义，什么是凶残、罪恶……

后来我喜欢阅读，做语文老师，还能写一点儿东西，都与当年看小人书的经历分不开。可以说，小人书给了我最初的文学启蒙，并影响了我的一生。因此，我要真诚地谢谢那些年读过的小人书！

1978 年我上高中后，那一箱小人书自然成了弟弟们的宝贝；弟弟们长大后，它们又被母亲送给了大姨家的小表弟。

而今，过去那种简单、朴素、黑白印刷的小人书已经很少见了，且正成为收藏家们的新宠儿。走进书店，供孩子们阅读的图书可谓琳琅满目，令人眼花缭乱。上好的纸张、精美的印刷、华丽的包装，动辄几十上百元。而国内外各种新潮的卡通图书，神魔妖兽、另类的语言、离奇的情节，直教人晕晕的不知所云，而孩子们却看得津津有味，神魂颠倒……

小人书，一个时代的产物，也必将成为那个时代永久的记忆！

小人书

沈出云

小时候，我与哥哥像其他男孩一样也很贪玩。那时，我们最喜欢的是集香烟纸，并把它们折成三角形，每只三角因香烟牌子不同而有迥异的“身价”，每人在拳头里放上若干张，然后摊开，看谁手里的三角价最高，就由谁第一个摔，第一个用手拍地，让手触地时扇起的风把三角吹翻，吹翻了就归自己，这就是非常有趣的“来三角”。每种香烟纸的定价有一套不成文的规矩，如红“牡丹”是一千，“孙悟空”是一千二，绿“双叶”和黄“凤凰”是一千五，等等。我们“来三角”时要么不来，一来就忘了吃饭，那种精力高度集中的劲儿，不知从何而来。我们不仅白天来，而且晚上也来，直到后来有人把仓库前的路灯摘除，我们才只好在白天来了。

除了集香烟纸，我们还喜欢集各种各样的糖纸。“来糖纸”与“来三角”差不多，只不过不比大小，而是用手把一只糖纸压在墙上，然后迅速把手拿开，这时看谁的糖纸飘得最远，就由谁第一个用手扇（手不用触地，只在空中挥过），把糖纸翻个个儿，就算自己赢了。这也很有趣，我们乐此不疲。

还有一项有趣的活动是“打丁子”。吃好晚饭，我们全村二十来个男女孩子在晒谷场上集中，按大小分成两组，然后两组比赛看哪一组赢。所谓的“打丁子”，就是把左腿架在右腿上，一手或两手拿着架起的脚，然后靠右脚跳着前进，互相用左腿的膝盖撞击，谁架起的脚先着地，谁就输了。在全村的小朋友中，我和哥哥、建强三人最厉害，分组的时候，总是你抢我夺的对象。有时，一来劲，我们会一直打到深更半夜才回家。那时无忧无虑的生活是多么令人神往啊，可是却一去不复返。

在诸多游戏玩乐中，我和哥哥最喜欢看小人书。小人书就是小孩看的书，就是连环画。

哥哥小时候没上幼儿园，从我这一届村中开始办幼儿园。幼儿园就在自己的村上，离我家很近，幼儿园里有许多许多的小人书。小人书是可以借的，在幼儿园的小朋友中，我是借得最多的一个，哥哥看小人书是沾了我的光。夏天的时候，老师叫大家一起在菱桶中洗澡，我很怕羞，闹脾气，被老师批评了。我很委屈地回到家里，不想再上学了，夜里看着夜空眨眼的星星，我又想到了令我着迷的小人书，第二天我又毅然去上学了。

上小学后，识了字，我更加喜欢看小人书了。识字后，就不再像以前一样只看图画、不看字，一本书囫囵吞枣地看完。那时候，小人书很少，自己又没钱买，所以只有向要好的同学借。如果借不到，我会难过好几天，直到把那本小人书借到为止。

每年过年，我和哥哥都有几角压岁钱，大部分都是用来交学费的，但有时，也有少部分留着自己用，我和哥哥就积攒下来，再加上有时向外婆要来的少得可怜的零花钱，看到好的小人书就非买下来不可。那时，我和哥哥最爱看的是成套的《三国演义》《水浒传》《铁道游击队》《红楼梦》等。记得有一次，在外婆家，我缠着“麻子阿爹”（外婆的第二个丈夫）第二天早晨带我一起去八里店。麻子阿爹年纪大，走不快，加上要背十几斤的螺蛳去卖，所以半夜就得起床动身。我嚷着要去，麻子阿爹没办法，只得带着我上路。我不是真的要去八里店街上玩，而是想叫阿爹买一本好看的小人书，假如我不去，他只会给我买烧饼油条什么的，他

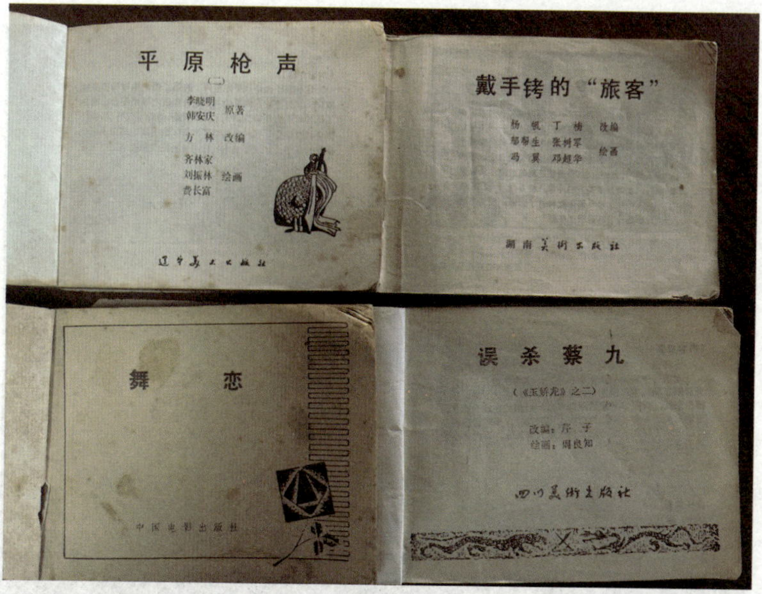

小人书（一）

每次上街都买这些给我们吃。到八里店时，天刚蒙蒙亮，卖完螺蛳后，我讨了五角钱，在那儿买了本《三打祝家庄》。虽然走了半夜的黑路，很累，但当我拿到这本心爱的小人书时，心里热乎乎的，仿佛拿着的不是小人书，而是温暖的阳光。

后来，哥哥和我相继走出看小人书的年龄，开始捧起一本本没有图画的大书。可惜的是，那时农村根本没有什么真正的大书可看。在我读五年级时，哥哥借了一本《陈十四传奇》，我废寝忘食地看，被里面的离奇故事深深地吸引住了。陈十四和蛇精英勇顽强的打斗故事，直到今天我还记忆犹新，好几次还讲给我的同学和学生们听。在师范学校的毕业留念册上，有人就写下过这样的话："何时再听到你说'唐朝末年，天下大乱……'的故事？"同年看的第二本书是《封神榜》，这本书是繁体字，而且是竖着从右到左地看，我看不大懂，只记得个模糊的梗概，是讲周武王起兵伐纣的故事。

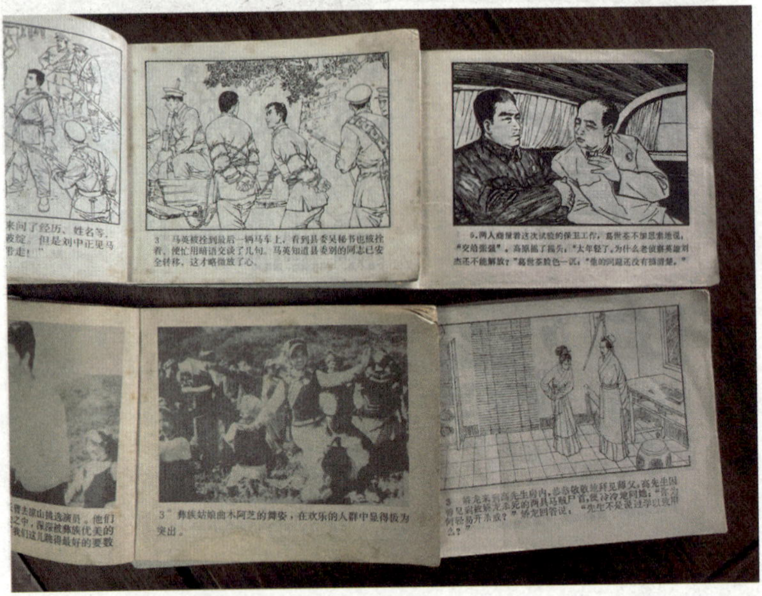

小人书（二）

记忆中，除了这两本大书，再也没什么其他的书了。

我喜欢看书，大概是小时候爱看小人书的功劳吧。直到今天，我知道的许多有关四大名著的故事，都来自小时候看的小人书，而不是原著。在生产力发展、经济稍富裕的今天，我希望年轻的家长们，少给自己的孩子买零食，而多多地买漫画书让孩子看看，对孩子的健康成长是非常有益的。可惜的是，如今早已没有了小人书，我在旧货市场看到，小人书竟成了一部分收藏爱好者的收藏品。小人书也能成为收藏品，这是我没有料到的。我家的许多小人书，一直保存得很好，我将它们锁在五斗橱最下面的一只抽屉里。只是后来，我的舅舅把锁敲了，他也喜欢看我们的小人书，再后来因没有及时收管好，被舅舅的儿子弄丢了好多本。

再次在书店里看到小人书时，小人书的价格已不是我小时候那样便宜了，成了按套出售的价格昂贵的书。这样的“小人书”，我想更多的是冲着收藏来的吧，就像书店里的礼品书一样，买的人是不看的，是用来送人的，而收礼品的人，多是用来装装门面罢了。这样的书，其实已经脱离了真正意义上的书，徒有书的外表而已。

虽然时光不能倒流，我也不会再去看小人书，但小人书给我的美好回忆却是我永生难忘的。

大哥大

dà gē dà

概说

『大哥大』，手提电话的俗称，也被称为『砖头手机』。『大哥大』是1973年美国摩托罗拉公司的工程师马丁·库帕发明的，其外形厚重，像一块砖头，重量超过一斤。虽然使用不方便，但作为一种新兴的即时通信工具，它出现在中国市场的时候，曾引起不小的轰动。不过『大哥大』只流行了很短一段时间，就被更轻便的手机取代了。

历史

“大哥大”是一种可以移动使用的电话，其名称的产生据说与“黑社会”有关。著名语言学家周有光先生在谈到“大哥大”时曾指出：“1993 年首都北京举行十大流行语的评选，这个词高居排行榜的第四位。其实，它的出身很粗俗。据说，黑社会叫小头头为‘大哥’，叫大龙头为‘大哥大’，‘大哥大’很神气。于是，有人就把这黑社会大龙头的称号代为通讯工具的名称了。其实它们之间风马牛不相及。所以，与此同时的新加坡华语社会，就没有人使用它。如今时间已经过去十几年，这个‘大哥大’也在汉语的交际和人们的自行鉴别中渐匿其迹，代之而用的则是‘移动电话’和‘手机’这两个名副其实又雅俗各宜的专用词语了。”

早在 20 世纪 40 年代，美国贝尔实验室就发明了第一部“移动电话”。由于这部电话个头太大，并不实用，只能被搁置在实验室的架子上。

真正意义上的移动电话是美国摩托罗拉公司的工程师马丁·库帕发明的，这是世界上第一部手机。它的诞生意味着一个新时代的开始。“大哥大”进入中国市场是在 1987 年，当时广东为了实现与香港、澳门移动通信接轨，率先开通了全国第一个移动通信网。“大哥大”只能用来打电话，没有其他的功能，且通话质量不稳定，时常要对着话筒大声喊。“大哥大”虽然个头不小，但电池蓄电量较少，充满电只能打三十分钟的电话。虽然有这么多不足，“大哥大”进入中国后，一度很畅销，有时候有钱也不一定能买到，一般公开价格在 2 万元左右，有的甚至高达 5 万元。这一方面是因为它确实为人们的信息沟通和社会交往提供了方便，另一方面则是因为人们的虚荣、攀比心理在作祟，在那时，出门拿着“大哥大”成为一种身份的象征。

“大哥大”在我国兴起后，最初完全靠进口。1990年，杭州通信设备厂引进世界上技术领先的蜂窝移动通信设备制造厂家摩托罗拉公司的技术生产“大哥大”。我国在1991年结束了完全依赖进口的被动局面。

“大哥大”更新换代的速度非常快，最明显的变化是个头变小，功能增多。1993年，我国第一个数字移动电话GSM网开通，技术更新，通话质量提高，让以模拟通信为代表的“大哥大”失去了市场上的“大哥”地位，销量急剧下降。20世纪90年代后期，“大哥大”已基本被市场淘汰。

文化意义

“大哥大”的出现改变了人们的通信方式，中国此后进入移动通信时代，人们的即时沟通与交流变得便捷，我国的通信事业得到迅速发展。“大哥大”存在的时间较短，如今已经成为一些人记忆中的老物件，但它是一个时代的标识，见证了时代的发展。

两毛换一万，『大哥大』显神威

郑自华

1993年春天，一个阳光明媚的日子，我到四川北路上的电信局办事，看见有不少人正在填表格。“朋友，啥事情啦？介闹忙？”我好奇地向人打听。

一个脖子上戴着小手指粗的金项链的男人转过身来：“是大哥大呀。填信息卡……”“朋友，信息卡到什么地方去买？”“就凭侬？”“金项链”俯视着我，口气中透着不屑：“省省，这辈子……”吾等一介布衣，每月几百元的工资怎伺候得起这价值好几万的“大哥大”？不过，最终我还是花两角钱填了信息卡，倒不是为了赌气，而是出于对新鲜事物的一贯热衷。回到家就把这事忘了。

日子这么一天天过去了，直至8月18日，一封寄自北苏州路长途电信局营业三室的购机通知（我至今还保留着）唤起了我的记忆，通知写道：“根据手持机到货情况，可提供您选用NEC P4手持机，由于数量有限，选完为止。……不办选机的用户不必前来，机型将由局方指定。”通知的右上角写着我的登记号：34847。反应一向迟钝的我，这时才知道，这段日子社会上掀起了“大哥大”热。信息卡变得犹如股票认购证一般炙手可热，经人帮忙，一个做生意的朋友愿以一万元的价格换我的信息卡。用两角钱换得一万元，在今天看来简直是天方夜谭。

转盘电话机与手提电话（“大哥大”）（安徽博物院）

那天，我和那位做生意的朋友一起排在成都北路 277 号门口，弯弯曲曲的队伍，在等待着进入那扇神秘的大门，还有更多的人，以羡慕的眼光望着我们。在他们看来，我们这些幸运儿成了上海滩第一批“大哥大”用户。

待购机、过户手续办妥后，当我抖抖豁豁地从朋友手中接过厚厚十刀“大团结”时，说句实话，心中的惴惴不安远远超过了激动和兴奋。于是，我立刻捂紧背包，逃也似的赶回了家。晚上，早早安排女儿睡觉，拉紧了窗帘，然后把包中的钱一股脑儿倒在床上。夫妻俩折腾了大半夜，才勉勉强强把一万元钱点清。

这一说就二三十年过去了。作为上海最早的手机用户，我曾拥有的第一部手机仅仅在我的手上转了一下，我只不过当了这部手机几秒钟的主人。坦率地说，我当时在心里跟 NEC P4 手机永远地说再见了，因为我不知道这辈子能否还有机会真正拥有属于自己的手机。现在手机不再是奢侈品，它早已变成普通老百姓的通信工具。我们这个四代同堂、共二十口人的大家族，用过的手机累计数已无法统计，连我那老母亲都换过几部手机了。

二三十年的时间，手机的变化之大，没有亲身经历，难以深刻体会。

伍

渐行渐远的老物件

瓦

wǎ

概说

瓦，铺屋顶用的建筑材料，一般用黏土做成的坯烧成，也有以水泥为材料的，形状有拱形、半个圆筒形或平片状等。《说文解字》：『瓦，土器已烧之总名。』段玉裁注曰：『凡土器未烧之素皆谓之坯，已烧皆谓之瓦。』『瓦』是个象形字，其篆文『[illegible]』像上下相邻的瓦片相扣之形，中间是瓦片凸出的部位。《正字通》：『瓦以覆屋蔽风雨，四周皆方，中间隆起似龟壳。』

历史

瓦的历史悠久，具体产生于何时，暂无明确记载。在一些文献中有昆吾氏、夏桀、神农等作瓦的记载，如《古史考》：“夏世，昆吾氏作屋瓦。”《史记·龟策传》：“桀为瓦室。”《本草纲目》中有“夏桀始以泥坯烧作瓦”的记载。《博物志》：“桀汉，作瓦。”《周书》：“神农作瓦器。”这些记载说明夏朝已开始有瓦，但尚未发现出土的实物。目前出土的瓦最早出现在西周早期的宫殿遗址，这时出现了弧形瓦。到西周中期就出现了筒瓦、版瓦、瓦当。如陕西扶风召陈遗址中已发现了较多的瓦，有的屋顶甚至全部用瓦铺就，还出现了半瓦当。这时期的瓦当有素面瓦当和有纹饰的瓦当两种，纹饰主要是沿用青铜器上的重环纹饰，此外也有兽面纹、饕餮纹、树木纹等，这些纹饰到战国、秦汉时仍在使用。

春秋战国时期，瓦的制作技艺和使用都进一步发展。《晏子春秋》记载，齐景公时的宫殿“皆雕文刻镂之观”“文绣被台榭”，可见其豪华。从齐国都城临淄挖掘出土的瓦当多为半圆形，图案有树木、动物、人物等，还有几何图案纹饰。战国时期生产技术发展迅速，各诸侯国的宫室基本都使用瓦，还出现了屋脊的装饰构件。这一时期的瓦一般不是特别规整，动物图案多是生活中常见的鹿、鸟之类，主要采用浮雕手法，显示出那个时代朴实、雄浑的风格。

秦汉时期，瓦的制作技艺达到了鼎盛，后世有“秦砖汉瓦”之谓。这时瓦的制作技术进一步发展，烧制出来的瓦质地坚硬，呈青灰色，且用瓦榫头取代了瓦钉和瓦鼻，使得瓦与瓦之间的连接更贴合。

秦朝存在时间较短，瓦当的图案、纹饰没有太大的发展，主要还是动物纹饰，图案以描述日常生活或狩猎场景为主。

汉朝时，社会大一统，农业、手工业稳步发展，经济繁荣，文化也获得相当发展。瓦当纹饰在延续之前纹饰的基础上，文字纹饰迅速发展，这成为汉朝瓦当纹饰的一大创举。瓦当上多为吉祥文字，如“长乐未央”“长生吉利”“千秋万岁”“羽阳千岁”等，还有标示宫殿、官署、祠墓、仓庾、姓氏等名称的文字，如“上林”“成山”“都司空瓦”“披香殿当”“神灵冢当”等。这些瓦当上的文字多用篆书或缪篆书写，姿态各异，“随体诘诎，盘曲纠绕”，具有很高的艺术价值，成为后世研究汉朝书法的重要资料。

汉朝瓦当的纹饰上出现了云纹，云纹从战国时期的葵纹演化而来。此类纹饰的瓦用于建筑屋顶，寓意祥云缭绕，表达了对美好生活的希冀。汉朝瓦当图案中，动物纹样占据了重要位置，其中又以四方之神青龙、白虎、朱雀、玄武最为突出，惟妙惟肖，栩栩如生，具有较高的艺术价值和欣赏价值。汉朝瓦当结合了文字、纹饰、图案，画面美观，寓意丰富。

魏晋南北朝时期，随着经济的发展，瓦当开始在民间广泛使用。如《宋书·后妃传》记载，南朝宋明帝刘彧的贵妃陈妙登入宫前家中非常贫穷，乃“屠家女”。当时宋孝武帝刘骏常派人到民间搜访有姿色的女子，陈妙登家在建康县界，只有两三间草房。孝武帝出游，就问身边的人：“御道边那得此草屋，当由家贫。”于是“赐钱三万，令起瓦屋”。就是说孝武帝看到官道旁边有草房，认为家中贫穷，就赐给三万钱，让他们盖瓦房。可见，当时建康城内外瓦屋较普遍，如果不是特别贫穷的人家，家里应该住得起瓦房了。

这一时期，随着佛教的盛行，瓦的纹饰发生了变化，云纹瓦上增加了锯齿纹；另一方面，云纹也在不断简化，而莲花纹、忍冬纹增多，这时的莲花纹由素瓣莲花变为复瓣莲花，周围饰以联珠纹。在高句丽遗址中，就曾出土了大量忍冬纹饰的北朝瓦当。

这一时期，还出现了琉璃瓦。

《魏书》记载，大月氏国的商人曾进京为皇帝铸造五色琉璃。后来，随着琉璃的增多，它逐渐从奢侈品变为建筑材料，琉璃瓦被大量用于宫殿等建筑的装饰。

隋唐时期，瓦的使用更加普及。《旧唐书·宋璟传》载：“广州旧俗，皆以竹茅为屋，屡有火灾。璟教人烧瓦，改造店肆，自是无复延烧之患，人皆怀惠，立颂以纪其政。”从这段文字可以看出，当时广州房子多以竹、茅为材料，常遭受火灾，宋璟教人烧瓦，此后无“延烧之患”。隋唐时，广州属于边远之地，说明这时瓦的使用地域很广。

此时瓦的种类主要有灰瓦、黑瓦、琉璃瓦。灰瓦的质量较差，一般质地粗松，普通百姓使用较多。黑瓦的质量较好，质地紧密，多用于宫殿和寺庙。如大明宫含元殿遗址出土的黑色陶瓦，有大瓦和小瓦之分。琉璃瓦质量最好，不过隋朝使用较少，因当时琉璃的制作技术失传已久。隋朝的何稠借鉴古人的做法，以绿瓷进行尝试，做出了琉璃，由此产生了“釉陶砖瓦”。到唐朝时，釉陶的烧制工艺逐渐成熟，质量不断提高，被用于宫殿建筑中，如大明宫含元殿的檐脊就用了少量的绿琉璃瓦。

宋元时期，琉璃瓦的制作技术更加成熟。《营造法式》一书就详细介绍了琉璃瓦的制造工艺。宋元时期的宫殿多用绿色琉璃瓦，如王实甫《西厢记》里有“梵王宫殿月轮高，碧琉璃瑞烟笼罩”的曲词。宋元及以后，琉璃瓦的品种不断丰富，形制也有所发展，如筒瓦、勾头瓦、滴水瓦、罗锅瓦、折腰瓦、走兽、挑角、正吻、合角吻、垂兽、戗兽、宝顶等。李诫在《营造法式·瓦作制度·结瓦》中记载：“凡结瓦至出檐，仰瓦之下小连檐之上用燕颔版，华废之下用狼牙版。其当檐所出华头甋瓦，身内用葱台钉。”

明清时期，琉璃瓦基本成为皇室用瓦。为了凸显皇家的尊贵与大气，瓦上的图纹以蟠龙纹为主。这一时期琉璃瓦的色彩更加丰富，且对色彩的使用有更加严格的要求和规定。琉璃瓦的主要色彩有黄色、青色、绿色、蓝色、黑色、桃红、孔雀蓝、葡萄紫等，其中黄色为最贵，仅用于宫殿、陵寝和最神圣的祠庙。普通民居中由于砖雕的使用，瓦的主体地位受到冲击。

随着建筑技术的发展和新材料的使用，瓦的家族成员日渐增多，如彩钢瓦、隔热瓦等，在建筑事业中发挥着作用。

形制

作为屋顶建筑材料，瓦具有悠久的历史。在长期的发展中，形成了各种材质、各种类型的瓦。从材质上来说，有陶瓦、琉璃瓦、金属瓦等；从形制上来说，有板瓦、筒瓦、滴水瓦、勾头瓦、平瓦、三曲瓦等。

陶瓦的历史最悠久，使用范围较广，直到明清时期，仍是瓦中主流。琉璃瓦兴起于魏晋，中间一度技术失传，隋唐时又开始盛行，并且出现了多种颜色。宋朝出现了金属瓦，有铸铁、黄铜、抹金三种，使用范围较小。

瓦最重要的作用是为人们遮风挡雨。随着房屋建造技术的发展，瓦也具有隔热作用，瓦片交叠铺设于斜坡屋顶时，可以产生隔热的空气间距。瓦还有一个作用，就是装饰、美化。

文化意义

瓦在长期的使用中，具有了多种文化内涵。

传统儒家思想认为：“礼有三本。天地者，生之本也；先祖者，类之本也；君师者，治之本也。……故礼上事天，下事地，尊先祖而隆君师，是礼之三本也。”古代，出于对天地、先祖的敬畏，宗庙、祭祀就显得尤为神圣。所以，一般寺庙建筑的瓦便用象征较高等级的黄色和绿色。封建社会，皇帝被称为天子，为了显示其尊贵、威严的身份地位，皇家建筑也用琉璃金瓦。建筑屋顶的等级也有严格区分，普通民居的屋顶要尽量简单，不能用斗拱或者彩色的装饰，可用青灰色的瓦。

瓦上的纹饰、图案、文字等体现了古代艺术的发展与成就。不同时代的瓦当图案及纹饰反映了不同时代的风格。如先秦时代瓦当上的图案反映出雄浑、凝重的风格；秦汉时期的图案则反映出现实主义与浪漫主义结合的风格。秦汉时期瓦当上文字的字体有小篆、鸟虫篆、隶书、真书等，这些字体用笔粗犷，布局疏密合理，因此成为研究书法、绘画、篆刻等艺术的重要资料。

瓦在古代还与女子有关，如“弄瓦之喜”是用来祝贺人家生女孩。《诗经·小雅·斯干》：“乃生女子，载寝之地。载衣之裼，载弄之瓦。”瓦可以作为纺车的零件，因此，古人会把瓦给女孩子玩，希望其将来能精通女红。

瓦在古人的诗词中也经常出现。如白居易《长恨歌》：“鸳鸯瓦冷霜华重，翡翠衾寒谁与共。”陆游《梅花绝句》：“万瓦清霜夜漏残，小舟斜月过兰干。”秦观《望海潮·秦峰苍翠》：“鸳瓦雉城，谯门画戟，蓬莱燕阁三休。”

瓦：典当的旧物

曹文生

在故乡，瓦是大词。

一片瓦，庇护着满村的人。其实，对于瓦，除了高举着现实，它还一头扎进中国的词汇里。

瓦蓝，是一种颜色。在故乡，唯有一片瓦，为生活保留着原始的情趣。瓦蓝，更是一种乡村的审美标准。瓦蓝，在屋顶构建了古朴的小镇。

在中国，瓦是女性化的。

弄瓦之喜，说的是生下女孩。瓦与女孩，有何联系？似乎看不大清楚。

但是在故乡，有一种游戏，叫抓子，确实是女孩的专利。那道具，就是一片碎了的瓦，然后磨成圆形。手是否灵巧，要看磨的碎瓦是否光滑，更要看玩这游戏的女孩是否玩得得心应手。

在故乡，这游戏，丈量着女孩的灵和巧。

其实，在天、地、人之间，也只有瓦能转承启合。

古人，讲究神的旨意。宗族的木碑，在祠堂里。一片青灰的瓦，让祖先安稳，风雨无忧。那么，瓦是泥土的孩子。它经柴火燃烧，痛苦地涅槃。

一片瓦，承载着泥土的味道和古人的习俗。人安居瓦下，才能逍遥。

在豫东平原，房子大于一切。有了房子，便有了媳妇，便有了后代。那么，砖头和瓦，是一道体力大餐。我记得，那些光膀子的男人，肌肉发达，汗滚着，不过为了一窑砖瓦。

开窑时，村庄沸腾。

一旦出现一窑琉璃瓦，主人多半心里窝着气。其实，在现在，琉璃瓦是一个高端的词，然而那时的琉璃瓦，非现在的琉璃瓦，这瓦多半是不能用的，是没成色的瓦。

我的三爷是烧瓦好手，他手里的瓦，都是有生命的。三里五村的人，都知道三爷烧的瓦，有品相，没有疙瘩。颜色好，是那种瓦蓝的。另外，他烧的瓦，盘踞屋顶，有精气神。

后来，三爷老了，不再烧瓦，可是他最惦念的不是儿孙，是一窑好瓦。

时光流逝，房子越发大气。也许，在我的故乡，瓦成了破落户。

平房的诞生，让瓦成了后娘养的孩子。一个村庄，瓦越来越少。

风起，雨来。瓦，是一条流动的河。

如果有一片瓦是松动的，那么，屋内定有漏水声。父亲慌忙用盆子接水，闭眼，滴答滴答，多么富有节奏的音乐。雨过后，父亲会爬上屋顶，东看看，西看看。最后，补一片瓦，就拯救了一座房的城池。

村里最有学问的先生，去过西藏，去过汴京城，在那里见识过那些宫殿之瓦，它们有贵族气。是那种金黄色的基调，帝王和佛，独占鳌头。平民分享一片瓦蓝之光。

在故乡，茅屋采椽。

瓦，是后来者。在乡村，瓦就是大户。但是，在帝王家，瓦又是贫民。

我记得，我十来岁时，家里拆房子，先是从瓦退下。

一片瓦，一片瓦，像一摞码好的文字，堆放在院子一角。

小时候，看别家盖房，需要一个人扔瓦，三五个一起，不散，不落，甚是安稳。我试着扔三五个，散了一地，差点砸到我的脚。

这堆瓦，再也没有动过，后来觉得碍事，便要求移除。

一片瓦下，有蜘蛛，有蚰蜒，有蚂蚁，有臭虫，有蛇，这堆瓦，就是一个动物的世界。于是，瓦在乡村，喂养了一些看不见的动物；也喂养了一些看得见的植物，如瓦松、瓦上草。

瓦松，是一种药材，在乡村，受人尊敬。长着瓦松的瓦，艳羡了一村的眼。

自从瓦片安居后，一切都安稳了。

孤独的燕子，在此筑巢。

每年春天，“旅食惊双燕，衔泥入此堂”。此地，我是堂主，起名双燕堂。

双燕堂，是我的书斋，也是我的卧室，我在里面读书，写下与自然最为贴近的文字。想着这，我想起项脊轩、抱惜轩、聊斋、饮冰室。

雨敲瓦，是一种优雅。

屋檐下，滴水的瓦当，是平仄。

有雪压来，屋顶落雪。这犹如民国女子的旗袍，曲线优美。

雪再大点儿，便平了。我的目光，落在瓦之外的雪上。

如今，瓦覆盖的城市，已成绝迹。

楼市成群，是一个时代的悲哀，还是历史的悲哀，没人说得清楚。

我一个人，静静地读着乡村。

灰瓦，也成了一种上古的典籍。

一个人，等待一个懂瓦的知己，在夜半或雪浓时，来寒舍喝几杯老酒。

明代白釉筒瓦（安徽博物院）

明代琉璃板瓦（安徽博物院）

屋顶上的老瓦

姚永涛

父亲和叔父们商量，要把老家屋顶上的瓦翻盖一下。

老家的房子很久没住了，瓦也老了，风吹日晒了多年，有的碎了一半，有的缺了角，从屋檐上掉下来，摔成碎片。

毕竟它们为我们遮风挡雨了这么多年呀，你还记得吗？我小心翼翼地拾起老瓦的碎片，看着碎断的印痕，问着自己。

别小看这一片片的小泥片，建土房可少不了它们。在那时，土房上盖屋顶，要么用石板，要么用泥瓦，我们村里没有能开石板的石材，只能用泥瓦了。

从我记事起，在我们家山梁后，就有一个烧瓦烧砖的火窑。窑很大，窑口的直径像一间大房屋那么宽，也很深，有一丈多深的样子。

这座窑平时不怎么用，我们常去那里玩。绕着窑口跑着玩，也无比害怕会掉下去。窑的正下方有一个窑门，窑门很宽，虽然被砖头封住了些，但我们小孩稍微费点劲儿，也能钻进去。

窑里面许是很久没烧砖瓦了，长了一些杂草，有时候还有积水形成的小水塘，有一些青蛙在里面跳来跳去。

窑的附近还有一个小水潭，这个水潭是一处细流泉眼汇聚而成的，周边都是很厚的黄泥层，水中含有泥浆，所以水潭的水也常年是浑黄色的。

瓦檐

窑、水潭、黄泥就这样构成了制作瓦的必要条件。那时候，我们家要做一批瓦，父亲请村子里会做瓦的大叔来做，他给我们家做瓦的时候，我常去看。

依稀记得，他先和了一大堆黄泥，要有两三个人不停地用脚踩踏，有时候还要请耕牛来踩，让黄泥在踩踏中形成一定的韧度。黄泥逐渐变成柔软的膏状后，再用钢丝做的泥弓，把泥膏切成一个个长方块。这些方泥土块都要搬到草棚里去，要裹着塑料布，还要时刻浇浇水，保持泥的湿度。

做瓦的时候，大叔也要用钢丝弓，把泥切成一张张约一厘米厚的薄片，贴放在转盘的瓦桶模型上，随着慢慢转动，一个圆柱形状的泥坯慢慢成形。瓦桶上竖着四根木条，待泥坯晾干后，用手一拍，圆泥坯就变成了四块弯弯的泥瓦片。

接着，就是要把晒干的黄泥瓦搬到窑里，码得整整齐齐。等所有的砖和瓦依次装好后，窑口要用黄泥封上。被封上的窑口像

瓦房顶（一）

是一个黄色的大圆盘子，盘子上还要装上水，用来检测窑的密封性和窑中的温度。

准备好了后，就是在窑门里烧大火了，烧这么大的窑，要用许多柴火。我依稀记得，父亲他们在烧窑的时候，柴是一捆一捆地往里放，一连要烧好几天，而且中间不能断火。

火一直在不停地烧灼，冒出的烟直至苍穹。等到出窑时，瓦在火的煅烧中，从开始的泥黄色变成青蓝色，碰撞时，还发出清脆的响声。

父亲把烧好的瓦一块块盖在房顶上，一片连着一片，一层盖着一层，层层叠叠，像是画着优美的波浪线。

已经记不清楚，这些瓦在我们的屋顶上盖了多少年。下雨时，雨水打在瓦片上滴滴答答，顺着弯曲的瓦片，在屋檐上形成一道水帘。瓦片随着雨水的侵蚀，太阳的灼晒，从青蓝色慢慢变成黝

瓦房顶（二）

黑色。

瓦，像是一个年迈的老者，时刻守护着我们。每次看到那袅袅炊烟从老瓦上升起，氤氲缭绕，连着薄暮远山，我想，这大概就是乡村最有烟火味儿的风景画吧。

渔网

yú wǎng

概说

网，指以绳线等为材料编织成的捕鱼、捉鸟的工具。网字始见于商朝甲骨文及金文，本义是指一种用绳线编织成的捕鱼工具。《说文解字》：『庖牺所结绳以渔。从冂，下象网交文。凡网之属皆从网。』《易·系辞》：『作结绳而为网罟，以佃以渔。』《诗·邶风·新台》：『鱼网之设，鸿则离之。』可知，网最初主要是用来捕鱼。

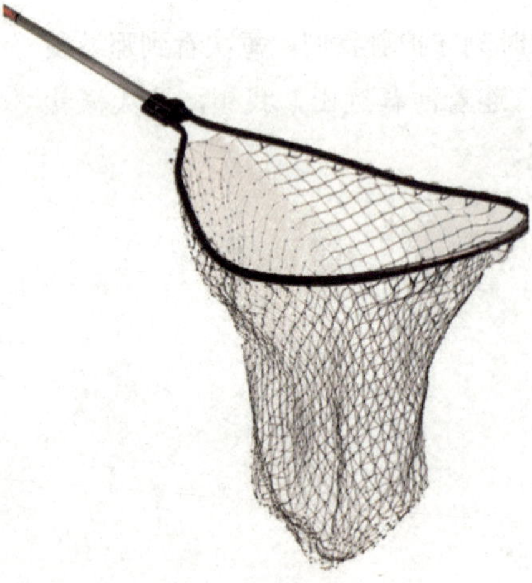

历史

中国捕鱼的历史非常悠久，至迟在旧石器时代已有。从考古发现来看，新石器时代早期阶段，渔猎已成为人们的主要生产方式之一。渔网不易存留，但与渔网相伴而生的网坠可以作为渔网产生历史的见证。北方的裴李岗文化遗址、北辛文化遗址以及南方的贝丘遗址等都出土有网坠，这些文化遗址距今 9000—7000 年，说明渔网至迟这时就已经出现。新石器时代早期的网坠数量相对较少，形制相对简单，多用石头加工而成。新石器时代中期以后，网坠的数量增多，并出现了陶网坠，还有各种不同的形状，如扁圆形、圆柱形、椭圆形、长方形、橄榄形等。在新石器时期的仰韶文化遗址和大地湾文化一期遗址中都发现了织网的工具纺轮坯和尖状骨锥等。

夏商周时期，渔网编织技术及捕捞技术有所改进，人类捕鱼的能力进一步提高，范围也进一步扩大。如夏王曾"狩于海，获大鱼"，这里的海未必是真的大海。周朝时对捕鱼有了一定的管理制度和方法，如规定禁渔期，设置渔官——𫍯人，𫍯人的主要职责是为王室提供鱼类，执掌渔业政令、征收渔税等。此外，还对破坏水产资源的捕鱼工具和方法进行了限制。周朝渔网的种类增多，如九罭，一种带有囊袋用以捕捞小鱼的网；汕，一种抄网类的捕鱼工具；罜䍡，一种捕鱼的网具；罾，古代一种用木棍或竹竿做支架的方形渔网，支架中心系长绳，渔人握住长绳的一端，使网起落水中以捕鱼。

春秋战国时，关于渔网的文献记载已较多，如《诗经·邶风·新台》："鱼网之设，鸿则离之。"《管子·八观》："江海虽广，池泽虽博，鱼鳖虽多，网罟必有正。船网不可一财而成也。非私草木爱鱼鳖也，恶废民于生谷也。”这段文字记载的是齐国对渔网的要求。这是齐国人已经认识到为了长久利益，必须遵守“数罟不入洿池”的资源利用法则，故而齐国能够成为当时渔业发达的诸侯国。

汉朝时，国家实行休养生息政策，渔业也得到了迅速发展，利用网的技术也更加进步。徐坚《初学记》引《风俗通义》说，罾网捕鱼时已利用轮轴起放，这说明当时渔网已使用机械操作。

魏晋南北朝时期，黄河流域历经战乱，渔业一度衰落，东晋南渡后，长江流域经济得以开发，渔业也得到了较大的发展。正如郭璞在《江赋》中所描述的：“舳舻相属，万里连樯，溯洄沿流，或渔或商。”说明当时渔业已经很繁盛。用渔网捕鱼也出现了新的方法，如声诱法，就是捕鱼时用木头敲击船板发出声响，把受到惊吓的鱼赶入渔网。东晋时，吴淞江沿岸的居民发明了一种定置渔具，就是在海滩上隔一段插上竹竿，中间用绳子编织起来，如同一张站立在水里的大网，等待随潮水而来的鱼虾等。这种渔网在当地叫“沪”，后来“沪”就成了上海的简称。

唐朝时，捕鱼业已变得非常重要，靠近水边的百姓多以捕鱼为生，这时捕鱼的工具和技能已经非常发达，出现了专业化的捕鱼业。渔网主要有三种：罛、罾、罺。罛是一种较大的渔网；罾是一种用木棍或竹竿做支架的渔网；罺是一种形状似笼的渔网。杜甫在诗中就描述了渔网捕鱼的场景，如《观打鱼歌》：“渔人漾舟沈大网，截江一拥数百鳞。”《又观打鱼》：“苍江鱼子清晨集，设网提纲万鱼急。”说明当时渔网已非常大，一次可以捕到几百条鱼。

唐朝末年，陆龟蒙在《渔具诗十五首》的小序中，对长江下游的渔具、渔法进行了描述，俨然分类详尽的唐朝渔具史料。不少渔具的名称还沿用了《诗经》中的叫法，可见我国渔具的历史渊源。

宋朝时，渔业进一步发展，东南沿海地区的海洋鱼类得到了开发利用，有的鱼类冰藏后可以远销内地，这也促进了沿海渔业的发展。陆游在《夜登小南门城上》诗中用“野艇鱼罾举，优场炬火明”描述了当时渔业的盛况。这时出现了大莆网和刺网（帘）。大莆网类似于“沪”，是一种定置张网，用两只锚把锥形渔网固定在浅海中，网口对着急流，利用潮水将鱼冲进网中。刺网即帘，长数十寻，用船布设在鱼群活跃的水域，刺挂或缠住鱼类，主要用来捕获马鲛。周密在《齐东野语》中有记载：“帘为疏目，广袤数十寻，两舟引张之，缒以铁，下垂水底。”

明清时期，渔业进一步发展。明朝时，人们已经利用鱼的生活习性和洄游路线，下网截流捕获鱼群。此外，还出现了专门的网船，负责下网起网，因为用两艘船拖网，可使网口张开，一次捕获较多的鱼。明朝渔网出现了较多名目，有千秋网、栌网、桁网、牵风网、散劫网、泊网等。清朝时出现了用围网捕鱼，这时的渔网有拖网、围网、刺网、敷网、掩网、抄网等。清末，张謇主张“实业救国”，购买了渔轮进行拖网捕捞，这标志着中国渔业的近代化。

形制

渔网历史悠久，种类繁多。古人主要使用粗布加麻做原料制成渔网，不过，这种渔网容易腐烂。后来，随着发展，渔网材料主要有绳线、丝等，现在则多采用聚乙烯、尼龙等材料。从功能上来分，渔网主要有刺网、曳网（拖网）、围网、建网、敷网等。

渔网的制作方法主要有打结法、绞拈法和经编法。打结法是传统的编织方法，用经线和梭子里的纬线套结而成。这种网被称为有结网，缺陷是起网时，结节容易伤到鱼和磨损网具。

绞拈法是用两组纱线由机器同时绞拈，在交接点相互穿心交结成网，这种网被称为绞拈无结网。这种网网衣平整，可减少摩擦，缺点是绞拈机器效率低，且准备工序繁复，只适合编织网目较大的网。

经编法主要是用装有四至八把梳栉的拉舍尔经编机把经纱按圈连接成网，这种网被称为经编无结网。由于经编机的速度较快，变换规格方便，生产效率较前两种高出几倍。经编无节网具有平整、耐磨、结构稳定等优点，被广泛应用。

文化意义

渔网是捕鱼的重要工具，是古人一项伟大的发明，为人们的饮食做出了突出贡献，也成为文人名士歌咏的对象。如杜甫《寄刘峡州伯华使君》："林居看蚁穴，野食待鱼罾。"许浑《村舍二首》："山径晓云收猎网，水门凉月挂鱼竿。"花蕊夫人《宫词》："傍池居住有渔家，收网摇船到浅沙。"萨都剌《蒲萄酒美鲥鱼味肥赋蒲萄歌》："柳花吹尽春江涨，雪花鲥鱼出丝网。"姚燮《迈陂塘·蓉江舟夜》词："鱼罾晴闪枫边影，远岸沙痕一碧。"

渔网在民间艺术中有着丰富的文化内涵，中国民间美术作品中常见一种"渔网"符号，其变体和名称极其丰富，如流传了几千年的"双如意"符号（也叫"八卦"符号）。像菱形和网纹也是渔网符号的体现。

罾网扳过

虞燕

他一推开小屋的门，夕晕轻手轻脚跟了进去，晃了两下后，停留在那个扳罾上，挂于墙上的扳罾。确切地说，只能算是扳罾的网片。闲置多年，绑在渔网上的竹棍早就脆裂，不知被儿子丢哪儿了，只剩下灰扑扑的网片，稀软、消颓，像一个被打断筋骨的人瘫在那里。

他跟之前的很多次那样，上前，用拇指和食指拈起网片，那缕阳光随之颤了颤，恍若渔网里不甘心跳跃的鱼，亮得耀眼。这个曾无数次浸没于海水的扳罾，无数次载满渔获的扳罾，无数次被他下压又上提的扳罾，不，应该说扳罾的一部分，早已失去了属于它的味道——那腥咸的、鲜腴的、幽昧的味道，取而代之的是一股子窒闷的霉味。他想，又该拿出去晾晒了，得选个阳光温和的日子，渔网忌暴晒，否则老化得快。

老化就老化了，留着也没用啊。这是儿子的原话。

是啊，留着有什么用呢？他想了想，确实找不到非得留着的理由。

他的目光落在网片边沿，有明显的磨损痕迹，那里绑过竹棍子。完整的扳罾由网衣和竹棍（或木棍）两部分组成，曾是海洋捕捞的主力军，叱咤海上，屡获海味，他见证了它们的辉煌。扳罾有大有小，可根据需要灵活选择，小的一人即可操作，

渔网（一）

大的则要用杠杆、辘轳等简单机械来起罾。扳罾网一般呈正方形，网目越接近中央就越小，操作起来不复杂，只要在网中央坠上重物敷设水中，待鱼类游至网的上方，及时提升网具即可。鱼哪能想到，好好地游着游着，便整个腾空而起，无处可逃了呢。

相对于其他的海上捕捞工具而言，拉罾网捕鱼古老且算不得体面，但他觉得好，用得称心又称手。扳罾是不露声色的陷阱，静卧水底，恭候猎物，而他呢，是猎人，静候于船上或岸上，睥睨而向。他简直对这种守株待兔式的作业方式着迷，白天，水面的蛛丝马迹，黑夜，钻进耳朵的异样声响，全都瞒不过他，在鱼们完全未意识到危机时，将它们一锅端。利落、霸气、决绝，跟钓鱼那种黏糊劲儿比起来，实在畅快太多了。

海上捕捞的日常生活截面，成为他记忆里永恒的星辰，闪亮却遥远。从前，每年四月初到五月初，附近洋面盛行东南风，乌贼产卵期也恰在那时，低纬度的偏南气流将游动能力极差的乌贼，一股脑儿全带到了山边。于是，民间有了此谚："立夏连日东南风，乌贼匆匆入山中。"此时乃是捕捞乌贼的最佳时机，称为乌贼汛。对渔民来说，乌贼汛是丰收季，当然也最忙、最苦。

早早吃过立夏蛋，一艘艘渔船都铆足了劲，大船小船，网船偎船，纷纷出洋，对网、拖网、流网、扳罾，各显神通。而一到夜里，清水滩横头，一大群一大群的乌贼簇拥在礁石边，随着海浪起起伏伏，灯光一照，哗啦啦围过来一大片，入了魔似的，赶都赶不走。乌贼这生性喜光的特性，启发渔民创造了"灯诱扳罾"，就是在扳罾网上吊一只"美孚灯"，引诱乌贼从附近从深渊从四面八方，聚集到灯光之下，却一下子被埋伏好的罾网兜住，想挣脱难如登天。这种扳罾干脆就叫"乌贼扳罾"了。

其时，海面上灯火点点，映红了清粼粼的海水，壮观如斯，后来却不得见了。

他往手心吐了口唾沫，轻喝一声，一个猛力下压竹棍，随着竹梢上提，拉起罾网，十足的大网头。网罾内，清一色雪白的乌贼，满满当当互相叠压，简直要把网给坠破了。夜色里，那种积雪般的白，闪得他眼睛生疼。这个画面像植入了他的脑子里，这么多年来，反反复复地出现，仿佛是谁在散发暗号，召唤潜伏于他体内的某种东西，并伺机会合。

用扳罾捕乌贼，产量高用力小，乌贼到处堆得跟小山似的，晒成鲞是首选。岛上的水产公司也到了最繁忙的时节，工人们握着磨得雪亮的鲞刀，没日没夜地剖乌贼。剖工多为渔妇，她们都是熟练工，把"三刀头"劈鲞法运用得炉火纯青，夜间凭手感就能剖得快而好。他的妻也是其中一员，为了节省时间，多剖鲞，将一双儿女托付给婆婆，自己带了饭盒，每天一做就是十五个小时以上，甚至还几天几夜连轴转，常常累得腰酸背痛直不起身。剖工工钱实行多劳多得，工钱低微，妻那会儿把"积少成多"四个字挂在了嘴上。

晒乌贼鲞堪称岛上最盛大的场景，从水产公司一路晒到滩涂，目光所及之处，皆为乌贼鲞，这海洋里少有的具有惊人空中飞行能力的生物，就这样在阳光下，以躯体被彻底展开的形式静止在了晒场上。

他清楚地记得，就是从那时起，一向清苦的日子有了起色，渔船丰收，工分挣得多，分得的鱼货自然也多。一有闲，他还背着扳罾去海边，屡有收获。妻擅长剖鲞、晒制，而后，卖给来岛上收购鱼鲞的人。那几年，他家翻修了房子，添置了自行车和缝纫机。

但光诱法对乌贼资源造成了巨大破坏，以致乌贼在那一带海域几乎绝迹。乌贼们奋力奔向光亮时，不会想到它们奔向的是灭顶之灾；渔民们放灯诱扳罾时，也没有想到，因为他们的聪明，亲手打翻了自己的饭碗。乌贼扳罾就此退场。

他莫名想起一只死里逃生的乌贼。那一次，正当他为渔获满载而欣喜时，突然，一只乌贼如弹簧般蹿起，同时喷出一大团墨，从他身旁疾速飞过，消失在海面。众人回过神，才发现他的手臂和脸都溅上了黑墨，旁边的渔民兄弟打趣，这只乌贼有情义，临走还要写几个字给你。

那只逃生的乌贼若再次看到灯火，会作何想？还会懵懵地游进乌贼扳罾里吗？他无从知晓。

梅雨季一过，日头重出江湖，跟往年一样，妻忙着晾晒被褥衣物，去潮气，防发霉，他也将久藏于小屋的扳罾网片拎了出来，倾斜着身体，一步步挪到院子，摊晒于石板，顺势一屁股坐在了边上，喘了几口气。妻说，哎哟，你小心点儿，又把家产亮出来啦？阳光下，网片被镀上了一层淡淡的暖色，像一个久病的人脸上有了一点儿神采。好几年前，网片是装进编织袋搁在小屋一角的，后发现，编织袋被老鼠啃出了一个洞，他便决定在墙上钉钉子，让网片远离老鼠的侵害。妻那会儿嗔笑道，不如做了保险柜锁起来，

渔网（二）

家产要保护好。

他知道，妻并非真的取笑，当年，他用这个扳罾在海边扳鱼，渔网被礁石的尖锐处钩破，还是妻补好的。夏季涨潮时，渔港中央和码头边海水清透，如覆盖了巨大的玻璃，其下，各色小鱼一群群一队队，自得其乐，哪会想到自己已被盯上，海边人家正指望它们打牙祭改善伙食呢。他手握麻绳，动作尽量放轻放慢，将扳网没入水中。这时候，网内是否有鱼根本看不到，但对鱼的活动时间、可能活动的路径等，他都有个大致的掌握，就是说，什么时间起网全凭经验。起网需平稳轻缓，泰然自若，不能让鱼察觉到一点儿不对劲，待网出水面的一瞬间，突然发力，令网口迅速远离水面，杀鱼们一个措手不及，那时再想逃出生天，基本不可能了。

他是天生的扳网手，去扳鱼从不空手而归。往往一网拔上来，罾中之物鳞光闪闪，活蹦乱跳，身后的一双儿女开始尖叫，儿子兴奋地蹦起，抄网被他舞成了金箍棒，捞取渔获物时还不忘逗弄

渔网（三）

几下。女儿抱着竹篓子，急得吼破了嗓，快装进来啊，快啊。海鲶鱼、鲻鱼、鳗鱼、青蟹做着无谓的挣扎，嗖的一下填饱了竹篓肚子。女儿抱不动竹篓了，搁在地上，过了一会儿，觉得篓内过于安静，遂摇晃下竹篓，里面的“俘虏们”发出一阵窸窸窣窣声。

落潮了，姐弟俩暂时冷落“俘虏们”，光着脚丫子在泥涂上追招潮蟹。潮水退去，对招潮蟹来说可能就是天亮了，它们约好了似的溜出洞口，散步、串门、撒欢，却让姐弟俩抓个正着，顺便给竹篓子添了“新俘虏”。

当最后几缕夕阳隐没于海面，他准备收工。他扛扳罾网，儿子背竹篓，女儿持抄网，回家途中，三个人同时走出了雄赳赳气昂昂的步伐。

一到家，将竹篓里的渔获往大木桶一倒，都生龙活虎着呢。妻忙开了，目别汇分，宰杀剖洗，红烧、清蒸、腌制、晒鲞，家养的鸭子也有口福了，特别小的鱼虾就赏给它们吃。家里的土灶成了人间天堂，妻裹在白色雾气里，像电视里的田螺姑娘，鲜香味弥散得无法无天，儿子和女儿仰着脖子猛吞口水。

开灯，海味一一上桌。正是长身体时期，姐弟俩胃口特别好，三下五除二便吃个精光。昏黄白炽灯下的温馨与富足，宛如一本书里最珍贵美好的一页，值得被频频翻出来，看了又看。

他一直认为，儿女身体棒、脑子聪明跟那几年常吃活海鲜有关，还有每天早上的白煮鸭蛋或糖水鸭蛋，以活的小鱼虾为饲料，鸭子下的蛋基本都是红心蛋、双黄蛋，营养价值可高了。岛上有句话，大意是，关键时期进补得好，受益一辈子。他多么中意儿子的身高，比他高出一个头哩。

三十年的光阴就是一支离弦之箭，倏忽间便消失不见，且永不回头。他突然发现，眼前这网片与自己有相似相通之处，都陈旧残破，都已经与大海彻底断联，并被遗忘。他遗憾当年没有相机拍下他奋力拉罾的身影，那个年富力强的他，站立如松，臂力超群，即便拍不清面目，那也会是一帧很好的照片啊。

他嘀咕，还是得把网片好好收起来，挂着。他又想起了那个问题，留着干吗呢？他还是说不上来，他就想留着，就像留个信物一样。

搪瓷

táng　　cí

概说

搪瓷，也称珐琅，洋瓷、浇搪，在南洋也称为烧青。用石英、长石、硝石、碳酸钠等烧制而成的像釉子的物质，涂在金属坯胎上，可烧制出不同颜色的图案，并具有防锈、耐腐蚀的功效。从色彩来说，搪瓷分为有色金属搪瓷和黑色金属搪瓷，常见的搪瓷用具有搪瓷碗、搪瓷盆、搪瓷缸、搪瓷瓶等。

历史

搪瓷产生于古埃及，狮身人面的黄金面具便是最初的搪瓷制品。大约在公元前 5 年，埃及就将搪瓷技术应用于珠宝。随着希腊文明的兴起，搪瓷传到了希腊的一些国家，克里特岛上还发现了两只搪瓷的金蟋蟀。公元 6 世纪时，搪瓷又传入了当时的文化中心东罗马帝国，拜占庭的搪瓷制品刺激了搪瓷制造工艺在欧洲的广泛传播。欧洲的搪瓷工艺先后出现了嵌丝珐琅、剔花珐琅、浮雕珐琅、透光珐琅、画珐琅等。

拜占庭的一个公主嫁给了萨克森王朝的神圣罗马帝国皇帝——奥托二世。公主从欧洲东部带着大批的搪瓷工匠和搪瓷制品来到欧洲西部，使得搪瓷制造工艺迅速传播开来。

搪瓷何时传入我国，有许多不同的观点。有人认为汉朝已有彩色珐琅传入。汉朝时随着张骞出使西域，中外交流加强，当时的丝绸之路已从河西走廊经过敦煌到达安息（西亚古国，西方称帕提亚）、大秦（罗马）。罗马通过四次马其顿战争、三次布匿战争，于公元前 2 世纪征服马其顿并控制了整个希腊。随着搪瓷技术传入希腊，控制了希腊的罗马，应该也会有搪瓷制品，只是搪瓷技术尚不发达，制品相对不多。汉朝作为当时强盛的帝国与罗马有交流，有彩色珐琅传入也就不足为奇了。

有人认为搪瓷是在隋朝末随着丝绸之路传入我国的，也有人认为搪瓷是在唐宋时传入我国的，珐琅器最初被称为“大食窑”，因其是从大食国传入我国，而大食国是唐宋时期对阿拉伯国家的总称。后来因为音译的差异，搪瓷有珐琅、法蓝、法郎、拂林等名称。唐朝时搪瓷技术已经有了很大发展，当时已掌握了在铜制品上涂搪的技术。

随着水陆交通的发达，元朝疆域曾一度扩展到欧洲，中国人与中亚、阿拉伯、欧洲等地的商人多有往来。阿拉伯工匠带来了烧造掐丝珐琅的技术。中国工匠在学习了他们的技术后，又融合了我们的文化和特色。曹昭所著的《格古要论》记载："大食窑，以铜作身，用药烧成五色花者，与拂郎嵌相似。尝见香炉、花瓶、盒儿、盏子之类，但可妇人闺阁之中用，非士大夫文房清玩也。"元朝后期的掐丝珐琅制品有香炉、花瓶、盒儿、盏子等女子常用物品，其图案"五色花者"多以盛开的缠枝莲花为主题纹饰。北京故宫博物院藏有元朝的掐丝珐琅缠枝莲纹鼎式炉、掐丝珐琅缠枝莲纹藏草瓶等。

15 世纪中期，明朝景泰年间的搪瓷制品尤其精美，即后世所谓的景泰蓝。从制作工艺来说，景泰蓝是掐丝珐琅。掐丝珐琅在明朝景泰和成化年间生产最多，质量也较高。清朝掐丝珐琅技艺虽然比明朝提高了，但其纹样不如明朝生动，制品也无法与景泰和成化年间的媲美。

清朝时，随着海禁的废除，欧洲的画珐琅被传教士等带到中国，受到皇帝的喜爱。在中外工匠的努力下，宫廷珐琅作（专门负责烧制珐琅器的机构）不但掌握了金属胎画珐琅的烧制技术，还将这个技术用到了瓷器胚胎上，创造出了独具特色的画珐琅工艺——珐琅瓷。但是这种珐琅器仅为达官贵人所用。乾隆年间，景泰蓝开始由皇宫传到民间。

19 世纪初，欧洲研制出铸铁搪瓷，搪瓷坯胎材料的发展开启了搪瓷制品在日常生活中的应用。但由于当时技术还比较落后，搪瓷制品的应用还比较受限。19 世纪中期以后，随着工业的发展，搪瓷工业也得到了快速发展。1916 年，中国首家中外合资的搪瓷厂——广大工场在上海建立。1919 年，黄炎培创办的中华职业学校设珐琅科，培养了中国第一批搪瓷技术人员。之后，我国的搪瓷工业得到了快速发展，各类生活用品被广泛生产使用。20 世纪七八十年代，生活中还经常能见到搪瓷用具。90 年代之后，搪瓷用品逐渐淡出人们的视野。

形制

搪瓷制品具有防锈、耐腐蚀、硬度高、耐高温、耐磨且美观等优良性能，曾被广泛使用，如搪瓷锅、搪瓷碗、搪瓷盘、搪瓷杯、搪瓷茶壶、搪瓷罐、搪瓷花瓶、搪瓷糖盒等。

搪瓷制品主要由两部分组成：烧制坯胎的金属材料和瓷釉。金属材料主要有钢材、铸铁、铝材、铜材和不锈钢。钢材一般是指低碳钢钢板。铜材主要有紫铜、黄铜和青铜，紫铜和黄铜应用最广，景泰蓝就是以紫铜制成的铜搪瓷制品。不锈钢一般都能进行涂搪，不过不锈钢抗氧化的能力强，需要用特殊的搪瓷瓷釉，故而加工成本较高，较少使用。瓷釉材料主要有矿物原料、化工原料和色素原料，矿物原料是瓷釉的主要成分。瓷釉的制作就是将这三种材料按一定比例经过高温熔融，然后再急剧冷却成粒状或片状的硼硅酸盐玻璃质。由于工艺性能不同，有底釉、面釉、边釉和饰花釉；由于胚胎材质不同，有钢板釉、铸铁釉、铜搪瓷釉、铝搪瓷釉、不锈钢瓷釉。

搪瓷生产工序有釉料制备、坯体制备、涂搪、干燥、烧成、检验等。先要准备好瓷釉，将瓷釉粉或釉浆涂在金属坯胎上，烧制后再涂面釉，涂釉也就是涂搪，釉料涂好，将晾干的涂搪瓷釉的坯件放入炉中烧制即可。

搪瓷制品在使用时需要注意，加热前要加入水或者油等，不能像铁制品那样空烧。被高温烧过的搪瓷制品，不能立刻接触冷水，否则搪瓷容易裂开。搪瓷制品也不可重摔，掉瓷后容易生锈等。

文化意义

搪瓷制品真正走进人们的生活是在20世纪初，到90年代便逐渐淡出人们的视野，虽然短暂，却承载了几代人的美好回忆。

搪瓷成为日常生活用品得益于人们抵制洋货。1925年的“五卅”反帝爱国运动，激起了人们的爱国热情，促进了中华民族的觉醒。之后，人们在全国范围内发起了抵制洋货运动，国产搪瓷制品就此崛起，成为全民用品。但受价格和产量的限制，在城市以外的地方并未普及。

新中国成立后，搪瓷产业得以恢复。每个年代的搪瓷产品都反映了一定的时代特点。如20世纪50年代，搪瓷用品的花样以花草虫鱼居多，60年代的花样以山水风光居多，70年代则是以样板戏、语录口号和工农兵人物为主。对于七八十年代结婚的人来说，印着大红喜字的搪瓷脸盆、搪瓷痰盂等是必不可少的陪嫁品。印着“奖”字的搪瓷用品还曾作为奖品送给当选的“劳动模范”，刚进厂的年轻人还会发一个印有工号的搪瓷杯，退休的老员工会获赠一个印有“老寿星”字样的面盆等。因此，对于经历过那个时代的人来说，搪瓷用品是青春岁月的见证，也是淳朴生活的回忆。

搪瓷碗的故事

郑自华

2019年春节前，原单位同事聚会吃年夜饭。我在微信群里事先说，届时会带一样东西，让各位来个集体回忆。众人在群里纷纷猜测是什么宝贝。这天，当我拿出保存完好的搪瓷碗，大家都哇地叫开了。我带的这只搪瓷碗上印有“1982年，江浦烟糖，编号×××”。

1982年，我国的改革开放刚刚开始，原先的“先生产后生活”的理念开始改变。由于我所在的单位是小商店，店小、分散，职工的一些生活问题没有办法解决，吃开水到老虎灶，吃饭是将自己带来的饭用开水泡一下就对付过去了，或者到附近居民家热一下，带饭菜的容器都是自己花钱买的饭盒。到了80年代初，政策开始松动，可以用企业的福利基金购买搪瓷碗，每个人分得一套，大小各一。虽然搪瓷碗在生活中使用率并不高，但因为小企业没有自办食堂，所以对不大发福利的商业部门员工来说已经很满足了。

搪瓷碗在桌上转了一圈又一圈，大家纷纷拍照留念。

关于搪瓷碗，我的记忆停留在20世纪60年代，那时，正是三年困难时期，家家粮食不够吃，家家都自觉计划用粮。我家八口人，一个月的粮食定量是197斤。按照现在的眼光，197斤是个庞大的数字，现在的三口之家一个月吃不了10斤米，可是那时的197斤粮食，如果让我们敞开肚子吃的话，估计维持不了半个月，所以只能算着吃，每天每顿吃多少，都有规定。我哥哥设计了用粮表，根据这个表格，我负责将大缸里的米舀到钢精锅里，这个舀米的容器就是搪瓷碗。那年妹妹幼儿园毕业，在幼儿园吃饭的搪瓷碗也带回来了，是小小的、蓝蓝的那种。那么，装满这一小碗是多少米呢？我到米店做了实验，平平的，不能满出来的，正好是半斤，这个搪瓷碗就成了量器。全家舀米的任务是我完成的，这是一件神圣的事情，每天用搪瓷碗将明天三顿的饭米倒入三只锅中。以前说“一碗水端平”，现在是“一碗米端平”，不端平不行，因为有几次将搪瓷碗的米堆得高了一点儿，到了月底，米缸没有米了。遗憾的是，等到不再需要舀米的时候，那个陪伴了我们好几年的珍贵的搪瓷碗竟然没有保留下来。

搪瓷是从西方传到中国的，据说曾经是宫廷贵族才能享用的奢侈品。当时《国画日报》有首诗说道：“可怜锡匠担/近来难吃饭/不是锡作艺不精/只因锡器东西逐渐减/锡器不用用浇磁……安得急筹抵制法/莫教此业不能支。”这里的浇磁，也就是“洋瓷”，即我们今天的搪瓷。我小时听说有“洋瓷茶杯”“洋瓷面盆”，也知道搪瓷曾经被称为“珐琅”。

20世纪70年代末，我结婚了。那个时候亲朋好友送的贺礼，由于选择性较少，搪瓷脸盆、搪瓷茶杯、搪瓷痰盂成了首选。一来搪瓷用品经久耐用，二来价格实惠。有的人结婚就曾经收到10个脸盆、10对热水瓶，家里堆满了搪瓷用品，好在等到别人结婚的时候就可以转送。据说，上海久新搪瓷厂曾经推出过“万紫千红”“花好月圆”等主题的搪瓷产品，非常抢手，一推出便被抢购一空。那时，外地小城市，或者农村的亲戚都委托帮忙买搪瓷用品，指定要上海搪瓷。搪瓷用品还有一个特殊用途，先进生产者（工作者）的奖品就是搪瓷杯子、搪瓷烧盘，或者搪瓷脸盆，上面印着大大的“奖”字，然后是厂名、年份，很光荣的。

当然，搪瓷用品也有致命弱点，那就是娇气，不能跌，搪瓷跌破，里面的铁会露出来，有碍观瞻，影响使用，这也推动了搪瓷用品的进一步改良。一次到朋友家，看见主人在煤气上用搪瓷锅烧汤，觉得奇怪，搪瓷锅能在煤气上烧？原来是搪瓷的改良产品，叫搪瓷烧锅，现在家家都有搪瓷烧锅。

工业化的生产让搪瓷成了“家家有、人人用”的普通生活用品。社会在进步，科技在发展，塑料产品大有取代搪瓷产品的趋势。值得一说的是，搪瓷七厂竟然成了“荡荡住住吃吃唱唱”的代名词，实在有点儿黑色幽默了。

搪瓷缸子

邹剑川

早年间，厂矿里都会有搪瓷缸子，缸子上往往印着一个“奖”字，奖给文明积极分子某某，奖给先进工作者某某，搪瓷一律的白底红字，煞是显眼。时间长了，搪瓷脱落，会露出里面的生铁来，若是家里有几个毛孩子，上房揭瓦下地掘土的，那缸子可能就体无完肤，伤痕累累，仿佛刚从硝烟弥漫中走出来。

我基本上是个熊孩子，甚至比熊孩子破坏程度更高，所以我家的搪瓷缸子大多只能叫铁皮缸子，因为搪瓷已然磨灭破坏殆尽，好在还能盛水，用作量米浇花之器，若有幸存于魔爪的聊备茶具茶器。

茶具，20 世纪 80 年代的厂矿还是一水的军队风，这搪瓷缸子当然脱胎于军用，电视剧里可见：指挥员、参谋长、司令们一条桌列坐，背景是一大幅军用地图，还有“嘀嘀”的电报声，前方军情紧急之际，战报如雪片飞来，领导运筹帷幄，挥斥方遒，眉头紧锁。此时，会略作沉吟状，端起搪瓷缸子，呷一口茶，然后重重放下，目光坚毅睿智地做出决断。

宝剑赠壮士，鲜花送美人，搪瓷缸子，也送给那些群众中的积极、先进分子，以示荣耀。

对于彼时还是毛孩子的我而言，搪瓷缸子只是容器，没有神器之拉风功效。往往是在外面疯跑了一天，玩沙子、躲猫猫、

搪瓷缸子

跳房子、拍洋画、铲撇撇之后，浑身大汗，跑到家里，直奔搪瓷缸子，就要牛饮。那缸子里，也就早早备下了沏好的凉茶，茶是粗茶、劣茶，带着茶叶梗子，陈年旧茶而已，黄黄的、红红的，只能说略有茶味，但一股脑儿地灌下，也颇能解渴。“咕咚咕咚”下去，也觉得上下通气不热不燥了。

那时候许多家都会有类似的搪瓷缸子，有些无机缘得到什么“某某大会战纪念”“三八红旗手”字样搪瓷缸子的，会去市面上买一两只往往图案是国色天香的牡丹之类的，或者东方红红的太阳照在希望的田野上的，这也是一时之风尚吧。

后来我家因有字样的缸子年代久远，单位也不发奖励的缸子了，索性添置了一“重器”：重达斤许、容量有三四升的带有花卉图案的缸子。我每次疯玩回家，奔向此缸，或捧缸狂饮，效仿武松之豪爽，还要让茶水沿着嘴角洒在肚皮上，我以为这是好汉之气派，干完了，还要故意地抹一抹嘴，夸张地一甩干，来一句“好茶”；或者是两手背负于后，成飞翔状，把嘴嘟起，埋进缸子里，故意一点点吸水，这是模仿我家养的鸡。如此种种趣味，不足为外人道也。

搪瓷缸子后来不流行了，退役为盛放棉油、猪油、生粉之厨房容器，不再承担茶器之功用，但也还是属于美食界成员。

近来，我在电商平台搜索，所谓国民用品、怀旧风尚，会有带着牡丹花图案的搪瓷缸子，带有新潮图案的各样搪瓷缸子，但这些东西放在家里也不大有意思了。况且，以铁器饮茶，冬日冰冷，夏日有铁锈之味。搪瓷接触处，终易剥落，还是作罢，让它永存于我的记忆和文字中吧。有些东西，逝去了，就不再回来了，只可珍藏，偶尔拿出晾晒，这就是人生滋味的一种。

搪瓷茶桶

邹剑川

搪瓷茶桶，这样粗笨的物事，快要被人遗忘了。

从前工地上、工厂里，搪瓷茶桶是主角。风风火火地干活后，口渴了，搪瓷茶桶泡好了粗茶，工人们来了，用茶杯盛了，喝上一口，解乏解渴。

我读小学时，一个班拥挤着许多人，班费开支添置了茶桶，值日生们轮流打水成了保留节目。去开水房打了水，供同学们饮用，这样的劳动日复一日，年复一年，点滴茶水里，有着同学情、师生谊。

中学里这样的茶水情节，是两个人去开水房里打了水，颤颤悠悠地上得楼来，把茶桶抬上了桌子，然后就是一群蜂拥而至的同学的人头。

搪瓷茶桶是俗器，铁瓷的外表镶嵌着陶瓷，有着纯铜的龙头。人们拧开龙头取水，这是一供多人饮用的器皿，热闹而欢腾。

记得高中时，桌上一色的容器，缸子、杯子、饭盒，各种容器都盛了那茶桶的水。天气热，那时教室里没有电扇，更别提空调了，解暑的利器除了扇子，也就是这一桶茶水了。这样的水，滋养了学子的心田，伴随着他们度过了苦读的岁月。

我以为搪瓷茶桶是五六十年代的遗物，在一些车站、码头，还有着遗存。不过更多的已经进化成不锈钢的烧水器了。搪瓷茶桶这种保温性能差的笨重器物，适合出

搪瓷杯和搪瓷茶壶

现在夏日。工友、农友们抬了它，到工地上，然后一群干活儿的人围上，端了茶杯，冷冷暖暖、长长短短，说不完的话，道不完的事。

如今，企业里慰问，也有这样的东西，熬了绿豆汤、酸梅汤，夏日里用车载了送去给工地上的同事们喝，也是送温暖、送清凉的意思吧。这样的器物，是一种集体主义的象征，是一种组织的承载，它供大家使用，拧开龙头，你可多可少。在那样的一桶茶水里，人们的心或者就连在了一起。同饮一桶水，同学一本书，共干一份活儿。中国人在无数个组织、圈子里，而一桶茶，一杯水，共同的记忆，或者更能把人们凝聚在一起。

中国茶又何尝不是如此呢？它把中国人联结在一起，如同纽带，这是种看不见的联系，这是血脉里的因子，这是中国人共同的记忆。

粮票

liáng piào

概说

粮票，由中央与地方政府根据相关政策印制、发放的一种购粮凭证，持票人可凭票在社会一定范围内购粮、取粮、用粮。我国第一套粮票是在 1955 年发行的。除全国粮票，还有各省、市、自治区发行的地方粮票。粮票是我国计划经济时代的特殊产物。1993 年，粮票制度取消，粮票正式退出历史舞台。

历史

我国20世纪发行的粮票是计划经济时代城乡人民购买粮食的票证。但我国早在春秋战国时期便有了“粮票”，不过那时叫“粮签”，是一种用竹片做成的像令箭一样的签子。秦朝根据户籍制度分年龄建立“食者籍”，按照不同标准，凭粮签可以领取粮食。粮签在历史上存在了较长时间，江苏沙洲（今张家港市）在新中国成立后还有粮签。汉朝由于纸张的发明和使用，出现了券、约、契等，随着民间经济的发展，还出现了粮食借贷账目。此时可能出现了纸质票证。

宋朝时出现了相对规范的粮食票券。此时随着经济重心南移，北方边远地区的粮食要依赖南方供应。在粮食贸易中便出现了粮食要券，就是商人把粮食运到边远地区，官府按照市场价收购，但是不付银子，而是发给“要券”，类似于代金券，商人可以到京师或者其他地方领取食盐等物品。要券的发放是国家对粮食供应的一种管理制度。

清朝出现过“粮串”；民国时期有“粮食库券”；抗日战争时期，八路军发行过“股东饭证”；解放战争时期有“公粮票”等。

粮票不但我国发行过，其他国家也有。如美国在第二次世界大战时期，因商品供给紧张，就发放了各种商品票证。

我国粮票在1955年发行之后，使用了三十多年。十一届三中全会之后，随着改革开放，物资逐渐丰富起来，粮票制度开始松动。1984年，深圳市在全国率先取消一切票证。1985年，国家又取消了长达三十多年的农产品统购派购制度，极大激发了农民的生产积极性。1993年，我国正式取消粮票制度。

形制

粮票是特定经济条件下的历史产物。新中国成立初期，物资匮乏，为了解决全国人民的温饱问题，1955 年 8 月 25 日，国务院全体会议第 17 次会议通过《市镇粮食定量供应凭证印制暂行办法》。随后，发行了全国通用和市县通用的各种粮票。除了粮票，我国还发行了油票、布票、肉票等，几乎所有商品都要凭票购买。

粮票种类繁多，有按使用时间区分的定量粮票和临时流动粮票；有按使用对象区分的工种补贴粮票、农村粮票、军用粮票、劳改部门的代粮券等；有按使用性质区分的品种交换粮票、流动购粮票、凭证定点购粮票、粮票定额支票、奖售粮票、周转粮票等；有按粮食品种区分的粗粮票、米票、面粉票、杂粮票、熟粮票、饮食专用粮票。“文革”时，各地粮票上加印了毛主席语录，成为具有时代特征的“语录粮票”。

各种粮票的形状和尺寸也有差异，有横式的，也有竖式的，有齿状的，也有正方形的。有的粮票与现在的十元人民币大小差不多，有的只有小手指指甲那么大。

文化意义

粮票是我国在特定经济时期发放的一种购粮凭证，与人们的生活息息相关，因此，在实行粮票制度的几十年里，产生了特殊的粮票文化。

经历过那个年代的人，对粮票都会有一段深刻的记忆。过去在农村，不认识字的人有很多，但是不认识粮票的人几乎没有。

粮票虽退出了历史舞台，但具有特殊的文化属性，有的粮票上设计展示了风景、语录、民俗等，是了解我国文化的一份特殊资料。

粮票在中国历时近 40 年，它反映了中国较长一段时期的社会经济状况，有较为重要的研究和收藏价值。

刻骨铭心话粮票

郑自华

这是一张写在粗劣纸上的用粮表。

这是一段刻骨铭心的往事，这是一桩浸泡着血和泪的真实故事。

20 世纪 60 年代初期，四十岁不到的母亲刚经历丧夫的痛苦，就用柔弱的肩膀挑起了生活的重担。家中八口人，最小的弟弟三岁，长兄才十七岁，六兄妹中就有五个男孩，全是长身体的时候。全家定粮每月 197 斤，每顿吃多少，都有严格规定。十一岁的我负责把三顿饭的米按“计划”舀入锅中。舀米时，小心翼翼，不能撒到外面，又不能舀得太满，要知道全家八口人一个月的机动粮食只有一斤半米！一星期中，我最盼望星期四，因为这天是母亲厂休日，还因为这天晚饭可用三斤半米，比平时多一斤，而且，只有这一顿饭是真正的米饭。说来可怜，家中三顿“饭”，不是薄粥，就是面糊，好点儿的是面疙瘩，或是老卷心菜皮烧的菜饭。对于一人一月才二两油、几两猪肉的我，早就练就一顿吃两大碗的本领。那年头，我的肚子里除了这些，其他还有豆腐渣、南瓜、野菜。我经常嚷饿，于是我和大弟（1967 年大弟不幸死亡）轮流分得刮“饭糍”的待遇。一顿“饭”下来，总有没盛干净的地方，我常常有滋有味地品尝这最后的美味，真恨不得舌头再长点儿将锅舔干净，母亲说这锅都不用洗了，说完眼圈就红了。

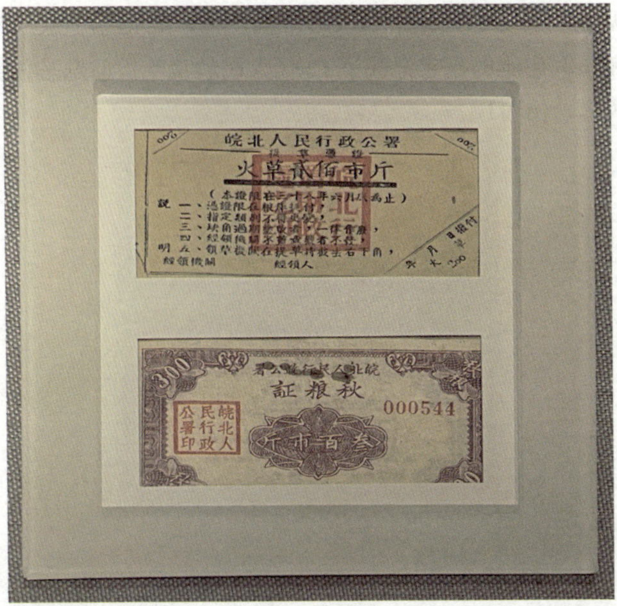

皖北人民行政公署火草票、粮票

母亲知道我饭量大，隔几天带一个淡馒头偷偷塞给我。一次，我发现弟弟手中的馒头比我的大，吵着要换，母亲劝阻也没用。大哥在旁说：“三弟，不要再闹了，妈妈一个月在厂里只买4斤饭票，还要带馒头回来……”哥哥哽咽着说不下去，我一愣，突然号啕大哭起来，为我的无知感到羞愧。母亲把我紧紧抱在怀里：“总有一天，妈妈会让你好好地吃上三大碗大米饭。”我哭得更厉害了，就是这一天，我懂得了什么是母爱，懂得了粮票是我们家的命根子，从这天起，我发觉自己长大不少。后来我还知道，身为纺织厂中层干部的母亲，响应毛主席号召，主动捐粮票、布票、油票给国家。

一晃已经几十年。我想起这段往事，禁不住泪水涟涟，感慨万千：没有粮食的日子太可怕了。我至今仍然很好地保存着许多粮票，尽管粮票早已失去了使用价值，但在我的眼里，粮票是历史的见证，因为它记载了那段苦难的岁月，它记载了人民是如何与共和国共患难的，它记载了 12 亿人民解决吃饭问题是件多么了不起的丰功伟绩！